Küss mich überall

Vanessa Viola Lau

Küss mich überall

33 Frauen berichten von erotischen Begegnungen, grenzüberschreitenden Liebschaften und romantischen Abenteuern rund um den Globus

Schwarzkopf & Schwarzkopf

Vorwort
Seite 9

1. Griechenland
Thalatta, thalatta oder
Hellenengötter küsst man nicht
Seite 11

2. Kroatien
Heldentod
Seite 19

3. China
Callboys und Koks
Seite 29

4. Tunesien
Habibi Inn
Seite 35

5. Mexiko in Peking
La vida loca I
Seite 43

6. Mexiko in Mexiko
La vida loca II
Seite 49

7. Taiwan
Taifun Times
Seite 55

8. Argentinien
Love's like the Tango
Seite 63

9. Peru
Kissing Valentino
Seite 71

10. USA
Fan-fuckin-tastic
Seite 79

11. Kanada
Pancakes und Liebesperlen
Seite 85

12. Chile
Reggaeton und Dynamit
Seite 91

13. Frankreich
Baise-moi!
Seite 97

14. Südkorea
Seoulmate
Seite 103

15. Brasilien
Aphrodisisches Amazonien
Seite 111

16. Luxemburg
E.T. auf der Couch
Seite 117

17. Senegal
Dakar-Dating
Seite 123

18. Australien
Down under Mike
Seite 131

19. Kuba und Bayern
Buena Vista Castle Club
Seite 139

20. Rumänien
Hinter Gittern
Seite 145

21. Türkei
Tantric Techno
Seite 151

22. Philippinen
Zwischenmiete.de
Seite 155

23. Samoa
Südseezauber
Seite 161

24. Russland
Scheinehe mit
Hindernissen
Seite 167

25. Japan
Show me your Katana
Seite 177

26. Auf See
MS Desperado
Seite 187

27. Schottland
Marquis Potter
Seite 193

28. Dänemark
Zweiter Frühling
Seite 199

29. Dubai
Arabian Nights
Seite 203

30. China
... and bad girls to Beijing
Seite 209

31. Spanien
Kakao, Chlor und Sonnencreme
Seite 217

32. Finnland, Schweden, Norwegen, Island
Nordische Botschaften
Seite 223

33. Israel
Underneath Your Clothes
(... there's an endless story)
Seite 229

Vorwort

Warum hast du dieses Buch in die Hand genommen? Hast du einen Freund aus einer anderen Kultur? Träumst du von einer Affäre mit einem geheimnisvollen Fremden? Suchst du nach etwas Neuem, Aufregendem?

Dann lass dich mitnehmen auf eine Weltreise der besonderen Art. Einer Reise zu verborgenen Wünschen und Sehnsüchten. Denn dieses Buch hat sie alle: den geheimnisvollen Orientalen, den heißblütigen Latin Lover, den nordischen Eisprinzen.

Ich habe die Geschichten von Freundinnen und Fremden gesammelt. Sie haben sie mir bei einem Absinth-Cocktail in der New York Bar hoch über Tokio, bei einem Minztee im Suq von Hammamet oder bei einem Milchkaffee in meinem Berliner Wohnzimmer erzählt.

Berlin, im Sommer 2010

Vanessa Viola Lau

1. Griechenland

Thalatta, thalatta oder Hellenengötter küsst man nicht

Katja (22), Arzthelferin, Castrop-Rauxel, Deutschland,
über
Georgios (30), Mechaniker, Kassandria, Griechenland

Es waren gefühlte vierzig Grad im Schatten, ich lag matt auf meinem golddurchwirkten Filmdiven-Handtuch und las in einem erotischen Sommerroman. Mein iPod war am Vortag im Pool abgesoffen, und so musste ich ohne Musik auskommen.

Neben mir lagen Carla und Jessica, genau wie ich oben ohne und nahtlos braun. Beide ließen ihre Blicke schweifen, anstatt zu lesen. Sie suchten mit Kennerinnenparabel den Strandabschnitt ab und drehten sich alle zehn Minuten enttäuscht auf den Bauch, da wieder nur der Eisverkäufer, der bärtige Animateur oder der verheiratete Hotelchef seine Patrouille machte.

Carla war Kettenraucherin, anders hätte sie wohl kaum ihre Figur halten können, denn außer sich alle zehn Minuten umzudrehen, bewegte sie sich nicht. Carla richtete ihr Wort an mich. Man wolle sich gleich noch einmal erheben und vom Meer an den Pool umziehen. Ich machte eine rosa Riesenkaugummiblase und katschte zweimal laut als Zustimmung, ohne sie anzusehen.

Und trotz der Hitze am Strand ging es in meinem Buch wesentlich heißer zu. Die Protagonistin vergnügte sich in Südfrankreich auf der Fahrt durch Lavendelfelder mit ihrem Liebhaber auf dem Rücksitz, während ihr Ehemann den Wagen lenkte. Ich legte das Buch zur Seite, um an meinem französischen Mineralwasser zu nippen, als mein Blick durch die dunklen Sonnenbrillengläser auf das Ionische Meer glitt.

Die Wasseroberfläche glitzerte, wie sich das so für ein Meer bei Sonnenhochstand gehört. Im Wasser planschten ein paar Kinder. Davor war die Strandbar, an der sich Carlas Eroberung von letzter Nacht einen Tomatensaft hineinzwang und der Bärtige lässig in seinem Notizbuch schrieb. Langweilig. Mein Blick segelte zurück auf das Meer. Dort, wo gerade noch alles ruhig war, brach die gleißende Wasseroberfläche auf. Eine Gestalt tauchte auf. Sie strich sich das nasse Haar aus dem Gesicht und watete langsam auf den Strand zu. Der Davidoff-Cool-Water-Jingle erklang plötzlich in meinen Ohren. Mein iPod war doch kaputt und diese Melodie hatte ich auch gar nicht gespeichert.

Anscheinend hört man aber auch Musik, wenn ein Adonis den Fluten entsteigt. Synästhesie nennt man so was. Wenn man zu einem Bild plötzlich die passende Musik hört. Eine Fusion von Schönheit und Schall.

Adonis schritt heran. Erfahrungsgemäß tendieren selbst Hellenengötter bei näherer Betrachtung zur Mittelmäßigkeit. Nicht so in seinem Fall. Ich blinzelte ungläubig. Wie konnte ich sichergehen, dass es sich nicht um eine Fata Morgana handelte?

Neben mir schlugen die Detektoren an. Carla warf sich die feuchten, sandigen Haare über die Schulter und über ihre Lippen huschte ein nervöses Zucken. Jessica hatte die größte Oberweite von uns und drückte schnell ihren Rücken durch, damit Adonis das nicht entging. Dabei knackte ihre vom Liegen eingerostete Brustwirbelsäule ein bisschen. Aber das hörte Carla neben ihr sicher nicht, denn ihre Ohren waren nach vorn geklappt wie beim

Rottweiler meiner kurzsichtigen Tante Zilla. Sobald Adonis in Reichweite käme, würde sie anfangen zu sabbern.

Obwohl ich keine Chance gegen die erfahrenen Halbwelt-Chicks neben mir zu haben schien, versuchte auch ich, seine Aufmerksamkeit auf mich zu ziehen. Busen rausstrecken und Haare zurückwerfen waren bereits vergeben. Mir blieb also nur ein sommersprossiges Mädchenlächeln.

Adonis war jetzt nur noch zwei Meter entfernt, das an ihm abperlende Meerwasser und die feinen Härchen auf seiner Haut glitzerten um die Wette, sein Körper passte perfekt zur Davidoff-Werbung, das hatte mein Gehör genau richtig erkannt. Makellose Haut, Muskeln an den richtigen Stellen, schöne Hände und Füße, schulterlanges nasses Haar. Und dann geschah das Unfassbare. Er lächelte mich an. Na ja, es war ein sparsames Lächeln, bei dem er nur einen Mundwinkel verzog, aber es genügte, meine Konkurrenz zu erschüttern. Adonis ging weiter Richtung Pool.

Carla kratzte sich am Kopf und steckte sich eine neue Zigarette an, Jessica gönnte sich einen abschätzigen Blick auf meinen Busen und rollte sich dann in die Bauchlage zurück.

»Wolltet ihr nicht zum Pool?«, fragte ich, meinen seltenen Vorsprung auskostend. Ich bekam keine Antwort, nur den Anblick zweier makelloser Rücken mit einem String am unteren Ende.

Ich griff noch mal nach meiner Lektüre, aber die Aufmerksamkeit war Richtung Pool gewandert. Ich gab auf und folgte ihr.

Ich hatte Glück. Gerade wurden zwei Liegestühle frei. Da saß ich nun, allein am Pool. Eine einsame Jägerin. Adonis sah ich nirgends und kam mir blöd vor, als sich ein bauchiger Typ mittleren Alters auf den Liegestuhl neben mir schob und anfing zu labern. Die Sonne senkte sich, und ich unterhielt mich über Schnäppchen auf der Promenade und Frühbucherrabatte, bis der Bauch neben mir anfing zu knurren und sich auf den Weg zum abendlichen Buffet machte.

Unverrichteter Dinge trottete ich aufs Zimmer, meine Mädels hatten schon das Bad unter Dampf gesetzt und die Spiegel okkupiert. Ich cremte mir das Gesicht ein und wurde zurück an den Strand geschickt, um nach einem vergessenen Ohrring zu buddeln. Ich wollte protestieren, aber da ich froh war, das Schlachtfeld verlassen zu können, ging ich wieder zum Strand.

Er war jetzt fast leer. Die Letzten machten sich auf Richtung Hotel.

»Suchst du was?«, erklang eine Stimme neben mir. »Einen Ohrring«, antwortete ich, ohne hochzusehen.

»Kann ich helfen?« Jetzt schaute ich doch nach oben. »Ich bin Georgios.« Adonis hatte also schon einen Namen. Er trug jetzt eine Sonnenbrille im trockenen Haar und lächelte mich an. Diesmal gebrauchte er dazu sogar zwei Mundwinkel. Ich hätte froh sein sollen, dass er keine Gesichtslähmung hatte, und mich beruhigen, doch stattdessen pumpte mein Herz wie verrückt Blut durch meine Aorta. Das lag vermutlich an den Grübchen, die sich so exakt neben seinen Mundwinkeln postiert hatten, als wollten sie sagen: »Wir sind zu zweit. Du bist allein. Wir kriegen dich.« Dass die Grübchen in ein paar Jahrzehnten zu tiefen Kratern werden würden, wie bei Dieter Bohlen, war hier und jetzt uninteressant.

Ich scharrte weiter im Sand rum, während der Adrenalinpegel in meinem Blut sich langsam dem roten Bereich näherte. Georgios alias Adonis hockte sich neben mich und sah mich an. Er hatte diesen durchdringenden Dauerblick erfahrener Gigolos. Die Energie folgt dem Blick. Man(n) penetriert sozusagen visuell, damit sich die Frau schon einmal an das Gefühl gewöhnt. Ohne seine Augen von mir abzulassen, langte Georgios mit zielsicherem Griff in den Sand und hielt mir den Ohrring vor die Nase. Ich sagte »Oh!«, oder so was. Er legte den Ohrring in meine Hand und küsste sie. Dass die Hand zitterte, fiel kaum auf. Georgios hielt sie fest umfasst und tat freundlicherweise so, als sei meine Nervosität nicht existent.

Georgios nahm meine andere Hand und zog mich hoch. Er sagte noch ein oder zwei belanglose Sätze. Dann liefen wir am Strand entlang zu einem Boot. Seltsam fand ich das gar nicht. So was kommt vor bei Urlaubsbekanntschaften. Man trifft sich am Strand. Einer stellt sich vor, der andere vergisst es vielleicht, und dann sucht man sich ein stilles Plätzchen. Für Carla galt das freilich nicht, sie brachte ihre Männer immer mit ins Hotelzimmer, sodass Jessica und ich die ganze Nacht mit Billard und Kicker verbringen mussten.

Georgios sprang behände in das Boot und half mir von dort galant hinein. Wir setzten uns auf eine Decke oder etwas anderes Haariges und begannen zu knutschen. Der Hellenengott übersprang Taverne, Ouzo und Sirtaki und kam gleich zur Sache. Ich war etwas gehemmt, dachte an Jessicas Busen und an Carlas Haare. Jetzt erst recht, sagte ich mir und knutschte für die beiden mit. Es wäre doch passend gewesen, wenn sie mich in diesem Moment hätten sehen können. Die kleine Katja in den Armen eines Davidoff-Adonis im silbrigen Mondenschein. Endlich war *ich* mal dran. Carla hatte in diesem Urlaub schon drei Liebhaber gehabt, Jessica keinen, was aber nur daran lag, dass ihr Freund in Deutschland mit der endgültigen Trennung gedroht hatte, falls ihr noch ein Ausrutscher passierte. Das konnte sie sich nicht leisten, denn er war es, der ihren Busen, ihre Lippen, ihre Extensions und auch ihre regelmäßigen Sonnenbankbesuche finanzierte. Durch jahrelangen Anabolika-Missbrauch war er selbst kaum noch zu etwas zu gebrauchen, hatte Allergien, kaputte Gelenke und schlechte Leberwerte und war an fernen Ländern ohnehin nicht interessiert. Als Besitzer eines Sonnenstudios wähnte er sich das ganze Jahr über im Süden, und so ließ er Jessica ihre Schönheit spazieren tragen.

Braun gebrannt fand ich mich aber auch gar nicht so schlecht. Ich saß im Damensitz auf Georgios' Schoß und meine braunen Beine passten perfekt zur Farbe seiner großen Hand, die langsam über meinen Schenkel strich. Georgios hielt inne und sagte: »Du hast schöne Augen.«

Ich knutschte schnell weiter, damit er nicht noch weitere gelogene Standardkomplimente herunterleiern konnte. Die Erotik der Parfüm-Werbestars wirkt ja schließlich eher nonverbal. Diese Typen präsentieren ihre Waffen und schenken der begehrlichen Zuschauerin gerade mal einen neckischen Seitenblick. Wenn man in einen Werbespot springt, dann sucht man sich die zu machende Erfahrung aus. Wenn ich quatschen will, tauch ich in einen Kaffeespot. Ich wollte aber nicht quatschen. Außerdem war es dunkel, wie konnte er da meine Augen sehen. Und überhaupt, das Knutschen fand ich ziemlich gut. Anschließend nagte er an meinem Hals. Das zog zwar ein bisschen, würde aber einen beneidenswerten Knutschfleck hinterlassen.

Georgios und ich wollten uns auf der abgewetzten Kuscheldecke so ins Boot legen, dass uns keiner sehen konnte. Schade eigentlich; wenn meine Mädels am Strand entlangkämen, würde ich ihnen schon einen Blick gönnen. Ich legte mich also auf den Rücken und sah, wie Georgios sich den Pullover auszog. Dabei kam es mir vor, als sei er ein Adler mit mehreren Metern Flügelspannweite. Seine Arme waren die eines olympischen Speerwerfers, seine Schultern sehnig und rund, sein Bizeps im Licht der Silbersichel noch knackiger als in der Spätnachmittagssonne und sein Waschbrettbauch war perfekt. Ich streckte meine Arme nach ihm aus und streichelte die verführerischsten Stellen seines Körpers.

Dann beugte er sich über mich, verdeckte den Mond und es wurde dunkel. Gleichzeitig gab es ein ungeheures Krachen und ich befand mich im freien Fall. So kam es mir zumindest vor, bis ich unsanft auf den Brettern landete. Georgios' Oberkörper fand ich unabgefedert auf meinem Brustkorb dann doch nicht mehr so toll, und der tiefe Splitter in meinem Oberschenkel machte das Ganze nicht besser. Das Boot war wohl für sportliche Trockenübungen nicht geeignet und unter unserem Gewicht zusammengebrochen. So was nennt man dann wohl Koitus interruptus.

Georgios trug mich auf eine Bank am Pool und zog mir den Splitter aus der Haut. In dem Moment kamen Carla und Jessica um die Ecke. Das Bild, das sich ihnen bot, war sicher noch eindrucksvoller als eine heiße Sexszene am Strand. Fürsorglich hockte Georgios zu meinen Füßen und küsste mein geschundenes Knie.

»Ach hier bist du!« Carla trug eine getönte Sonnenbrille, obwohl es längst dunkel war, Jessica schaute auf ihre mit French Manicure perfektionierten Fingernägel.

Sie ging auf Georgios zu: »Ich bin Jessi. Katja, Carla hier und ich wollten gerade in die Disco, kommst du mit?«

Ich ärgerte mich über diese Anmache, aber Georgios tanzte den ganzen Abend nur mit mir. Auch den nächsten und den übernächsten.

Carla und Jessica platzten vor Neid.

2. Kroatien

Heldentod

Leonie (28), Literaturstudentin, Wien, Österreich,
über
Niko (40), Physik-Professor, Köln, Deutschland
(und Zagreb, Kroatien)

»Willst du meine Romanfigur sein?«, hatte ich Niko gefragt. Das war irgendwann in der Mitte. Mir schwebte dabei ein Format wie *Der Schwarm* von Frank Schätzing vor und Niko erschien mir als sexy junger Prof als Idealbesetzung. In erotisch aufgeladener Atmosphäre könnte ich einige seiner Ideen niederschreiben, mit Fachbegriffen, Formeln und wissenschaftlichen Utopien, und hätte gleichzeitig die Chance, ihn enger an mich zu binden, da so ein Projekt schon ein paar Jahre in Anspruch nehmen würde.

Während er die ersten Erfolge auf der Suche nach extraterrestrischem Leben oder bei der Erforschung des Marianengrabens verzeichnete, könnte ich ihn mit Fragen im Stil von »Haben Sie schon mal auf Koks gefickt, Nick?« konfrontieren.

Natürlich hielt ich mich trotz seines Bildungsvorsprungs für schlauer. Die Genialität eines zweiten X-Chromosoms konnte man auch in vierzig Jahren Lebens-, Forschungs- und sonstiger Erfahrung nicht imitieren, egal wie viel Zeit man im Labor oder auf Vortragsreisen verbrachte.

Niko wiederum hielt sich natürlich für schlauer als mich, was er mit seiner Herkunft begründete. Er komme aus dem Zagorje, jener Region in Kroatien, der angeblich die klügsten Menschen der Welt entstammen.

Meine Frage beantwortete Niko dann charmant manipulativ: »Hallo Tigerin, natürlich will ich dein Romanheld sein. Frag mich gern alles, was du wissen möchtest.«

Ich schmunzelte vor dem Bildschirm. Die »Figur« hatte er wie selbstverständlich in den »Helden« uminterpretiert, nicht ahnend, dass es bei mir immer nur Heldinnen gab. Aber damals stand ich immer noch sehr auf ihn und natürlich sollte er Held spielen dürfen.

Aber zurück zum Anfang. Niko war der große Bruder meiner Freundin Dragica. Er bezeichnete sich zwar als Kroaten, hatte aber einen rheinischen Einschlag in der Stimme und lebte auch dort. Das südländische Temperament war zweifelsohne durchgeschlagen und drückte sich in seinem Fall insbesondere darin aus, dass er konsequent bigamisch lebte. Zumindest solange eine seiner Freundinnen zugegen war. Er hatte beruflich immer viele Entscheidungen zu treffen und hielt außerdem nicht viel von Trennungen, sodass es vorerst bei dieser Konstellation blieb.

Klar flog er ab und zu auf, hatte dann schlechte Laune und jettete zu einer Exgeliebten nach Tripolis oder Chicago. Seit er die Professur innehatte, besuchte er dort nebenher einen Kongress oder Teilchenbeschleuniger und konnte so seine Entspannung auf die Spesenrechnung setzen.

Mir war von der ganzen Sachlage zum Kennenlernenzeitpunkt nur Unvollständiges bekannt, was daran lag, dass ich mich nur wenig für unbekannte Brüder interessierte, von denen ich noch nicht einmal ein Foto gesehen hatte.

Das war ein großes Versäumnis meinerseits. Hätte ich vorher gewusst, wie er aussieht, und ihn damit sogleich auf die »Never

ever«-Liste setzen können, wären mir die fatalen ersten drei Sekunden erspart geblieben, die seither mein Schicksal bestimmen.

In den ersten drei Sekunden einer Begegnung entscheidet der Hypothalamus in streng geheimer Abstimmung mit der Amygdala und weiteren Hirnarealen, ob man jemanden mag oder nicht, ob man mit ihm ins Bett will, ihn heiraten will oder ob er einen kaltlässt. Hierbei kommt es häufig zu schwer nachvollziehbaren Ergebnissen, die dem Bewusstsein zuweilen erst mit jahrelanger Verspätung mitgeteilt werden.

Ich stand also vor der Wohnung, in welcher der berüchtigte und hartnäckig unverheiratete Bruder mit seiner Hauptfrau lebte, Dragica öffnete die Tür und ein verwuscheltes Geschöpf tappte hinter ihr durch den Flur. Ich befand mich zwar in seiner Wohnung, aber das konnte unmöglich der besagte Bruder sein. Der Bruder war ein Prof und damit alt. Außerdem war er Naturwissenschaftler und damit unsexy. Dieser Typ sah aus wie Eros Ramazzotti und war sicher Bildhauer, Maler oder irgendwas anderes Brotloses, aber Erotisches. Er hatte wilde Locken, trug eine etwas zu große Brille und war hoffentlich nur ein einsamer Single-Hausfreund, der hier auf mich gewartet hatte.

Als er mir die Hand reichte und sich vorstellte, dachte ich präzise ein Wort: Scheiße! Zu mehr war mein Verstand nicht mehr in der Lage, da meine Blutreserven gerade die Cardio-Thorax- und die Ovarial-Uteral-Region zu versorgen hatten.

Natürlich hielt der Schrecken nicht lange an und ich dachte mir »Wie gewonnen, so zerronnen«, setzte mich in die Küche, erzählte dem Freundinnen-Bruder beim Verzehr von Balkan-Spezialitäten und Anschauen von Urlaubsfotos meine Lebensgeschichte und hakte die Sache innerlich ab. Schließlich saß seine Freundin neben ihm. Ich hatte mich also an den interfemininen Ehrenkodex und damit zurückzuhalten. Diese Zurückhaltung galt allerdings nicht für den erfahrenen Schwerenöter, der meinen Stuhl zu sich heranzog und mir sogleich eine mit Zahlen und Diagrammen gespickte Datei präsentierte, die sein neues Forschungsprojekt beinhaltete. Dass ich nur Bahnhof verstand, tat nichts zur Sache. Hängen blieb nur der Begriff »Thermodynamik«. Das hatte was mit Wärme und Energie zu tun und wurde im Folgenden mit vollem Körpereinsatz in die Praxis transformiert.

Glücklicherweise war gerade Karneval und wir befanden uns in Köln und so stürzte sich die ganze Gesellschaft noch in den Trubel. Nachdem die Freundin das »Päffgen« in der Altstadt verlassen hatte, hing der inzwischen mit Kölsch gefüllte Latin Lover an meinem Hals. Wie gesagt, es war Karneval, es kannte mich keiner und es galt somit keinerlei Jungfernschaft zu verteidigen.

Gegen vier Uhr morgens verließen wir verschwitzt und zertanzt händchenhaltend die Location und knutschten noch ein bisschen im Schneeregen.

Niko meldete sich dann nach einer Woche aus Kroatien. Er lief unter südlicher Sonne zur Hochform auf und schrieb sexy-lustige E-Mails, die ich zickig beantwortete. Als Dritt-, Viert- oder Nebengeliebte wollte ich natürlich nicht enden. Die Beschimpfungen muss er umgedeutet haben in: »Sie reagiert – was sie schreibt, ist egal. Sie steht auf mich.« Damit hatte er zwar recht, aber einen Korb bekam er trotzdem.

Meine weibliche Intuition ließ mich nicht im Stich. Obgleich er mir kaum zutraute, einen Roman zu schreiben, schmeichelte die ihm zugedachte Hauptrolle seiner Eitelkeit zu sehr, als dass er nun von der Beute hätte ablassen können. Natürlich machte er seine Ankündigung wahr und kam wenig später nach Wien. Wenn es eine neue Liebschaft zu erobern gilt, muss man sich in regelmäßigen Abständen zeigen, das wusste schon Casanova. Sein Ururenkel musste das nicht erst lernen, er hatte einen natürlichen Instinkt dafür.

Ich lag gerade im Bett und mein »Masseur«, ein sinnlicher Freund mit magischen Händen, saß auf mir und streichelte meine Taille, da klingelte das Handy. Niko war in town und stand unangekündigt vor der Haustür. Der Gedanke, nicht zu öffnen, flimmerte kurz durch meinen Kopf, doch schon schwebte ich mit glasigem Blick und schwingenden Hüften zur Tür. Der Masseur war mein Nachbar und dadurch in der Lage, sich beim Klingeln an der Haustür in Luft aufzulösen, während ich den Türsummer betätigte. Wenn der Pharao kommt, muss der anheizende Eunuch verschwinden, das war schon bei den alten Ägyptern so.

Durch die erotisch aufgeladene Spannung und den Magnetismus, der vom Bett und der frisch massierten Diva im Kimono ausging, landeten wir alsbald im Schlafzimmer. Das war bereits von Opium- und Ylang-Ylang-Räucherstäbchen und einer roten Vulkanlampe in die richtige Puff-Atmo getaucht, sodass es nicht lange dauerte, bis Niko auf mir lag, den Gürtel meines Kimonos löste, während er mich unentwegt küsste, und zur Vertrauensbildung erst mal meinen Bauch zu streicheln begann.

Meine Hände wanderten ohne meine Erlaubnis über seinen Körper. Sie griffen gerade nach seiner Gürtelschnalle, da klingelte das rettende Telefon. Ich krabbelte unter ihm hervor. Sein Blick folgte meinem Körper in dem aufklaffenden Kimono. Ich ließ ihm einige Sekunden das Vergnügen und verließ dann den Raum. Das Telefon hatte aufgehört zu klingeln. Mit letzter Kraft sprang ich unter die kalte Dusche. Das zischte, wäre ich doch gerade beinahe im adriatischen Feuer verbrannt.

Als er von mir elegant hinauskomplimentiert wurde, lächelte Niko selbstzufrieden. Anscheinend wähnte er sich seinem Ziel näher, was mir natürlich missfiel. Er sollte es erst mal rote Rosen regnen lassen, keine anderen Göttinnen neben mir haben, mich lieben und ehren … na ja, so einfach würde er mich jedenfalls nicht bekommen. Leider hielten mich die erotischen Träume, die mich nächtens heimsuchten, tagsüber von meiner Arbeit ab. Ich beschloss, den Romanhelden auf Seite 17 sterben zu lassen und schwor mir, dem habilitierten Ladykiller für alle Zeit aus dem Weg zu gehen.

Als ich mit Dragica in die Ferien auf die kroatische Insel Lošinj flog, hatte ich bereits einen neuen Verehrer und Niko schon fast vergessen.

Bis zu jener Nacht, in der ich plötzlich einen Hauch seines hypnotischen Duftes wahrnahm. »Wahrnahm« muss ich jetzt ein bisschen näher erklären, da sich der Geruchssinn ja im Schlaf ausstellt. Anscheinend wurden in der Triebzentrale meines Hirns die mit seiner Duftmarke verbundenen Reaktionen aber ebenso unwillkürlich ausgelöst wie beim pawlowschen Hund. Mir entwich im Halbschlaf und ohne meinen Willen, darauf lege ich großen Wert, ein lustvolles Stöhnen, ich bot ihm animalisch unwillkürlich meinen Hals an und öffnete meine Schenkel, woraufhin er seine Hand unter meinen Slip und einen Finger in mich hineinschob. Zu meinem Pech war ich feucht, was als Einverständnis gewertet wurde. Ich lag auf der Seite, er hinter mir und streichelte meine Brüste, während Zunge und Atem meinen Hals liebkosten. Er schob mein Haar zur Seite und blies mir in den Nacken, während seine Hand wieder an meinem Körper hinunterglitt, um meine Klit zu massieren.

Ich wollte »Nein!« sagen oder »Lass mich!«, aber ich konnte nicht. Ich war nicht damit einverstanden. Ich musste Nein sagen. Er würde mich sofort loslassen, wenn ich Nein sagte, das wusste ich. Deshalb nur noch einen Augenblick warten. Er hatte mich ja im Schlaf überfallen, es war also normal, wenn ich etwas brauchte, um auf das zu reagieren, was hier geschah. Er würde sich darauf nichts einbilden können und ich würde ihn später beschimpfen. Also noch einen Moment genießen. Gleich würde ich das Wort sagen, das Spiel beenden. Gleich. Nur einen Moment noch.

Mein Körper gehorchte mir nicht, begann sich unter seinen Händen zu öffnen, aalte sich unter seinen Berührungen, als wären sie die letzte Offenbarung. Mein Hintern presste sich an seine Lenden. Ich spürte, dass er steif war und dass ich es nicht mehr würde verhindern können. Dass mein Körper bereit war und er ohne Widerstand in mich hineingleiten konnte. »Nein«, rief ich laut- und atemlos, er konnte mich nicht hören. Er war in mir und stieß langsam und gleichmäßig zu. Ich spürte das heiße Pulsieren seines Gliedes und ergab mich in die rhythmischen Wellen der Leidenschaft.

Die Frequenz erhöhte sich, bis seine Kraft meinen ganzen Körper beherrschte und meinen Willen in sich verschlang. Er hatte die Energie eines 19-Jährigen, wohl wissend, dass das erste Mal mit dieser Frau auch das letzte sein könnte.

Seine Hand ruhte danach auf meiner Hüfte und mir war, als hätte ich aufgehört zu atmen. Er war noch da, er küsste meinen Hals und meine Schulter und flüsterte mir erotische Komplimente ins Ohr. Es dauerte, bis ich wieder ankam in diesem Raum, bis ich begriff, dass ich mich ihm völlig ausgeliefert hatte.

Auf das orgasmische Erwachen, das sich jede Frau wünscht, folgte damit sogleich die postkoitale Depression, die sich in meinem Fall so anfühlte wie damals, als ich mit sieben im »Mensch ärgere dich nicht« verloren hatte. Dabei war das Verlieren an sich gar nicht so schlimm. Vielmehr litt ich damals wie heute unter der diebischen Freude des Gegners über seinen Sieg: damals mein gleichaltriger Cousin, heute mein leidenschaftlicher Geliebter.

Beide spielten mit unlauteren Mitteln. Ich vermute bis heute, dass mein Cousin, als ich einmal weggeschaut hatte, die Figürchen verschob.

Erst jetzt war ich richtig wach und grübelte, wie ich, wenn ich schon diese seelische Niederlage erleiden musste, so doch wenigstens den physischen Genuss nun noch häufiger würde auskosten können. Mir fiel keine rechte Möglichkeit ein, wie ich meine Ehre retten und gleichzeitig den Liebhaber konservieren konnte. So ärgerte ich mich, anstatt wieder einzuschlafen, was dazu führte, dass ich am Morgen nicht gerade aussah wie die Schaumgeborene von Botticelli.

So erschien ich wenigstens provokativ oben ohne und in seinen Boxershorts zum Frühstück auf dem Balkon. Sollte er wenigstens glauben, dass ich ihn genauso als Trophäe sah.

Ich nahm einen tiefen Zug von seinem Joint, um Entspannung zu finden, und legte meine Beine auf seinen Schoß. Irgendwas an der Art, wie er mich ansah, machte mich wahnsinnig. Außerdem tat das Gras seine Wirkung und so schob ich meinen Fuß zwischen seine Beine und begann, ihn da zu streicheln. Er schloss die Augen und rekelte sich genießerisch. Er wusste, dass er die Schlacht gewonnen hatte.

»Nicht zu deinem Vergnügen, sondern zu meinem«, betonte ich schnell, damit nur ja keine Missverständnisse aufkamen. »Selbstverständlich, meine Königin«, antwortete der schöne Playboy in der geblümten Hollywoodschaukel, wobei mich der spitzbübische Ton aufregte. Ich hasste ihn leidenschaftlich. Lassen konnte ich es trotzdem nicht. Oder gerade deshalb. Seine magnetische Anziehungskraft kam geradezu einer ätherischen Gewaltausübung gleich. Ich wollte das nicht, was ich da tat, aber ich konnte nicht anders. Ich dachte darüber nach, ob man nicht das Gesetz für solche Fälle ändern sollte, während er mir zärtlich in den Fuß biss.

Eine Schlacht gegen mich kannst du gewinnen, den Krieg aber ganz sicher nicht, dachte ich insgeheim. Hier auf Lošinj hatte er ein Heimspiel. Dieser Sieg sei ihm gegönnt, versuchte ich mich selbst zu beruhigen.

Zu meinem Glück waren sämtliche seiner hiesigen Verflossenen bereits glücklich verheiratet oder abgereist, sodass mir seine ungeteilte Aufmerksamkeit für den Rest des Urlaubs erhalten blieb. Wir liefen händchenhaltend durch die Straßen des malerischen Inselstädchens Mali Lošinj, küssten uns im Abendrot und aßen Sardinen auf der Hafenpromenade.

Es gab noch ein paar Anläufe, die aber kaum erwähnenswert sind, da wir nie allein waren und der vielbeschäftigte Mann schon bald wieder abreiste. So verbrachte ich die letzten Urlaubstage mit meiner Freundin und dem Nachschwingen der erotischen Energie.

Inzwischen hat sich vieles getan. Während Niko und ich noch über die künftigen Konditionen unseres Zusammenseins verhandelten, tauchten kompromittierende Fotos in den Postkästen seiner Frauen auf. Nach dem Eklat ist er jetzt Single und Münzsammler. Ein bisschen schmälert das schon seinen Appeal, gebe ich zu, denn sein Lebensstil gefiel mir zwar nicht, aber inspirierte mich doch in einem mir bis dahin unbekannten Maß. Die Erotik des Wettbewerbs und der Ungewissheit darf entgegen aller Moral keineswegs unterschätzt werden.

Was lernen wir daraus: Im Krieg und in der Liebe bleibt alles erlaubt, aber nicht mit jedem Sieg hat man etwas gewonnen. Doch. Eines: Der Held ist in der Krise, aber mein Roman schreibt sich umso besser.

3. China

Callboys und Koks

Christie (23), Designerin, Nashville, USA,
über
einen Callboy, Dongguan, China

Unsere Rucksackreise hatte was von einem Roadmovie. Meine Freundin Kim und ich waren vom visuell-olfaktorischen Kaleidoskop Hongkong ins chinesische Shopping-Mekka Shenzhen unterwegs. Dort ließen wir uns ganz posh Maniküre, Pediküre und Massage gleichzeitig verpassen.

Weiter mit dem Bus, dann mit dem Taxi fuhren wir breite, beschnittene Alleen entlang, im Gegensatz zum in die Höhe gebauten Hongkong war hier alles breit und großzügig angelegt, fast wie zu Hause in den USA.

Es war ein lauer Dezember und mehr zur Dekoration als zum Schutz vor der Kälte trugen wir unsere Bommelmützen. Der Taxifahrer saß im Käfig, zu seiner Sicherheit vor Räubern, und trug auch keine weißen Handschuhe wie in Shanghai. In Shanghai braucht man nicht zu löhnen, wenn der Taxifahrer seine Handschuhe nicht trägt, aber das ist ein anderes Thema.

Er fuhr uns zu einer Fabrik in Dongguan. Wir wollten Kims Freundin Neili überraschen, die hier die Spielzeugproduktion überwachte.

Neili war über unser Auftauchen wohl eher erschrocken als begeistert, aber ließ sich dies als Chinesin nicht anmerken. Sie führte uns und einige Kollegen erst mal in ein schickes Restaurant aus.

Danach checkte sie uns im luxuriösen Windsor Park Hotel ein und schritt am riesigen Weihnachtsbaum vorbei zu den goldenen Fahrstühlen. Nun waren wir einmal da und sie als unfreiwillige Gastgeberin verpflichtet, uns zu unterhalten. Sie wollte mit uns in einen bestimmten Club und rief dort an, ob heute offen sei.

Während Kim auf ihrem Bett lag und Neili im Sessel thronte, stand ich vor dem riesigen Spiegel und schminkte mich.

»What are you doing? You don't need to dress up. We're gonna pay for it.«

Mir fiel fast der Kajal aus der Hand. Die selbstbewusste chinesische Männerfresserin sah mich ungerührt an, den Glimmstengel zwischen den manikürten Fingernägeln in der einen, das glitterbunte Handy in der anderen Hand. Kim hatte mich gewarnt. Die Chinesinnen seien, bei näherer Betrachtung, alles andere als anschmiegsame Kätzchen.

So viel wusste ich schon und hatte auch schon so manche Klage meiner westlichen Kumpels über ihre chinesische Freundin gehört, wie schwierig die betreffende Dame doch sei. Oder aber auch den bewundernden Ausspruch, dass sie nun eben mal kompliziert sei.

Neili schien mir dennoch eine Ausnahme zu sein. Sie sprach akzentfreies Englisch und war zu allen Schandtaten bereit, bevorzugte sie doch selbst europäische Liebhaber. Warum, vermochte sie nicht genau zu sagen. Kim fragte sie daraufhin unverhohlen, ob es an der Schwanzgröße liege. Das verneinte Neili empört und konstatierte: »Du solltest chinesische Männer nicht unterschätzen.«

Mir war das Ganze ein wenig unangenehm. Für Sex bezahlen? Das konnte doch nicht ihr Ernst sein. Ich fragte Kim etwas gequält: »Würdest du das machen? Also dann auch mit dem schlafen?«

»Klar, wenn er mir gefällt.« Die Stimmung war schon sehr seltsam in diesem luxuriösen Hotelzimmer.

Wir waren alle Anfang zwanzig und fühlten uns plötzlich reich wie Paris Hilton. Das Gefühl, reich zu sein, zieht immer das Gefühl von Überlegenheit nach sich. Von Macht. Beide Frauen waren davon überzeugt, dass wir das Richtige tun. Dass wir unsere Jugend auskosten und die Gunst der Stunde nutzen sollten, egal, ob es unserem eigentlichen Lustempfinden entsprach, sondern einfach, weil wir es konnten. Weil sich die Gelegenheit bot, weil wir es uns leisten konnten und weil die Moral weit weg im amerikanischen Hinterland geblieben war.

Und so fuhren wir mit dem Taxi zum Club. Begrüßt wurden wir gleich von zehn jungen Männern, sogar ein Amerikaner arbeitete hier. Meine Knie wurden weich, ich wäre am liebsten gleich wieder verschwunden, aber das ging nicht. So wollte ich mich an das einzig Vertraute klammern, mich mit dem Amerikaner unterhalten, in der Hoffnung, dass »wir« es uns dann doch alsbald wieder anders überlegen würden und heimführen.

Meine Freundinnen dachten gar nicht daran und wirkten auf mich, als hätten sie den Wahlspruch »Callboys und Koks« unsichtbar auf ihre netzbestrumpften Innenschenkel tätowiert.

Kim zog mich weiter, wir setzten uns an einen Tisch und die Galane servierten uns kunstvoll dekorierte Drinks, stellten Obstteller dazu und flirteten mit uns, während wir die leicht bekleideten Tänzer auf der Bühne beobachteten. Einer der Tänzer gefiel mir. Er war Chinese, groß und sportlich, nicht zu muskulös, aber sehr attraktiv. Er wirkte sehr westlich von der Art seiner Bewegungen her. Auslandschinese, dachte ich. Ich lächelte freundlich nach links und rechts und trank mehr, als mir lieb war. Einer flößte mir den Alkohol ein, während ich von der anderen Seite mit Obst gefüttert wurde. So muss es im alten Rom gewesen sein, dachte ich.

Trotzdem fühlte ich mich unbehaglich, auch wenn ich durch den Alkohol langsam in eine andere Welt hinüberglitt. Solange meine Freundinnen am Tisch saßen, fühlte ich mich sicher, aber Neili war die erste, die – mit meinem amerikanischen Landsmann – verschwand.

Kim flirtete zwar heftig, schien aber nicht richtig in Stimmung zu sein, bis ein schmaler karamellfarbener Junge mit großen dunklen Glutaugen den Raum betrat und sich an die Theke lehnte. Ohne ihre Begleiter zu beachten, die nach wie vor Drinks und Obststücke reichten, stürmte sie los, auf den Jungen zu. Wie ich später erfuhr, war er Indonesier, genau wie ihre große Liebe. Er war ein Angestellter des Clubs und so verschwand auch Kim alsbald.

Nun war ich allein. Allein in der Fremde. Ich hatte die Visitenkarte meines Hotels im Portemonnaie, aber ansonsten war ich ganz auf mich gestellt. Mein Mut war dahin und es war ganz anders als in der Woche zuvor in Hongkong, wo ich unter Klatschen und Jubeln der Freunde auf der Bühne einen chinesischen Jungen, der Geburtstag feierte, entkleidet hatte. Das war Spaß gewesen, ein Spiel, aber jetzt …

Der Tänzer war inzwischen von der Bühne gestiegen. Er setzte sich zu uns an den Tisch. Mein Starren war ihm wohl nicht entgangen.

Im Nachhinein bin ich versucht, zu behaupten, mir hätte jemand etwas in den Drink gemischt oder die chinesischen Zigaretten seien mit mir unbekannten Opiaten versetzt gewesen, um aus der Sache halbwegs wieder rauszufinden. Ganz klar rekonstruieren kann ich das Geschehen dieser Nacht jedenfalls nicht.

Vielleicht ist es auch die Scham über das, was dann passierte, aber ich erinnere mich erst wieder an das Gesicht des Tänzers, als es zwischen meinen Schenkeln auftauchte. Über mir schillernde pink-rote Neonherzchen mit Wechselstrom, die ich in meinem Dämmerschlaf erst verschwommen, dann immer deutlicher wahrnahm. Wie man da in Stimmung kommen sollte … irgendwie war das wie so ’ne tickende Wanduhr. Ich war im Übrigen obenrum noch vollständig angezogen – nicht, dass es das besser machen würde.

Von irgendwoher drang *Something about Christmas time* in meinen Gehörgang, während der exotische Tänzer bei der Suche nach meiner Klitoris gerade fündig zu werden schien. Äh, doch nicht ... dann doch wieder. Ab und zu halt. Vielleicht waren meine Nervenenden durch den Genuss verschiedener verbotener Rauschmittel auch etwas betäubt, möchte ich zu seinen Gunsten aussagen. Schließlich war er ja Profi und ich nur eine unfreiwillige Amateur-Sextouristin.

Ich lag auf rosa Plüsch und mich wundert es rückblickend, wie sehr das tatsächlich zur Entspannung beitrug. Jedenfalls bin ich nicht gleich empört aufgesprungen, sondern ließ ihn erst mal weitermachen und stöhnte zur Belohnung ein bisschen. Das nahm ein jähes Ende, als ich merkte, dass da noch jemand stöhnte, und zwar nicht der Herr zwischen meinen Schenkeln. Ich sah zur Seite und da saß ein dünner Junge, vermutlich minderjährig, und holte sich einen runter. Wahrscheinlich Praktikant, dachte ich, bevor ich endlich zur Besinnung kam.

Ich stützte mich auf, rutschte zum Kopfende des Bettes, den Unterleib jetzt unterm Rock verborgen, und musterte beide.

»Is something wrong?«, fragte der Tänzer. Der Praktikant hatte aufgehört zu wedeln und guckte mit offenem Mund. »Do you want something to drink?« Ich nickte und sah den Praktikanten an. Der Tänzer folgte meinem Blick und schickte ihn raus. Schief lächelte er mich an, deutete mit dem Kopf zur Tür und sagte: »He never saw american girl before. Very beautiful.« Dann leckte er meinen Hals und fuhr mit der Hand unter mein Top. Ein bisschen grob, wie ich fand, und wohl eher zu seinem Vergnügen als zu meinem. Aber meine Nippel waren hart. Die Drogen wahrscheinlich, versuchte ich mich zu beruhigen.

Er gab mir wieder Alkohol und fütterte mich mit Trauben und Melonen.

Danach schien er meine Anwesenheit zu vergessen und zog sein Programm durch.

Natürlich ließ ich ihn machen, wie hätte ich mich sonst zurück zu den Mädels ins Hotel trauen können. Außerdem wollte ich vermeiden, dass er sein Gesicht verlor. Im Morgengrauen setzte er mich in ein Taxi.

»Die Rechnung?«, fragte ich. Er machte einen Kreis mit Daumen und Zeigefinger, das Zeichen für »okay«, und grinste.

Er gab mir seine Visitenkarte. »Next time, okay?«

Er hätte das Geld nehmen sollen, denn ein nächstes Mal wird es nicht geben.

4. Tunesien

Habibi Inn

Lissy (14), Schülerin, Dinslaken, Deutschland,
über
Osama (17), Animateur, Hammamet, Tunesien

Ey, du Schlampe!«, entfuhr es mir. Die hatte sich doch tatsächlich an meinen Freund rangemacht und ich stand auf, um bedrohlicher zu wirken und ihr notfalls eine zu pfeffern.

Das war so eine aufgetakelte Tusse, also so eine, die nur darauf gewartet hatte, dass ich kurz mal wegmusste und Osama alleine rumsaß. Alleine stimmt natürlich nicht. Aber ohne mich halt.

Das war im Sommerurlaub in Hammamet. Ich war da mit meinen Eltern und Pontus, meinem Bruder. Osama war Animateur in unserem Hotel. Beim Abendessen steckte er mir, als ich grad mal alleine in der Schlange am Buffet stand, eine Serviette zu. Darauf stand: »Open the three page.« Mir war nicht klar, dass Servietten über Seitenzahlen verfügen, und außerdem konnte ich mit 13, ja ich wurde 14 in diesem Urlaub, schon sehen, dass es »third« hätte heißen müssen.

Aber Osama sah sooo geil aus, hatte wahnsinnig lange Wimpern und Rastazöpfe, da stand ich total drauf. Irgendwann fand ich auch die geheime Botschaft. Ich sollte um acht, also nachdem ich meine Eltern nach dem Abendessen nach oben in die High-9-Cocktailbar gebracht hatte, unten in die geschlossene Habibi Inn Bar kommen, wo zu diesem Zeitpunkt nur die gedeckten Tische und der Flügel standen. Osama war nicht zu sehen und ich wurde nervös. Gegen 8.30 Uhr tauchte er auf und sagte »hallo«. Ich verstand dann leider sein Englisch nicht. Da lächelte er ein bisschen irritiert und gab mir schnell einen Kuss auf die Wange. Ich war total aufgeregt, hörte aber dann ein paar Typen kichern. Osamas Kumpels, darunter der Kellner Ali, der auch ein Auge auf mich geworfen hatte, hockten hinter dem Flügel.

Da war ich ziemlich sauer auf Osama und ging einfach weg. Er lief noch bis zum Fahrstuhl hinter mir her, aber ich reagierte nicht mehr auf ihn. Am nächsten Morgen hatte ich mich wieder beruhigt und machte beim Aerobic mit, da Osama genau daneben an der Strandbar döste und so die Gelegenheit bekam, meine Figur zu bewundern. Ich hatte einen tollen neuen Bikini mit lila Libellen, in dem meine Titten riesig aussahen. Das entging auch Osama nicht und das will was heißen, denn er war bestimmt schon 18. Nach dem Aerobic ging ich in den Pool und Osama stellte sich genau vor meiner Nase unter die Dusche und spannte extra sein Sixpack an. Das war ja klar. Außerdem strich er sich durch die Haare und sah aus wie in so einer Duschgel-Reklame. Dann guckte er plötzlich zu mir rüber und ich schaute schnell weg, aber blöderweise nicht schnell genug, denn er hatte gesehen, dass ich ihn angeglotzt hatte.

Das war echt ärgerlich, aber nun auch nicht mehr zu ändern. Er lächelte auch so lieb und hockte sich dann neben mich an den Pool.

»Hallo, wie geht's?«, sagte er auf Deutsch.

»Gut«, sagte ich dann. Er stand wieder auf, drehte sich um, lächelte noch mal und ging dann wieder zu Said, Mustafa und den anderen, weil sie bald Dienst hatten und den weiteren Verlauf des Programms besprechen mussten.

Abends nach der Aufführung saßen sie wieder in der Bar neben dem Amphitheater und unterhielten sich. Ich hatte mich im Laufe des Tages mit Nalia angefreundet. Sie kam aus München und war ziemlich cool. Sie war schon 15 und hatte einen Freund, der aussah wie der kleine Bruder von Eminem. Sie wäre ihm eigentlich treu sagte sie, aber falls sich hier etwas Besonderes ergeben würde, ich wisse schon, würde sie es sich eventuell überlegen. Die anderen deutschen Jungs hier im Hotel standen total auf Nalia, denn ihr Vater war Afrikaner und so war sie groß, dunkel und obendrein noch megahübsch. Ihr Bruder sah allerdings total langweilig aus. Er war ein Streber und blieb fast immer im Hotelzimmer, da er die Hitze nicht vertrug.

Nalia war schon oft in Afrika gewesen, wie das Land hieß, habe ich vergessen, aber dort war es total schön. Die Landschaft und so. Nalia sprach manchmal wie eine Erwachsene. Ich fand sie toll. Sie fragte dann auch, ob wir nicht rübergehen und uns zu den Jungs setzen wollen.

Das machten wir dann auch. Sie sagten zwar mal was zu uns, aber irgendwie kam kein richtiges Gespräch zustande. Nalia musste dann aber noch mal aufs Zimmer, was holen, und ich sollte hier warten. Sie kam lange nicht zurück und da wurde mir kalt. Osama zog sich seinen Pulli aus und gab ihn mir. Da war seine Körperwärme noch drin zu spüren und ich fand das total krass, dass er vor den anderen Jungs so eine Geste machte.

Als Nalia immer noch nicht wiederkam – sie sagte mir am nächsten Tag, sie sei zufällig eingeschlafen, aber mein Vater meinte, ihre Eltern hätten sie bestimmt nicht mehr gehen lassen so spät –, brachte Osama mich noch zum Fahrstuhl. Wir redeten gar nicht auf dem Weg, aber ich spürte, wie sich eine Spannung aufbaute. Osama küsste mich dann auf den Mund. Das hatte er genau abgepasst, genau in dem Moment ging der Fahrstuhl auf und er sah mich noch mal an und sagte: »Träum schön«, oder so was. Ich schwebte wie auf Wolken in den siebten Stock.

Leider war meine Mutter noch wach und es gab ein Donnerwetter, da ich mein Handy nicht dabeihatte und Papa mich suchen gegangen war. Ich würde am nächsten Abend nicht mehr so lange wegbleiben dürfen. Das war mir aber auch egal, denn ich schlief in Osamas Pulli, was meine Mutter total aufregte, wegen der Bazillen, die in dem Pulli sein könnten, und am nächsten Tag waren wir offiziell zusammen.

Osama schaute mir jetzt superstolz beim Aerobic zu und gab mir während der Aufführung heimlich hinterm Vorhang meinen ersten richtigen Zungenkuss. Ali hat dann Fotos davon gemacht. Es war echt super, so im Mittelpunkt zu stehen. Nalia meinte, ich solle aber auf keinen Fall vor dem dritten Abend mit ihm schlafen, weil man mich dann schnell als Schlampe abstempeln könnte. Schließlich sei Tunesien ein muslimisches Land. Osama kam außerdem aus einem Dorf in der Nähe und da sieht man so was noch ziemlich streng. Zum ersten Sex kam es dann aber doch schon am zweiten Abend, was aber nur daran lag, dass für den dritten Tag unserer Beziehung ein Ausflug geplant war, den ich mit meinen Eltern und meinem Bruder machen musste. Daran führte kein Weg vorbei. Nalia meinte dann auch, in so einem Fall könne man eine Ausnahme machen, da Osama dann den ganzen dritten Tag nur an mich denken würde.

Nalia hatte schon mit zwei Jungs geschlafen und »L12«, so hieß ihr Freund, eigentlich hieß er Ludwig, aber da kann er ja nichts dafür, war der dritte. Sie waren auch erst kurz vor dem Urlaub zusammengekommen und da hatte sie ein bisschen improvisieren müssen und am Abend vor der Abreise mit ihm geschlafen. Jetzt schreibt er ihr die ganze Zeit SMS und so.

Osama war aber superentspannt und wohl ziemlich überrascht, als ich mit meinem superengen Dress an der Strandbar auftauchte. Wir hatten Glück und Said, der mit Osama das Zimmer teilte, hatte gerade seinen freien Tag und war zu seiner Familie ins Dorf gefahren, wo er auch übernachten würde.

Ich schlug dann vor, dass wir einen Spaziergang am Strand machen könnten, und wir gingen in die Richtung des Animateurhauses. Es war Vollmond und Osama sah mir superromantisch in die Augen. Irgendwie war mir dann etwas schwindelig und ich hätte es doch erst mal lieber bei Händchenhalten und Knutschen belassen. Aber ich musste da durch. Ich wollte unbedingt sein wie Nalia. Osama schien aber gar keine Anstalten zu machen und wollte mich wieder zurückbringen. Ich ließ mich dann in den Sand fallen und tat so, als ob ich auf einen Seeigel getreten wäre. So landeten wir endlich, es war schon ziemlich spät, bei Osama auf dem Zimmer. Da verarztete er erst mal meinen Fuß. Dass ich gar nicht verletzt war, fiel ihm gar nicht auf.

Anschließend küsste er mich wieder und ging mit der Hand unter meinen Pulli. Beim ersten Mal schob ich erschrocken seine Hand weg. So konnte das aber nichts werden, also versuchte ich mich zu beherrschen und die fremde Hand unter meinem Pulli zu dulden. Nach ein paar Minuten fühlte sich das dann auch sehr schön an und hätte stundenlang so weitergehen können. Aber plötzlich ging alles ziemlich schnell.

Osama zog mir mein Höschen aus und legte sich auf mich. Mein Herz raste und meine Beine hätten am liebsten dasselbe getan. Ich musste mich echt zwingen, mir das nicht anmerken zu lassen. Es wäre auch echt peinlich, jetzt einfach abzuhauen. Ein Ablenkungsmanöver musste her. Mir fiel keines ein. Osama wollte dann nicht das Kondom benutzen, das Nalia mir sicherheitshalber mitgegeben hatte, aber ich bestand natürlich darauf, denn sie hatte mich eingeschworen.

Jetzt war er es, der nervös wurde. Das Überziehen des Kondoms klappte nicht auf Anhieb. Er wollte es umdrehen, aber Gott sei Dank hatte ich noch Ersatz. Er meinte, wir könnten es auch lassen. Ab da fühlte ich mich selbstbewusst. Irgendwie hat es dann mit dem Gummi noch geklappt. Beim Eindringen tat es dann auch nur ein bisschen weh, aber es war superschön und ich dachte die ganze Zeit an Nalia und wie cool ich jetzt bin. Ich weiß nicht genau, ob ich einen Orgasmus hatte. Nalia meint nein, weil wenn man einen Orgasmus hat, dann weiß man es. Ich fand das aber gar nicht schlimm und Osama war auch ziemlich gut im Bett, fand ich, obwohl alles etwas schnell ging, aber das ist wahrscheinlich auch normal. Danach küsste er mich wieder superlange und brachte mich zum Fahrstuhl. Es war schon fast Mitternacht und es gab wieder Ärger, aber das machte mir nichts aus.

Am nächsten Tag machten wir dann den Ausflug ins Land. Ich hatte den Eindruck, dass die Männer mich total anders ansahen. Irgendwie hatte ich so ein inneres Leuchten, das nur erwachsene Frauen haben, meinte Nalia. Sie war mit auf dem Ausflug und war jetzt mit Arvid aus Paderborn zusammen, aber nur für den Urlaub, sagte sie. Arvid war auch erst 15 und damit ja kein richtiger Mann wie ihr Freund in München. Außerdem war er blond und sommersprossig und eigentlich gar nicht ihr Typ. Aber so lange auf einen Lover verzichten konnte sie halt auch nicht.

Am nächsten Morgen traf ich Osama dann wie verabredet gleich vor dem Frühstück. Er war extra meinetwegen früher aufgestanden, obwohl er am Vortag bis zwei Uhr hatte arbeiten müssen, aber er wollte mich unbedingt sehen. Das war supersüß und romantisch. Außerdem hatte er eine Rose dabei, die er extra für mich aus dem Beet vor dem Hotel geklaut hatte. Das war echt mutig. Wenn man ihn dabei gesehen hätte, hätte er leicht seinen Job verlieren können.

Osama hatte dann Dienst und ich hing mit Nalia, Arvid, Dennis und den anderen in der Hotellobby rum, als ein Bus mit neuen Hotelgästen ankam. Da war dann auch die blöde Tusse dabei, die nichts Besseres zu tun hatte, als sich gleich am ersten Abend an Osama ranzumachen.

Nalia meinte, sie kenne solche Weiber, die finden einen Mann mit Freundin gleich viel interessanter. Osama sei aber total in mich verknallt und würde sich nicht ablenken lassen.

Ich sollte aber trotzdem deutlich mein Revier verteidigen, damit sie von Anfang an weiß, wem Osama gehört. Sie war nämlich schon 16 und damit bestimmt interessanter für Osama als ich, da kann man nichts machen.

Das Revier-Verteidigen tat auch seine Wirkung. Ich war echt wütend und so war es nicht schwer für mich, mich so vor ihr aufzubauen und sie anzuschreien. Sie meinte dann so blöde von der Seite: »Hey, kein Thema, Kleine«, leckte ihre Selbstgedrehte an und holte sich bei Said Feuer. Osama versuchte mich zu beschwichtigen, aber ich war ziemlich in Rage. Er war aber wohl ziemlich stolz auf mich, dass ich mich so ins Zeug gelegt hatte. Nora, so hieß die Schlampe, kam dann später am Abend mit Said zusammen.

Nalia reiste am nächsten Tag ab. Wir vergossen ein paar Tränen, versprachen aber, in Kontakt zu bleiben. Danach hing ich immer mit Nora rum, wenn unsere Männer Dienst hatten. Leider ging die Zeit viel zu schnell vorbei. Osama und ich wollten fest zusammenbleiben und er wollte mich in Dinslaken besuchen kommen. Ich weinte ziemlich lange im Flugzeug, weil wir uns erst mal nicht sehen würden.

Wir führten dann noch über einen Monat eine Fernbeziehung, bis ich Ufuk aus meiner Parallelklasse näher kennenlernte, der mich schon vor den Sommerferien immer mit Papierfliegern beschossen hatte.

5. Mexiko in Peking

La vida loca I

Tina (26), Medizinstudentin, Heidelberg, Deutschland,
über
Julio (21), Economics-Student, Monterrey, Mexiko

Als ich Julio zum ersten Mal sah, trug er einen Kosakenmantel und den Safety-Belt aus dem Flugzeug als Gürtel. Es war März und die ersten Sonnenstrahlen erreichten die Stadt. Deshalb trug Julio dazu Flip-Flops.

Er kam aus Mexikos Upperclass und konnte hier in Peking mal so richtig die Sau rauslassen. Erzogen in US-amerikanischen und Schweizer Eliteinternaten, hatte er trotzdem formvollendete Manieren, ließ mir immer den Vortritt, egal, wie betrunken er war und wie oft er das Wort »fuck« benutzte. Julio zahlte auch immer für mich, obwohl er fünf Jahre jünger war und noch gar nicht über ein eigenes Einkommen verfügte.

Er hatte bei allem eine natürliche Autorität und war bald als bester Salsatänzer in der Stadt bekannt. Sein Bild prangte auf einer zwanzig Meter hohen Shampoo-Reklame auf der Fassade einer Shopping Mall und gerade hatte er in einem chinesischen Spielfilm einen schießwütigen Mafioso gespielt. Sein Auftritt dauerte ganze zwei Minuten, sein Name tauchte im Abspann auf und damit zählte er zur Sprachschulprominenz.

Julio war laut, charismatisch und auffällig. Er hatte dunkle Locken, Glutaugen und ein verschmitztes Lächeln.

Alles was er tat, machte er mit einem Augenzwinkern.

Das galt auch für die Liebe.

Julio setzte sich in der Sprachklasse neben mich, weil er sein Buch vergessen hatte und bei mir mit reinschauen sollte. Das hatte Lehrer Wang so entschieden. Julio kritzelte mein Heft voll, störte im Unterricht, falls er mal da war, und wusste immer, wo die besten Partys stattfanden. Er kannte prinzipiell den DJ, die Go-go-Girls oder den Clubbesitzer und schlief manchmal mit mehreren Mädchen in einem Bett.

Julio war der Mann, den man »ausprobieren« musste, sagte eine langbeinige Thailänderin aus meiner Klasse in der Pause unten am Süßigkeitenstand. Die Mädchen drum herum kicherten.

Ich fand das alles ziemlich blöd und lächelte mit den wohlwollenden Augen einer großen Schwester über Julios Eskapaden.

Julio hatte sich, vielleicht wegen der Flip-Flops, die er bei Temperaturen um den Gefrierpunkt getragen hatte, erkältet und war deshalb an dem Abend, an dem wir uns länger unterhielten, ziemlich matt. Dadurch war er nicht so gut gelaunt und hatte keine Lust auf kichernde Girlies, sondern wollte Ruhe haben und setzte sich an den Tisch der Jungs. An diesem Tisch saß zufällig auch ich. Julio erzählte von einer Segeltour über den Atlantik, einer Hai-Attacke in Südafrika und einer Nacht im Knast von Phnom Penh. Er fragte dann, ob ich einen Freund hätte. Ja, in Deutschland, sagte ich. Das war gelogen, aber ich hoffte, dass er mich so in Ruhe ließe.

Das tat er nicht. Er wich mir nicht mehr von der Seite. Das war ein lustiges Spiel die nächsten Tage. Julio schlurfte matt und verschnupft neben mir her und schnäuzte sich laut die Nase. Damit hätten die Asiatinnen bereits vertrieben sein müssen, denn das Naseschnäuzen ist dort ein ebenso großer Fauxpas wie bei uns Rülpsen oder Furzen auf der Straße. Trotzdem lief irgendwie immer eine Traube Mädchen hinter uns, also Julio, her. Julio irritierte das überhaupt nicht und er sagte, wenn er eine »richtige

Frau« haben könnte wie mich, würde er sich ändern. Ich fühlte mich geschmeichelt und merkte, wie ich mich an ihn gewöhnte. Da sein Husten nicht wegging, musste er nämlich ins Krankenhaus und ich begleitete ihn. Wenn ich ohne ihn in der Uni saß, vermisste ich ihn. Er war ein unreifer Halbstarker, wie ich fand, aber seine Leichtigkeit tat mir gut.

Julio erholte sich schnell und als er wieder im Unterricht erschien, brach sogleich Jubel aus.

Julio hatte dann Ende der Woche Geburtstag und die Mädchen hatten ihm einen Kuchen gebacken. Er blies die Kerzen aus und durfte sich was wünschen. »Was hast du dir gewünscht?«, kicherte und klatschte man. Julio sah mich an. Dann fragte er in die Runde: »Heute ist mein Geburtstag. Da darf ich alles machen, was ich will?!« In den Jubel mischte sich gespannte Erwartung. Julio tat immer, was er wollte. Was bedeutete das wohl …

Er trat einen Schritt auf mich zu, sah mir in die Augen, umschlang meine Taille, zog mich an sich ran wie beim Tanz und küsste mich leidenschaftlich auf den Mund. Ich lächelte verlegen in die Runde und nahm einen Schluck aus meinem Sektglas. Alle klatschten, die Jungs grölten, die Mädchen versuchten ihre Entgeisterung zu verbergen.

Danach wollte man noch irgendwohin gehen. Ich hielt mich zurück und ging mit der ruhigen Italienerin Maria hinter dem Tross her, den Julio und seine Kumpels nun anführten. Wir landeten beim Karaoke. Ich wurde ausgesucht, das Singen zu eröffnen. Ich sähe so Cindy Lauperish aus mit meinen wilden Haaren, sagte einer, und müsse *Girls just wanna have fun* singen, das tat ich dann auch. Ein japanophiler Amerikaner sang *Samuraj soul* und wurde von den Japanern begeistert beklatscht, und dann forderte Julio mich zum Duett auf. Wir sangen *Something stupid.* Julio war jetzt schon ziemlich voll und umarmte mich die ganze Zeit. Ich merkte, wie mir das zu gefallen begann. Richtig einordnen konnte ich das Gefühl nicht.

Wir verließen die Location irgendwann und die anderen wollten noch in einen Club. Maria wollte nach Hause und auch ich zögerte, mitzugehen. Der Tross setzte sich irgendwann in Bewegung. Maria und ich standen noch rum und Julio lief zu uns zurück. »Bitteee. Ich gehe nicht ohne dich«, säuselte er, umarmte mich von hinten und küsste mein Haar. Maria fühlte sich irritiert, verabschiedete sich und ging. Ich sah, wie wir uns in einem Schaufenster spiegelten, und zu meinem Schrecken fiel mir auf, dass ich strahlte. Es war etwas seltsam. Aber ich musste mich von außen sehen, um zu erkennen, dass ich total in Julio verknallt war.

Ich löste mich von ihm, er blieb vor mir stehen und sah mich an. Die Gruppe war schon fast hinter der nächsten Kreuzung verschwunden und jemand brüllte: »Juuuulio!«

Ich sagte: »Los geh, ich muss jetzt echt.«

Julio küsste mich wieder und wieder.

So begann unser Verhältnis mit einem Kavaliersstart im Ausländerwohnheim von Wudaokou, dem Pekinger Univiertel. An die Details des ersten Mals kann ich mich nicht erinnern. Ein Zeichen dafür, dass es sich um eine meditative Erfahrung gehandelt haben muss, denn ich trug ein Dauergrinsen am nächsten Tag. Julio und ich waren nun immer zusammen und als er gefragt wurde, ob ich seine Freundin sei, sagte er: »Ja.«

Damit begann die aufregendste Zeit meines Lebens. Der Sex mit Julio war so, dass ich bald glaubte, alles was ich vorher erlebt hatte, sei kein Sex gewesen, sondern nur ein bisschen Eiapopeia. Der stürmische Julio hatte mit ungewöhnlichen Plätzen und Situationen nämlich kein Problem.

Einmal saß ich im Wohnzimmer meiner WG am Esstisch, unter dem Julio saß und meine Innenschenkel und meine Pussy durch das Höschen hindurch küsste. Meine Mitbewohnerin Mel kam aus der Küche. Sie hatte Julio nicht reinkommen hören und setzte sich neben mich an den Tisch. Sie zeigte mir auf ihrem

Notebook asiatische Pornoseiten, während Julio unten meinen Slip beiseite schob.

In der Küche schien etwas anzubrennen und Mel flitzte nachschauen. Ich sah den Cumshot und kam mit Julios Zunge in meiner Pussy. Danach krabbelte Julio unterm Tisch hervor und setzte sich an den Tisch, ich klappte das Notebook zu, und Mel kam mit gebratenen Würstchen aus der Küche.

»Oh, habe dich gar nicht kommen hören«, sagte sie zu Julio. Julio grinste und nahm sich ein Würstchen.

Julio und ich hätten uns nach leidenschaftlichen sieben Wochen abrupt trennen müssen, da der Sprachkurs zu Ende war. Mein Flug ging einige Stunden vor Julios, und er hing an mir wie ein Krake. Mit Saugnapf und Tentakeln hielt er mich fest und veranlasste das Sicherheitspersonal zu nervös-wohlwollendem Kichern. Ich schämte mich ein bisschen, den Vorurteilen über Ausländer Ehre zu machen, und befürchtete, den Flieger zu verpassen.

»Komm mit mir nach Mexiko«, quengelte Julio, nicht wissend, dass sein Wunsch schneller wahr werden sollte, als er ahnte. Denn als ich mich wunderte, dass am Check-in-Schalter für meine Maschine keiner stand, teilte man mir mit, dass die Maschine schon weg und auf meinem Ticket eine falsche Zeit angegeben sei. Ich war fix und fertig.

6. Mexiko in Mexiko

La vida loca II

Tina (27), Medizinstudentin, Heidelberg, Deutschland,
über
Julio (22), Economics-Student, Monterrey, Mexiko

Die nächste Maschine nach Deutschland würde ich erst in vier Tagen nehmen können, aber mein Visum war abgelaufen und als Illegale konnte ich nicht ausreisen. Da schritt Julio zur Tat und wenige Stunden später nahmen wir Kurs auf Mexiko.

Julio war während des Fluges dann etwas angespannt, bis er mir zerknirscht mitteilte, dass seine konservative katholische Familie nun denken würde, ich sei seine Verlobte.

Für ihn sei das gar kein Problem, ich sei seine Traumfrau. Er wolle mich sowieso mal heiraten. Für mich war das allerdings ein bisschen viel des Guten und ich wäre am liebsten gleich unterwegs mit dem Fallschirm abgesprungen.

Viel Zeit zum Nachdenken blieb mir nicht, denn am Flughafen wurden wir sogleich von verschiedenen Familienmitgliedern geherzt und geküsst. Dann fuhren wir durch den Wüstensand zur Hacienda. Meine Klamotten klebten an meinem Körper und ich saß zwischen Julio und einigen anderen hinten im Pick-up. Ich war ziemlich genervt. Julio sprach jetzt nur spanisch und beachtete mich kaum, obwohl er die ganze Zeit den Arm um mich gelegt hatte, wenn man von den nicht ganz seltenen Momenten absah, in denen er wild gestikulieren musste.

Abenteuer gelten immer als erstrebenswert. Für mich hatte meines in diesem Moment etwas Klebriges, Nerviges. Ich fühlte mich sprachlich isoliert, hatte gerade einen Auslandsaufenthalt hinter mir und wollte weg.

Das änderte sich allerdings bereits innerhalb der nächsten Stunden. Wir erreichten die Hacienda. Ein riesiges Anwesen mit Springbrunnen und bunten Mosaiken vor der Eingangstür. Eine zahnlose Oma mit einem schwarzen Fächer saß davor im Schatten. Die Zikaden zirpten ohrenbetäubend, und die Luft roch erdig, sandig und nach Natur.

Unter chaotischem Gerede wurden Julio und ich ins Innere des ockerfarbenen Hauses geschoben, und ich fand mich plötzlich allein in einem gekühlten Raum wieder. Ein Bett, Sekretär und eine altmodische Schminkkommode. Dazu gehörte ein kleines Bad mit einem blümchenbemalten Emaillewaschbecken und einem verschnörkelten Spiegel. Alles sah etwas marode aus, aber auch nach hundert Jahren Geschichte. Hinter der Tür entdeckte ich zu meiner Freude noch eine hochmoderne Duschkabine mit Wohlfühlstrahl. Ich liebte mein Domizil. Ich duschte mich, zog mich um und ging hinunter zum Festgelage.

Jetzt blickte ich auch langsam durch, wer hier alles lebte. Julios Eltern Marisol und José, zwei Schwestern von José mit ihren Familien, Julios vier Geschwister, wovon allerdings nur Maria del Carmen und Sophia gerade da waren, die Brüder studierten in den USA. Eine Cousine, die von ihrem Mann verlassen worden war, lebte mit ihren beiden Kindern auch dort, nicht zu vergessen die Großeltern und die Urgroßmutter – das war die zahnlose, die immer mit ihrem schwarzen Fächer auf dem Stuhl saß. Ich habe sie in der ganzen Zeit nie in einer wesentlich anderen Position erlebt. Ihr Alter war ungeklärt. Man datierte ihr Geburtsdatum auf 1904 oder 1908. Dass dies einen Unterschied von vier Jahren machte, der doch zu klären sein müsste, kümmerte keinen. Ihr Geburtstag wurde jedes Jahr im Spätsommer zur Weinernte gefeiert, die Abuelita nahm ihre Tabletten mit dem jungen Rotwein ein und allen ging es gut. Außerdem gab es noch zwei alte Männer, die beide »Großvater« gerufen wurden, ohne dass klar wurde, in welchem Verhältnis sie zur Familie standen.

Dann kamen noch Gäste von den benachbarten Plantagen, alle umarmten Julio herzlich, gratulierten ihm zu seiner Braut und dann tanzten die Muchachos und Chicas im Licht der Fackeln. Ich fühlte mich wie in einem surrealen Traum, aus dem ich doch bald mal aufwachen müsste.

Endlich begann ich zu begreifen: Julio und ich waren verlobt, ohne dass es je einen Antrag oder wenigstens einen gemeinsamen Entschluss gegeben hatte. Als ich am nächsten Morgen aufwachte, trug ich einen großen verschnörkelten Silberring mit einem blassgelben Stein am Finger, den sich die über hundertjährige Oma mit zahnlosem Lachen und verschmitztem Blick abgestreift und mir zur Verlobung geschenkt hatte. Ich war gerührt von der Herzlichkeit, aber auch irritiert, als Julio am nächsten Morgen mitteilte, dass es nun kein Problem mehr wäre, wenn ich bei ihm schliefe.

Im Laufe des Tages zog ich um in Julios Zimmer. Als ich reinkam, riss er gerade das letzte Poster eines mexikanischen Pin-ups von der Wand und grinste mich an. Zwei Cousins zwängten ein Messing-Ehebett durch die Tür.

Obwohl man die Tür nicht richtig abschließen konnte, was mich doch ein bisschen nervös machte, liebte Julio mich in dieser ersten Nacht im stimmungsvoll quietschenden »Ehebett« hemmungslos und inbrünstig. Ich zog uns immer wieder die vergilbte handgestickte Quiltdecke über die Ohren, damit keiner etwas hören oder sehen konnte. Da wir normalerweise ein eher geräuschvolles Liebesleben führten, war ich der Ohnmacht nahe, als Julio an meinen Brustwarzen saugte. Das lag daran, dass ich die Luft anhielt, um bloß keinen Pieps von mir zu geben. Zeitgleich schlug ich Julio meine Krallen in den Rücken. Von unter der Decke kam ein Schmerzgeräusch. Zumindest glaubte ich, eines zu vernehmen. Ich kratzte noch ein bisschen fester, da ich hoffte, ihn so zu stoppen. Weit gefehlt. Julio wurde nur noch wilder und biss mich etwas zu fest in den Hals. Ich gab einen spitzen Schrei von mir, bis Julio mich mit einem Schwung auf seinen Schoß hob. Die Decke fiel zu Boden und die Beherrschung war dahin. Aneinandergeklammert und ineinander verschraubt kamen Julio und ich gleichzeitig in der schwarzen mexikanischen Nacht. Ich war mir sicher, dass man uns bis zur US-amerikanischen Grenze hören konnte. In dem Moment war es mir natürlich egal.

Am nächsten Morgen wurde leise an die Tür geklopft.

Die Mamacita reichte uns auf einem geblümten Holztablett das Frühstück herein: Rote Bohnen mit Speck, feurig, scharf und salzig. Mit dampfendem Kaffee und frischem Obst beladen zwinkerte sie Julio zu – das sah ich blinzelnd im goldgerahmten halbblinden Spiegel an der gegenüberliegenden Wand – und schloss die Tür wieder von außen. Genüsslich sog ich den Duft des Frühstücks ein und drehte mich nach den dampfenden Terrinen um.

In den folgenden Wochen fuhren wir ständig mit irgendwelchen Leuten, Brüdern, Cousins und Nachbarn durch ganz Nordmexiko. Ununterbrochen gab es Fiestas oder Feierlichkeiten für irgendwelche Santas. Ich hatte dann ein bisschen Magenbeschwerden, da ich wohl immer zu viel aß, um niemanden zu beleidigen, und die Klimaumstellung nicht so richtig vertrug.

Dachte ich jedenfalls, bis Julios Mamaíta mich eines Morgens erwischte, wie ich die Klobrille umarmte. Ohne mich vorher abwaschen zu können, fiel sie mir begeistert um den Hals und küsste mich ab. Ich verstand nicht, was sie sagte, aber dann stürzte sie sich auf Julio und der teilte mir dann mit, dass ich schwanger sei. Ich winkte ab, mein Magen sei doch nur nicht an die vielen Tortillas, Bohnen und das ganze Fleisch gewöhnt.

Das interessierte niemanden. Die Mamaíta verstand sowieso nicht, was ich sagte, und ein paar Minuten später saßen wir schon wieder im Wagen zu einer Freundin, die eine ähnliche Figur hatte wie ich und gerade Mama geworden war, um ihr Umstandsmoden abzuschwatzen.

Mal wieder nervten mich die meiner Meinung nach vorschnelle Reaktion und das übertriebene Getue. Julio trug mich dann sogar über so ein kleines Rinnsal, das über das Grundstück der Freundin lief. Unter anderen Umständen hätte ich das vielleicht romantisch gefunden, aber jetzt dachte ich, was soll der Quatsch, ich kann selbst laufen. Außerdem war ich der Ansicht, dass man vielleicht lieber erst mal einen Arzt aufgesucht hätte, bevor man die werdende Mutter zelebriert. Vor allem der arme Julio wurde nun nur noch von seiner Mamaíta rumgeschubst und rumkommandiert.

Das war das zweite Mal, dass mir der Fluchtgedanke kam. Meine Verliebtheit zu Julio ging mehr und mehr in der familiären Einmischung in unsere Intimsphäre unter. Letztendlich hatte die Mamaíta natürlich recht. Mamaítas riechen so was. Anscheinend hatte ich aber auch ein bisschen recht, denn ich hatte wohl tatsächlich die Zeitumstellung, das Essen und die damit verbundene Belastung meines Magen-Darm-Traktes nicht ganz vertragen und damit war die Pille wirkungslos geworden. Eine Hochzeit war damit unvermeidbar.

Es mussten binnen kürzester Zeit alle Freunde und Verwandten, natürlich nur die fünfhundert wichtigsten, aufgetrieben werden und mir wurde ein altweißes Generationenhochzeitskleid auf den Leib getackert.

Julio hatte inzwischen meine Überforderung bemerkt und machte mir dann ein besonderes Geschenk: Unsere Hochzeitsreise ging in die USA und dort ließen wir uns in Vegas ein zweites Mal trauen, nur wir beide, im heißen rosa Glitterschaumbad und vom King persönlich. Julio mit Shorts und Schlips mit Hawaiimuster. Ich im weißen Tülltraum mit schwarzen Spitzenstrümpfen drunter.

Da war ich mir dann sicher, Julio ist der Richtige für mich.

Seine Familie hab ich inzwischen richtig gern, mein Sohn Lucio spricht spanisch und ich lerne es mit ihm. Und wenn es uns zu viel wird, können wir drei immer noch durchbrennen.

7. Taiwan

Taifun Times

Julia (21), Sinologiestudentin, Passau, Deutschland,
über
Alex (28), Informatiker, Taipeh, Taiwan

Während meines Sinologiestudiums machte ich ein Auslandsstudienjahr in Taipeh. Unsere Uni hatte gute Kontakte zur Shida und so ging ich dorthin zum Studieren. Eine Freundin von mir teilte mir dann mit, dass das Deutsche Wirtschaftsbüro noch Helfer für eine Veranstaltung suche und einen dieser Jobs bekam ich dann auch.

Das war so ein Wirtschaftstreffen und am folgenden Abend wurden alle Helfer zu einem Abendessen beim stadtbekannten Italiener im Shida-Nachtmarkt eingeladen.

Ich saß mit meinem Kollegen Carlo am Ende des Tisches, als Alex den Raum betrat.

Ein großer schlanker Taiwanese, hohe Wangenknochen, ein Ebenbild des panasiatischen Superstars Takeshi Kaneshiro, dem orientalen Johnny Depp.

Er hatte schmale, gepflegte Hände und wenn ich heute zurückblicke, war es wohl Liebe auf den ersten Blick.

Nach dem Essen wollte ich eigentlich nach Hause gehen, aber Alex, der mich den ganzen Abend lang nicht angesehen hatte, baute sich plötzlich vor mir auf. Er hielt das Handy ans Ohr und sagte zu einem zweifellos chinesischsprachigen Freund auf Englisch: »Komm vorbei! Hier haben wir ein deutsches Mädchen, das fast so groß ist wie ich.«

Die ganze Gruppe ging noch in einen Park und wir mussten ein paar Spiele machen, die für mich was Teeniemäßiges hatten. Alex war mal in Deutschland auf einer Messe gewesen und konnte bis zehn zählen. So sollte ich ihm meine Handynummer diktieren. Wenn er mein Handy zum Klingeln bringen könnte, dürfte er mich später nach Hause bringen. So war es dann auch.

Auf dem Weg war es ruhig und ich sah unsere Schatten, die perfekt synchron durch die Gassen schwebten. Das leise Klappern unserer Absätze auf dem Asphalt. Das penetrante Zirpen der Riesenzikaden und seine sonore Stimme, die leise auf Chinesisch auf mich einredete. – Chinesisch ist für mich seither eine erotische Sprache. Ich würde sagen, es ist das Französisch des 21. Jahrhunderts.

Wir verliefen uns auf dem Heimweg, wobei ich glaube, dass Alex so versucht hatte, Zeit zu gewinnen. Ich genoss den Umweg, die roten Ampeln, über die wir liefen. Eigentlich mochte ich die Ampelmännchen von Taipeh besonders. Die grünen bewegten sich nämlich. Am Anfang im Spaziertempo, dann, bevor es rot wurde, begannen sie zu rennen. Das fand ich psychologisch fortschrittlich.

Er wolle in Taiwan bleiben, sagte er, höchstens einen Umzug nach »Dalu«, wie die Taiwanesen das »Festland China« bezeichnen, könne er sich vorstellen. Dass er Europa nicht als Lebensraumalternative erwog, störte mich wenig.

Ich säuselte, ich könne überall leben. Alex brachte mich heim und wartete artig, bis ich die Tür hinter mir geschlossen hatte.

Ich stürzte mich sogleich auf meinen abergläubischen schwulen Mitbewohner Marc – seinen chinesischen Namen kenne ich bis heute nicht, aber alle coolen Taiwanesen tragen englische Namen – aus Tainan. Wir nannten ihn ohnehin alle »Mr. Rosetea«, seit er sich beim Oktoberfest in der German Bakery weigerte, bajuwarisches Bier zu trinken, und stattdessen einen Rosentee bestellte. Der Kommentar eines rustikalen Kumpels lautete: »Die Runde geht auf mich. Aber den Rosentee ... nee, das könnt ihr nicht von mir verlangen.« Unbeirrt orderte Marc beim Thanksgiving Dinner im Taipei American Club einen Raspberry Tea.

Mit Marc teilte ich ein Stammlokal mit halbnackten Köchen, über deren sexuelle Orientierung wir gerne stritten, da sie uns beiden als zahlenden Gästen mit gleicher Aufmerksamkeit zugetan waren. Vor ein paar Monaten war Marcs Großvater gestorben, was zur Folge hatte, dass das längst renovierungsbedürftige Bad nun noch ein Jahr lang auf seine Verschönerung warten musste, da der Geist des Opas im Falle der kleinsten Veränderung im Haus selbiges nicht wiederfinden könne. Meine Vermutung, der Opa-Geist würde sich doch sicher auch über ein neues Bad freuen, stellte eine Art kulturelle Beleidigung dar, und so entschuldigte ich mich kichernd.

Marc verzieh mir schnell, zumal ich es nun durch die Geschichte mit Alex wiedergutmachen konnte. Er beriet mich, bis mein Handy klingelte und so mein erster Telefonflirt auf Chinesisch stattfand. Die Übersetzung klingt so banal wie: »Hier ist Alex.«

»Ich weiß. Was machst du?«

»Ich gehe jetzt schlafen.«

»Ich auch.«

»Träum was Schönes.«

Der Ton, in dem das Gespräch erfolgte, klang jedoch sehr danach, dass er sehr gerne mit mir schlafen würde.

Zum ersten Date holte Alex mich mit dem Scooter ab. Eng an ihn geschmiegt, war es ein ähnliches Gefühl wie ein paar Jahre zuvor hinter einem Vespa-Papagallo in Rom. Alex lag tief in der Kurve, wir bretterten über die Brücke und ich sah Taipeh bei Nacht an mir vorbeirasen. Mein provisorischer Mickey-Mouse-Plastikhelm hing schief und gefährlich auf meinem Kopf und einen Unfall hätte ich wohl nicht überlebt. Aber das war mir in diesem Moment egal. Besser mit 21 mit dem Duft von Freiheit und Abenteuer in der Nase sterben als irgendwann später im Lehnstuhl ohne haarsträubende Geschichten.

Außerdem war ich in Besitz eines Organspenderausweises und erinnerte mich – Gott sei Dank erst zu späterem Zeitpunkt – an den Satz der Biker der »Grünen Hölle« zum Nürburgring: »Die Transplantationsliste wächst grad ein bisschen. Die Motorradsaison hat noch nicht begonnen.«

Wir aber hatten ausreichend Schutzgeister. Christliche, buddhistische, schamanische. Und so brachte Alex mich sanft und sicher ans Ziel und lud mich dort zum Huo-Guo-Dinner ein. Huo-Guo ist mongolischer Feuertopf und wird in ganz China zu Zeiten der kalten Jahreszeit (auch wenn die in den Subtropen gar nicht so kalt ist, aber Kultur ist natürlich wichtiger als Meteorologie) geliebt. So wurden Fruits de Mer, Fleisch und eine chinesische gallertartige Blutmasse gereicht. Alex ließ sich nicht lumpen, rückte mir formvollendet den Stuhl zurecht und erzählte mir so einiges aus seinem Leben. Jetzt mussten wir manchmal englisch sprechen, da mein Wortschatz noch nicht ganz ausreichte.

Alex brachte mich auf dieselbe tollkühne Weise nach Hause zurück und zögerte, als er mich zum Abschied auf die Wange küsste. Mir erschien das seltsam flüchtig, aber so war das halt.

Mein Mitbewohner erklärte mir dieses Verhalten ausführlich und so ergriff ich beim nächsten Mal die Initiative. Es war Taifun-Wochenende. Taifune kommen immer am Wochenende, damit man keinen freien Tag bekommt. Das machen sie extra. Wie Spott dazu der TV-Ticker: »Heute keine Schule, keine Arbeit.« Uns kam es gelegen. Wir verbarrikadierten uns im Auge des Sturms.

Nachdem das Eis gebrochen war, kam Alex richtig in Fahrt. Chinesischer Sex ist nicht viel anders als westlicher, aber von einem anderen Geist geprägt. Alex und ich praktizierten daoistischen Sex. Das heißt, Alex war Meister im Zurückhalten der

Ejakulation. Das war nicht das Gleiche wie das banale »Ich passe schon auf« im Westen, sondern er spritzte gar nicht ab. So werden Qi und Jugend erhalten. Meistens gelang ihm das wirklich. Ich fand das erst etwas unnatürlich, da ich das Yang-Elixier mochte und am Anfang das Gefühl hatte, der Sex wäre nie richtig bis zu Ende ausgeführt worden. Oder es hätte ihm nicht gefallen. Oder er wäre nicht gekommen.

Draußen tobte der Taifun, während Alex stundenlang jeden Zentimeter meines Körpers küsste und dabei eine Dauererektion halten konnte. Natürlich schaffte er das nicht ganz allein. Ich sollte ihm assistieren. Er zeigte mir, wie ich ihm helfen könnte, indem ich einen bestimmten Punkt an seinem Damm zur Versiegelung der überschießenden sexuellen Energie drückte. So hatte ich eine gute Kontrolle über seine Erregung und konnte gleichzeitig die aufwallende erotische Energie spüren. Als er dann endlich in mir war, tat ich wie geheißen und presste meinen Finger auf diesen Zauberpunkt. So konnte ich verhindern, dass er zu früh kam. Das begann mir schnell Spaß zu machen: Es war wie Karussellfahren auf der Kirmes und man selbst hat die Taschen voller Münzen. Es würde niemals aufhören und man würde fahren können, bis die Kirmes zumachte. Ich kam während eines Aktes siebenmal und Alex war immer noch genauso hart wie am Anfang.

Der Taifun war inzwischen weitergezogen, während ich immer noch den Magic Button drückte und mir vornahm, nie wieder ohne Alex Sex zu haben.

Denn die muskulären Gezeiten, die ich mit meinem Finger an dieser Stelle spüren konnte, schenkten mir eine neue sinnliche Wahrnehmung männlicher Sexualität. Seither genieße ich diese Technik und wende sie erfolgreich an.

Insgesamt war es das Beste, was ich je erlebt hatte, denn mein Orgasmus war Alex extrem wichtig. Deshalb leckte er mich auch gern und oft, weil er so das Yin direkt von der Quelle trinken konnte. Später las ich, dass es sich hierbei, zumindest, wenn man so oft vögelte wie wir, um eine besonders grausame Form des Energieraubs handelte.

Ich fühlte mich allerdings nicht meiner Energie beraubt, sondern war erstaunt, wie genau Alex meinen Körper von Anfang an kannte. Eine Ahnung dieser Intuition hatte ich schon bekommen, als er mir vorher den Rücken massiert hatte. Die Art, wie er das tat, unterschied sich wesentlich von der westlichen. Sein Tastsinn war legendär. Zielsicher fand er meine erogenen Zonen und machte solche, die bisher keine waren, nun plötzlich dazu.

Auch zwischen unseren Zusammenkünften war Alex immer sehr zärtlich und sehr körperlich. Sobald keiner hinsah, streichelte er mich in irgendeiner Form. Nicht immer an intimen Körperteilen, aber mit sehr reflektorischer Energie. Ich staunte, wie es ihm gelang, nur mein Handgelenk zu berühren und mich damit sofort feucht zu machen.

Er konnte so meine Yin-Essenz für den Zeitpunkt der Vereinigung stärken und somit mehr von dem kostbaren energetischen Material gewinnen. Ich fand es einfach nur geil, fühlte mich endlich verstanden und geliebt.

Unsere Romanze war auf ihrem Höhepunkt und von einer geradezu magischen Übereinstimmung geprägt, da ließ er mich irgendwann bei sich allein zu Hause. Er lebte noch bei seinen Eltern, was in Taiwan alles andere als unüblich ist, sofern man nicht in einer anderen Stadt studieren und dort ins gut überwachte Studentenheim ziehen muss. Er hatte sein Portemonnaie liegen lassen und ich rief ihn an. Er ging nicht ran. Ich nahm es in die Hand und schaute mir die verschiedenen Karten an. Da war ein Bild von ihm mit einer Frau. Und noch eins, diese lustigen japanischen Automatenbilder mit quietschbuntem Hintergrund.

Alex rief zurück. Ich hatte überlegt, wie ich meine Frage formulieren sollte. Wenn ich fragen würde: »Wer ist diese Frau?«, hätte er sicher geantwortet: »Meine Cousine dritten Grades« oder »die nette Fußmasseurin aus Ximending«. Also fragte ich ganz direkt: »Ist das deine Freundin?« Es dauerte nur einen Moment, dann spürte ich, wie am anderen Ende der Leitung ein Herz zu rasen begann.

Dann, nach einem unendlichen Augenblick, antwortete er: »Ja.« Ich starb tausend Tode. Man hatte mich gewarnt. Ich dachte, ich sei auf dem besten Weg, seine Freundin zu werden, hatte mir bereits den Kopf zermartert, ob ich mein Studium in Deutschland abbrechen und mit ihm ein Leben in China aufbauen sollte. Ich war geschockt, lief nach Hause und warf mich aufs Bett. Mein Mitbewohner kam angestürmt. (Irgendwie war er immer zu Hause, fällt mir gerade auf.)

Er versuchte, mich zu beruhigen. Da er erkältet war, trug er rücksichtsvoll einen Mundschutz mit Leopardenmuster. Passend zu meinen Schuhen, dachte ich und musste fast schmunzeln, bis ich bemerkte, dass mir gar nicht zum Schmunzeln war.

Er sagte, nicht alle taiwanesischen Männer seien so. Dann überlegte er: »Hat er denn Geld? Ist er reich?«

Ich verneinte. Dann schwieg er einen Moment und fragte: »Sieht er gut aus?«

»Ja«, schluchzte ich, »wahnsinnig gut.«

Damit war die Frage beantwortet. Ein Mann, der Geld hat oder gut aussieht, ist in Taiwan immer ein Playboy. Zumindest sehen die Taiwanesen das selbst so.

Ich litt noch eine Weile, aber ich habe überlebt. Mein neuer Freund ist auch Chinese, aber er ist in Deutschland aufgewachsen. Ich habe ihn gleich beim Kennenlernen mit alldem konfrontiert und er distanzierte sich ganz stark davon. Er würde seine Frau nie betrügen, sagte er. Er verurteilt so was.

Bis heute hat er sich daran gehalten, da bin ich mir sicher. Das sind jetzt vier Jahre und neulich hat er angedeutet, dass man doch eigentlich auch irgendwann mal heiraten könnte …

8. Argentinien

Love's like the Tango

Mathilda (40), Hausfrau, Paderborn, Deutschland,
über
Alfonso (46), Tänzer, Buenos Aires, Argentinien

Ich war verheiratet damals und ich bin es immer noch. Argentinien war längst nicht mehr, was es mal war, und hielt nicht, was ich mir versprochen hatte. Wir waren beruflich gescheitert in Deutschland. Ein entfernter Onkel meines Mannes lebte in Argentinien und hatte versprochen, ihm einen Job als Elektriker zu verschaffen. Damit wären wir eine Superfamilie für *Die Auswanderer* gewesen.

Wir waren eigentlich schon in Deutschland nicht mehr richtig glücklich. Woran das genau lag, kann ich nicht sagen. Trotz der Geldsorgen verlief die Ehe harmonisch. Wahrscheinlich der Kinder wegen. Keine Ahnung. Ich war damals schwanger geworden und auch ein bisschen verliebt in Sven, meinen Mann, und es war gerade Mai und so bot es sich an, im Garten meiner Oma unter den Apfelbäumen ein großes buntes Hochzeitsfest auszurichten.

Dann wurde Jenny geboren und später Johannes. Jenny war ein Zappelphilipp; als sie in die Schule kam, diagnostizierte man bei ihr das Aufmerksamkeitsdefizit- und Hyperaktivitäts-Syndrom, kurz ADHS. Mich stresste das Ganze und ich gab meinen ohnehin ungeliebten Job als Schneiderin endgültig auf.

Als ich nach Argentinien kam, sprach ich kein Wort Spanisch. Aber auch Sven verstand kaum etwas. Hier hatte das Spanisch einen mit Zischlauten verfeinerten italienischen Touch und klang ganz anders als das, was er in seinem Crashkurs gelernt hatte.

In Argentinien zogen wir in ein Haus in einem kleinen Ort zwischen Buenos Aires und Iguazu.

Jenny fühlte sich wohl hier und Johannes fing bald an, auf Spanisch zu antworten, wenn ich ihn etwas fragte.

Ich lernte ein paar Nachbarinnen kennen, besuchte einen Sprachkurs und fuhr mit dem Motorrad umher. Das mit dem Elektrikerjob war nur heiße Luft gewesen, aber bald eröffnete Sven mit einem Bekannten eine deutsche Kneipe. Die florierte bald erstaunlich und Sven blieb meistens die Woche über in Buenos Aires.

Ich saß dann mit meinen Nachbarinnen Tita, Valeria und Angela herum. Wir trafen uns meistens gleich, nachdem wir die Kinder in die Schule gebracht hatten, zum Frühstück oder zum Tennis.

Tita war Nicaraguanerin. Sie hatte lange in Seattle gelebt und war vor Jahren mit ihrem amerikanischen Mann hierher ausgewandert. Er arbeitete in einem großen Hotel in der Nähe. Sie ging jeden Sonntag in die Kirche und engagierte sich in der Gemeinde. Das war ein feiner Zug, wenn man nicht wusste, was hinter ihrer von einem dichten Pony bedeckten Stirn vorging. Tita war nämlich so hochreligiös, seit der alte Pfarrer das Zeitliche gesegnet hatte und ein hübscher 28-jähriger »Novize«, wie sie ihn nannte, seine ersten Messen hier las. Der junge Priester war völlig überfordert mit der Aufmerksamkeit der Hausfrauen. Denn Tita war nicht die einzige, die scharf darauf war, sein Messgewand und die darunter liegenden Schichten zu waschen, zu bügeln, zu falten und mit heiligem Gesicht an ihn zurückzugeben. Wie viel Erotik vom Waschen der Unterhosen eines Mannes ausgehen konnte, der nicht zu haben war, hatte auch sie vorher nicht gewusst. Man lernt doch immer dazu. Und Not macht erfinderisch.

Die Kirche war alt und hatte eine Luke hinten in der Sakristei, durch die man hineinschauen konnte. Manchmal zog der schöne Priester sich um und spiegelte sich im Messkelch, während die lüsternen Hausfrauen ihre Nasen am kleinen Fenster platt drückten. Doch er nahm sein Zölibat ernst und bemühte sich nach Kräften, ihn einzuhalten.

Und das trotz eines Bodys, den Tita schwelgend lobte. »Viel zu schade«, seufzte sie.

»Gott ist verschwenderisch«, gab Valeria zurück.

»Er will mir nur seine Macht demonstrieren.« Tita seiberte fast, während sie das sagte.

»Quatsch«, sagte Valeria, »der Vatikan hat nur reaktiviert, was er über die Jahrhunderte etwas vernachlässigt hatte: ›Sex sells!‹ Moderne Marketingstrategen sitzen auch im Heiligen Stuhl, denkst du nicht?«

»Genau. Die Konkurrenz schläft nicht. Guck dir doch die ganzen Sekten mit ihren Galionsfiguren an«, warf Angela ein.

»Meinst du Tom Cruise?«, fragte ich, um auch mal was zu sagen und weil mir keine anderen attraktiven »Religionsführer« einfielen.

»Iiih«, kam es Valeria, »der is ja nun auch nicht mehr so taufrisch. Genau wie Scientology. Die ham den Anschluss verpasst. Propagieren immer, wie toll es ist, viel zu arbeiten. Die sind in den 1980ern hängen geblieben.«

»Wie kommst du denn darauf?«, fragte Angela.

»Hat Javier gesagt.«

»Ach, die Gringos ham doch alle keine Ahnung von Work-Life-Balance!« Tita verdrehte die Augen.

»Apropos Religion. Ich kannte da mal 'nen Rabbi ...«, begann Angela und man merkte schon an ihrem begehrlichen Blick, dass der auch nicht wesentlich älter gewesen sein konnte als 28.

Tita stöhnte affektiert.

»Na und? Die dürfen ja wenigstens. Hach, aber unser Padre. Wie grausam!«, seufzte sie.

Ich fand das ziemlich lustig, den jungen Twink »Padre« zu nennen und unterdrückte das aufwallende Gelächter schnell mit einem frisch gegrillten Marshmellow.

Aber ich konnte Tita verstehen, denn ihr Mann war zwanzig Jahre älter als sie und hatte seine beste Zeit schon hinter sich. Mit Sven konnte ich mich da eigentlich nicht beklagen, auch wenn er seit der Kneipeneröffnung öfter mal mit seinen Stammtischen einen hob und damit etwas rundlicher geworden war, aber das gehörte zum Geschäft.

Tita sagte noch, sie wolle Päpstin werden und dann würde das hübsche Kerlchen Kardinal. So weit die Fantasien meiner Freundin. Ich selbst hatte schon keine mehr. Meine größte Lust war die sonntägliche Schoko-Mandel-Tarte und doch wurde ausgerechnet mir bald eine ganz reale Fantasie beschert. Und genau auf die möchte ich zu sprechen kommen, denn Titas Geschichte tangierte mich eigentlich nur am Rande.

Apropos tangieren. Eines Tages gingen wir also in einen kleinen Tangoschuppen. Das war nicht so eine elegante Bar, wie man sie mit dem Buenos Aires der 1920er-Jahre assoziiert, sondern ein schlichter Raum mit Plastikstühlen. Aber immerhin gab es Parkett.

Angela, unsere argentinische Freundin, war früher mal Profitänzerin gewesen und hatte den zweiten Platz beim Tangoturnier in Buenos Aires gewonnen. Nun war sie hier Kellnerin und tanzte auch manchmal.

Als ich zum ersten Mal herkam, tanzte sie mit einem Mann mit Hut, völlig schwarzer Kleidung und einer Augenklappe. Er wirkte auf mich wie ein Pirat, ein Wilder, ein Hero fresh from the fight, gerade an Land gegangen, um die Jungfrauen zu rauben. Mit Jungfräulichkeit konnte ich zwar nicht mehr dienen, aber wie sich später herausstellte, hatte er seine Augenklappe auch nicht von einem rasanten Mantel-und-Degen-Gefecht auf Leben und Tod, sondern von einer Gerstenkorn-OP. Trotzdem hörte ich die Säbel rasseln, als er zielgerichtet auf mich zukam – ich stand mit Valeria noch unschlüssig zwischen Eingang und Tanzfläche –, meine Hand küsste und mich dann mit sich auf die Tanzfläche zog. »Ich kann nicht tanzen«, wollte ich sagen, aber es war kaum jemand da, vor dem ich mich hätte blamieren können. Ein paar alte Männer saßen in einer verrauchten Ecke und spielten Karten und der Postbote machte gerade eine kleine Pause und unterhielt sich mit dem Wirt.

Der Mann verschlang mich mit dem gesunden Auge, so, als wären es zwei, und zog mich zu sich heran, dass mir der Atem wegblieb. Er roch nach einem Parfum, das mich an meinen ersten Freund erinnerte. Seine Hand auf meinem Rücken fühlte sich an wie das Netz einer Spinne, aus dem ich nicht mehr würde entkommen können. Dann stieß er mich von sich weg, ohne mich loszulassen, und zog mich mit sanfter Gewalt wieder zu sich. Er drückte seine Wange an meine, versehentlich berührte ich ihn mit meinen Lippen. Schmeckte Salz und Tabak.

Wundersamerweise trat keiner von uns dem andern auf den Fuß, obwohl ich nicht tanzen konnte und auch er zum ersten Mal mit mir tanzte. Er erspürte meinen Körper genau und ergriff von mir Besitz. In der Tanzstunde war das nie einem gelungen. Unser alter Tanzlehrer hatte den »Damen« immer das Führen abzugewöhnen versucht, was bei mir wie bei vielen anderen von einem mäßigen Erfolg gekrönt war. Dieser Mann jedoch duldete keinen Widerstand. Er hypnotisierte mich mit seinem Blick – aus einem einzigen Auge wohlgemerkt – und seinen Händen, die zugleich überall und nirgends waren. Wie eine Marionette ließ ich mich lenken, die dominante deutsche Hausfrau war hier nur eine Puppe, die ein heißblütiger argentinischer Tänzer nach Belieben zog, schob, bog, drückte und packte.

Nachdem der letzte Takt der Box entwichen war, brachte er mich galant zurück zu Valeria. Valeria entging dem Vergnügen, da sie ihren Jüngsten, Leif, auf dem Arm hielt wie einen Schutzschild.

Der Tänzer war mir bislang alterslos erschienen. Sein Körper war jugendlich, biegsam und beweglich. Sein Gesicht hingegen, zur Hälfte von der Krempe seines Hutes beschattet, erschien zerfurcht und gegerbt. Besonders die einen betörenden Duft ausströmende Nasolabialfalte wirkte tief wie die Ozeane, die er raubend und mordend überquert haben mochte. So weit meine Fantasie. Tatsächlich war Alfonso – ich sollte ihn Al nennen wegen Capone – Tänzer auf einem Luxusliner gewesen und hatte dort ältere alleinreisende Damen betanzt. Insofern war wenigstens das berühmte Fünkchen Wahrheit an der Ozeanfantasie. Inzwischen arbeitete er mal als dies, mal als das. Genau bekam ich es nicht heraus. Ich wollte es ehrlich gesagt auch nicht wirklich wissen.

Ich war ja nun verheiratet und hatte schon einen Mann. Wenn Al also nur unregelmäßig Zeit hatte und plötzlich ein »Auftrag« kam, war das für mich okay. Hauptsache er beflügelte meine Fantasie. Ihm waren dahingehend weniger Grenzen gesetzt als Titas Priester und so wurde ich zur leidenschaftlichen Tangotänzerin. Ich saß von da an jeden Abend – außer am Wochenende, da kam ja Sven – in dieser Bar. Al tanzte manchmal mit anderen Frauen, nicht ohne mir zuzuzwinkern, gehörte aber ab einer gewissen Uhrzeit für den Rest des Abends mir. Wenig später folgte er mir auch ins Schlafzimmer. Das lag im ersten Stock genau zwischen den Kinderzimmern, weshalb die Kleinen netterweise bei Tita übernachten durften, die unter der Woche ohnehin nur Priesterwäsche bügelte und Fürbitten für die Sonntagsmesse schrieb.

Die Wohnung von Al, oder besser sein Zimmer mit Waschgelegenheit, habe ich nur einmal betreten, aber das war am Ende der Geschichte mit der Polizei. Eine unschöne Sache.

Al und ich vergnügten uns also in meinem biederen Schlafzimmer mit Blümchentapete und Bettwäsche, die zum Lampenschirm passte. Al hingegen passte gar nicht hierhin. Genauso wenig sein Liebesstil. Al stand nur auf Blasen und Doggy. Ich machte alles, was er wollte, weil mir gefiel, dass er wenigstens genau wusste, was er wollte, und das auch aussprach. »Sex ist Krieg«, sagte Al einmal und er hatte recht.

Als zur Rücksichtslosigkeit neigendes Selbstbewusstsein sagte mir zu, schließlich habe ich mich nie von ihm getrennt. Er sich auch nicht von mir. Er bekam einfach einen Herzinfarkt. Damit hatte ich aber nichts zu tun. Das war auch ziemlich schnell klar. Al hatte sich nämlich weder makrobiotisch ernährt, noch die Warnungen unten auf den Zigarettenpäckchen studiert, dazu immer getanzt und wahrscheinlich auch vor mir Frauen gevögelt. Er hatte dann das Pech, dass gleich das Herz den Geist aufgab und nicht die Knie oder die Bandscheibe.

Ich trauerte natürlich ein bisschen und suche jetzt nach einem neuen Tänzer. Mit dem Motorrad fahre ich auch andere Tangoläden in der Gegend ab.

9. Peru

Kissing Valentino

Ingrid (32), Verwaltungsfachangestellte, Trier, Deutschland,
über
Christobal (37), Maler, Cuzco, Peru

Christobal war mal südamerikanischer Meister im Muay Thai«, sagte Ricardo und zeigte dabei strahlend weiße Zähne. Ricardo hatte ich im Flugzeug kennengelernt. In der Delta von New York nach Lima. Ricardo war genau mein Typ und so hatte ich mich gleich an seine Fersen geheftet.

Er erinnerte mich an den Stummfilmstar Rudolph Valentino. Hinreißende Glutaugen. Überlegenes Verführerlächeln. Souveräner Weltenretter-Charme. Er war der Typ Mann, der schreien würde: »Frauen und Kinder zuerst!« Oder: »Vertrauen Sie mir, ich bin Arzt!« Der mit einem Arm am Helikopter über dem Grand Canyon baumelte – mit einer Phiole mit einem menschheitbedrohenden Virus in der Hand, die er auf keinen Fall fallen lassen durfte.

Ein wahrer Gentleman. Der letzte seiner Art. Oder die 68er-Variante: wie Che Guevara, der 1968 schon lange aufgestiegen war in das Reich der unsterblichen Superheroes. Ricardo würde mal an seiner Seite sitzen. Bis dahin aber würde ich mein Glück bei ihm versuchen.

Ricardo war Spanier und lebte in New York. Er wollte durch Peru reisen, einen Freund besuchen und dann weiter nach Panama. Panama, dachte ich, *Janoschs Traumstunde.*

Peru. Staub und Hitze.

Wir landeten in einem Haus in den Bergen. Dort saß Christobal an einem Holztisch. Darauf schwamm eine Lotusblüte im Glas. Marta, die Haushälterin, brachte Jasmintee.

»Christobal ist Maler«, schwärmte Ricardo weiter für seinen Freund. Das war nicht schwer zu erkennen, denn Christobals Haus war voll mit Ölbildern und Radierungen.

Christobal hatte langes Haar wie Jesus und einen Bart. Ansonsten hätte er Ricardos Zwillingsbruder sein können. Er wirkte aber ruhiger, unaufgeregter und sein Lächeln hatte etwas Sakrales.

»Wow«, tönte ich höflich. Die meisten Bilder zeigten karge Landschaften. Nicht das, was ich mir ins Wohnzimmer hängen würde.

»Christobal malt aber auch nicht nur selber, er hat eine innovative Technik entwickelt. Er lässt Bakterien für sich malen. Siehst du ...« Ricardo sprach weiter. Er war aufgestanden und wollte nach oben gehen.

Christobal beobachtete mich die ganze Zeit. »Schaut euch doch die Bilder oben an. Die sind interessanter«, sagte er.

Ricardo sprang schon die Steinstiegen hinauf. Ich zögerte, ging um den Tisch rum und wollte Christobal zum Mitgehen auffordern. Dann sah ich den Rollstuhl. Christobal sah meinen betretenen Blick und lächelte. Er fuhr ein Stück zurück und sagte: »Na, geh schon.«

Ich schritt die Treppe hinauf und fühlte mich schlecht. Ricardo hätte mich vorwarnen können.

»Ricardo«, zischte ich, »warum hast du mir nicht gesagt, dass er ...«

»Oh«, sagte Ricardo, »ein Unfall, beim Kampf gegen Juan Mendes 2004. Ist das wichtig?«

Ich guckte nur fragend. Nein, es war nicht wichtig. Vor mir zeigte sich ein Raum, in dem Sonne und Staub tanzende Säulen bildeten. Dahinter ein Bild von erlesener Schönheit. Eine Tänzerin mit schwarzen Augen und schwarzem Haar, gehüllt in schwarze Spitze. Sie blickte mich an. Hinter ihr eine schwatzende Ballszene, nur sie war völlig ruhig.

»Schau!« Ricardo zog mich weiter. Das Bild eines Thaiboxers, schwerelos schwebend wie Barischnikow. Unter ihm grauer Fels. »Das ist Christobal.«

Ich sah einen Mann mit einem sehnigen Körper und klaren Augen, blitzschnell und zugleich vollkommen ruhig. Ich sah absolute Freiheit und absolute Beherrschung.

Ricardo stand neben mir. »Fantastisch, nicht wahr?«

»Ja, das stimmt.«

Ricardo strich mir über die Wange. »Ich bin froh, dass ihr euch mögt. Wie er dich angesehen hat.«

Ich schlug die Augen nieder. Ricardo küsste mich. Diesen Kuss hatte ich mir gewünscht, seit ich ihn zum ersten Mal gesehen hatte.

Das war, als er meinen Koffer mit dem Kommentar »Uh, ist der schwer. Ich hoffe, da ist nicht Ihre Schwiegermutter drin!« in die Gepäckablage gehievt hatte.

Jetzt war es endlich so weit und fühlte sich falsch an. Ich erwiderte den Kuss verhalten. Ricardo bemerkte meine Verlegenheit nicht, nahm mich an der Hand und wir gingen wieder nach unten.

Christobal saß etwas zur Seite geneigt und schaute vor sich hin. Er tat gar nichts. Ich hatte noch nie jemanden unter achtzig auf diese Weise gar nichts tun sehen. Immer gab es nur Hektik. Die wartenden Menschen an den Bushaltestellen oder vor den Kinoschaltern, wie sie nervös von einem Bein aufs andere traten, wie sie erleichtert einen alten Flyer in die Hand nahmen und so taten, als läsen sie ihn, wie sie auf ihre Handys starrten und willkürlich auf ihnen herumdrückten.

Christobal tat nichts davon. Er hatte die Schritte gehört und drehte sich samt Rollstuhl um. »Und? Mehr nach deinem Geschmack?«

Ich sah ihn an. Christobals Augen waren von tiefem Braun, aber sie wirkten sehr hell. Um seine Augen lagen viele winzige Fältchen. Ich war verliebt.

Ricardo breitete eine Landkarte aus. »Morgen gehen wir nach Machu Picchu. Wir werden die Westroute nehmen. Die ist zwar länger, aber Christobal kann uns begleiten.«

Ich konnte die ganze Nacht nicht schlafen. Ich wusste, dass ich neben dem falschen Mann lag. Ich wollte zu Christobal. Am nächsten Tag fuhren wir los. Christobal hatte einen Sportrollstuhl eingepackt. Seine Arme waren stärker als meine Beine. Ich kraxelte gemächlich hinter den beiden her und musste ein wehleidiges Winseln unterdrücken.

»Wenn du nicht mehr kannst, setz dich auf meinen Schoß. Dann fahr ich dich ein Stück«, bot Christobal an. Das Pietätsengelchen auf meiner Schulter sagte: »Nein, bloß nicht, der arme behinderte Kerl kann dich doch nicht auch noch mitschleppen!« Das verführerische Teufelchen auf der anderen Schulter sah jedoch nur einen hypnotisierend schönen Athleten, der zufällig im Rollstuhl saß. Ein paar Blasen hatte ich schon, aber trotzdem hätte ich noch ein Stückchen durchhalten können. Das Teufelchen sprach lauter und erhielt Zuspruch von Christobals hinreißenden Augenfältchen.

So ließ ich mich auf seinen Schoß sinken und fahren. Ich inhalierte seinen Duft und schmiegte mich dicht an ihn, nicht nur, um unser Gewicht kompakter zu machen und damit die Armarbeit zu erleichtern. Ich beobachtete die Muskeln seiner Arme, wie sie uns sicher Meter für Meter vorwärtsbewegten. Christobals Hände waren die eines Künstlers, seine Arme aber stark wie die eines Leistungssportlers. Das Geheimnis, was mich unwiderstehlich anzog, war diese Kombination eines Denkers und eines Mannes, der seine Hände benutzen konnte.

Es war nicht mehr weit bis zur Station. Ich hätte nicht absteigen wollen, aber Ricardo meinte, Christobals Beine müssten mal wieder durchblutet werden. Wir saßen an ein paar Plastiktischchen und holten uns an einer Bude Cola und Inkatee.

Es gab zu wenig Stühle, und nachdem Christobals Beine sich von meinem Gewicht erholt hatten und Ricardo auf Stuhlsuche gegangen war, zwinkerte Christobal mir zu und klopfte einladend auf seinen Oberschenkel. Ich krabbelte wieder auf seinen Schoß und kuschelte mich an ihn. Christobal besah sich eine Karte von Machu Picchu und zeigte mir, wo wir gerade waren. Seine Finger strichen über das Papier und es kribbelte, als sei es meine Haut. Dabei hielt er mich dezent mit den Armen umschlungen und ließ mich in die Karte schauen. Einmal berührten seine Lippen unwillkürlich meine Schulter. Ein sinnlicher Schauer überzog meine Haut. Christobal sah mich nicht an. Sensibel wie er war, entging es ihm natürlich nicht. Er berührte meine Hand, während er mit ruhiger Stimme die Route beschrieb. Ich lächelte selig vor mich hin. Ich hörte gar nicht, was er sagte, aber seine Stimme klang wie ein Ozean voller Honig. Die feinen Härchen auf meiner Haut stellten sich auf und reckten sich jeder seiner Berührungen entgegen. Ricardo kam zurück und störte mein Glück.

Meckernd wies er darauf hin, dass Christobal kein Sessel sei und das nun wirklich nicht ginge. Ich hatte aber nicht das Gefühl, dass Christobals Durchblutung durch meine Anwesenheit auf seinem Schoß schwer gefährdet wurde. Meine wurde dadurch jedenfalls eher angeregt. Ein bisschen ärgerte mich auch, dass Ricardo Christobal wohl trotz seiner Bewunderung nicht als ganzen Mann ansah. Er kam gar nicht auf die Idee, dass er mich ihm, ohne viel dafür getan zu haben, längst ausgespannt hatte.

In jener Nacht schlich ich hinüber zu Christobals Bett. Er schien zu schlafen, vielleicht tat er auch nur so. Unsicher, ob ich nicht doch zu weit gegangen war, ob »es« mit ihm vielleicht gar nicht ginge, blieb ich etwas starr neben ihm liegen. Ich musste eingeschlafen sein, aber irgendwann küsste er mich. Meinen Hals, dann fuhr er mit der Fingerspitze über meine Ohrmuschel.

Er schlang seine Arme um mich, ich suchte nach seinen Lippen, spürte, wie er sich an mich drängte, mich küsste, schwer atmete. Seine Lenden pulsierten, ich griff nach dem Bund seines Pyjamas.

Plötzlich ließ er mich abrupt los. »Das geht nicht!«, sagte er.

»Oh, das macht nichts.«

In meiner Interpretation war ich davon ausgegangen, es ginge körperlich nicht und ich hätte mir die Regung nur eingebildet, aber er lachte leise: »Nein, das meine ich nicht. Ich meine Ricardo. Er ist mein bester Freund.«

»Ich weiß, aber wir haben uns erst im Flugzeug kennengelernt. Zwischen uns war nichts.«

»Trotzdem«, er wälzte sich auf den Rücken, »wir sollten das erst klären.«

Ich seufzte und versuchte es noch mal mit Küssen. Christobal blieb abweisend, bis Ricardo plötzlich in der Tür stand. Ich sah seinen Schatten und glaubte, vor der ungestümen Reaktion des spanischen Machos in Deckung gehen zu müssen.

Er machte das Licht an. Christobal schwang seine Beine aus dem Bett und setzte sich auf. Er wollte etwas sagen, blickte dann aber betreten nach unten. Ricardo sagte nichts. Er schloss die Tür von außen. Am nächsten Morgen reiste er ab. Er umarmte seinen Freund. Mir gab er distanziert die Hand, sagte, er wünsche uns alles Gute.

Am selben Tag begann Christobal mich zu malen. Ich lag nur bekleidet mit einem Opossumschal auf den Terrakottafliesen vor dem offenen Kamin. »Kannst du diesen entrückten Blick halten?«, fragte der Künstler.

»Natürlich kann ich«, war meine Antwort und streichelte mit den Augen die Fältchen, die Hände, die mich zeichneten, sein Charisma und seine Schönheit. Das Bild, das in dieser Nacht entstand, hängt heute in unserem Schlafzimmer und erinnert mich immer an jene heiße erste Nacht, in deren Morgengrauen wir uns vor dem Kamin liebten. Ich führe seine Schülerinnen immer zu diesem Bild, damit sie nicht auf dumme Gedanken kommen.

Christobal weiß es und schmunzelt dann geschmeichelt.

10. USA

Fan-fuckin-tastic

Kathrin-Marie (27), Rechtsreferendarin, Stuttgart, Deutschland,
über
Scott (37), Anwalt, San Francisco, USA, und Tarek (34), Anwalt,
New Brunswick, USA

Fan-fuckin-tastic«, raunte Tarek, als er den Cannabis-Vaporizer in der Kanzlei sah. »Fünfhundert Dollar kostet so ein Ding«, sagte Scott mit einem stolzen Grinsen.

Ich war nur Rechtsreferendarin und schlief in einem zu kurzen Bett in einer Art Hotel für Praktikanten. Scott und Tarek waren Junganwälte der Kanzlei. Tarek war New Yorker. Eigentlich kam er aus New Jersey, aber er hatte nach Abschluss seines Studiums in Princeton bei Herzfeld & Rubin in den Wallstreet Headquarters angefangen.

Tarek hatte alles, was man sich wünschen konnte. Sein Lebenslauf war so lückenlos wie sein Gebiss, sein Modegeschmack deckte sich verdächtig mit dem von Giorgio Armani und er fuhr einen Spyker C8 Laviolette. Zudem hatte er einen trendy Tinnitus und ein hartnäckiges Magengeschwür, weshalb er sich nach San Francisco hatte versetzen lassen, nachdem einer seiner beiden Lieblingskollegen aus dem Fenster gesprungen und der andere nach Manitoba zum Holzhacken gegangen war.

Das war der Grund, den er mir nannte. Die Wahrheit war eine andere, wie Scott mir unter dem Siegel der Verschwiegenheit verriet: Tarek war ein Neocon, hatte ein züchtiges düsseldorfblondes Brautmoden-Modell mit Tweedkostüm und Perlenohrringen geehelicht und auf ein braves Leben mit ein paar Annehmlichkeiten gehofft.

Nachdem er erfahren hatte, dass das Lieblingsaccessoire seiner Frau, sein zweijähriger Sohn, nicht von ihm war, sondern von einem Bildhauer aus Brooklyn, hatte er einen Total-Breakdown. Er hatte siebzig bis 120 Stunden pro Woche hart gearbeitet und in fremde Gene investiert. Jetzt unterstützte er lieber einen haitianischen Heiler und trank nur von ihm gesegnetes Wasser, das er in einem Esoladen erstand.

Scott war noch niemals in New York gewesen und sah aus wie eine Kreuzung aus Goofy und Kid Rock, kannte dafür aber den nach 18 Uhr zur No-go-Area deklarierten Campus von Berkeley nebst den verzottelten ungewaschenen Tree-Sittern auf den alten Eichen. Er hatte selbst mal zu den Aktivisten gehört, inzwischen aber seine verfilzten Haare abrasiert und zu einem gepflegten Äußeren umkultiviert. Scott war immer in eine Marihuanawolke gehüllt und damit ohnehin stets perfekt gekleidet. Manchmal spendete er für Kriegsveteranen, weil die sich für ihr Land den Arsch aufgerissen hätten und sich nun keiner mehr um ihr Schicksal schere, während Tarek sich die Kreativen aussuchte, wie der, auf dessen Schild geschrieben war: »Meine Tante wurde von Ninjas entführt, ich brauche Dollars für Karatestunden.«

Insgesamt drängte sich mir der Eindruck auf, dass in Frisco nicht nur Vitamine ins Trinkwasser, sondern auch Stimmungsdrogen in die Klimaanlagen gemischt wurden.

Zumindest in der Kanzlei benötigte man keine Aufputschmittel. Der Kokain-Zustand war hier der normale. Bernadette vom donnerstäglichen Ladies Luncheon beneidete mich um die Erfahrung. »Ihr Juristen habt wenigstens ›Hard skills‹«, sagte sie. Bernadette war Elevin des französichen Pop-Philosophen und Bruni-Liebesteufels Raphaël Enthoven gewesen und nun auch

Absolventin des Nordamerika-Programms in Bonn. Sie wusste verdammt viel, aber das war in der Wirtschaft nicht wirklich gefragt. »Hard skills«, dachte ich schmunzelnd und mir kam der Gedanke daran, wie ich Tarek am Vorabend unterm Tisch in der »Zeitgeist«-Bar einen runtergeholt hatte. Ich wusste dann nicht wohin mit der Cream, verrieb sie gut zwischen meinen Händen und schmierte sie mir ins Haar. »Eiweißmaske«, zwinkerte ich Tarek zu, um ihm so ein Nachspiel zu gönnen. Anschließend leckte ich mir die Fingerspitzen genüsslich ab. Männer stehen ja auf Schlucken und ich dachte, das sei 'ne charmante und vor allem publikumstaugliche Variante.

Während Tarek und ich also unserem Büroaffärchen frönten und er sich vom Stelldichein auf dem Kopierer ein Desktop-Daumenkino gebastelt hatte, kam eines Tages ein harter Fall rein.

Unsere Kanzlei vertrat natürlich nur die Guten. In diesem Fall staatstragende Marihuana-Plantagen-Besitzer. Unsere Mandanten hatten eigentlich ein absolut entdeckungssicheres System entwickelt. Ihre Plantage befand sich in einer Höhle hinter einem Wasserfall irgendwo in SoCal, also Südkalifornien. Das lag daran, dass die Cops die Gegend häufig vom Helikopter aus mit Wärmebildkameras nach Lüftungssystemen von illegalen Hanfplantagen absuchten. Der Wasserfall schirmte dabei die Wärme ab und die Lüftung war in den Stein installiert. Die Betreiber mussten dafür zwar immer unter dem Wasserfall durchtauchen, aber das nahm man in Anbetracht des Umsatzes gerne in Kauf.

Das geniale System half letztendlich jedoch nichts, da sie von Leuten aus den eigenen Reihen verpfiffen wurden.

Scott und ich fuhren nach Einbruch der Dunkelheit mit Tareks Wagen zum Tatort. Ein riesiger tätowierter Kerl lehnte an seiner Harley. Er sah aus wie der Vorstandsvorsitzende der Hells Angels. Beim Aussteigen flüsterte Scott mir begeistert zu: »Wow, das is 'ne 9 mm Intratec 22, das seh ich ja von hier.«

Ich kannte mich mit Waffen nicht aus, aber ganz wohl war mir nicht dabei. Der Engel schien aber gut drauf zu sein. Er grinste zutraulich.

»Scott.«

»Jack.«

Scott nahm einen Koffer entgegen, murmelte ein paar mir unverständliche Sätze, schlug dem Fremden auf die Schulter und kam mit federnden Schritten zurück zum Wagen.

Schon vom Weg aus warf er mir den Fahrzeugschlüssel zu. »Du kommst doch aus Deutschland, Babe? Keine Geschwindigkeitsbegrenzung. Die Schleuder bringt's auf 300 km/h. Also zeig, was du kannst!«

Ich glitt in den Spyker, reichte Scott meine roten Killerpumps und tauschte sie gegen das Nachtsichtgerät. Ich setzte es auf und schaltete am Ende der Schotterpiste die Scheinwerfer aus. Ich ließ den Motor aufheulen und peitschte den Schlitten auf 260 km/h. Während wir so durch die absolute Dunkelheit preschten, erzählte mir Scott, dass die Polizei auf diesem Straßenabschnitt die Geschwindigkeit gern mal mit Lasermessgeräten überwachte. Der Officer würde schön blöd gucken, wenn er, seinen Laser ins Dunkel gerichtet, unsere Geschwindigkeit messen würde, aber da draußen gar nix wäre.

»Daher kommen immer die Ufo-Mythen.« Staranwalt Scott lachte ein dreckiges Ganovenlachen.

Wie gefährlich die ganze Sache war und dass der coole Scott mich damit ganz schön in die Scheiße hätte reiten können, wurde mir Gott sei Dank erst später klar. Jetzt raste ich erst mal wie des Teufels Konkubine in einem sündteuren Schlitten über den Freeway. Ich erschrak, als neben mir ein Schussgeräusch erklang, und zuckte ein bisschen, sofort wechselte der Wagen zwei Spuren nach rechts. Das kleine »Geschoss« kullerte zwischen meine nackten Füße und das Gaspedal. Scott hatte eine Flasche Champagner geöffnet und trank jetzt aus meinem Stiletto.

Erst nachts kamen wir zurück in die Kanzlei, am richtigen Ende der Divisadero.

Schuldig fühlten wir uns nach dieser ganzen Aktion nicht. Scott meinte, die Gesetze seien ja ohnehin nur von der Wirtschaft bestimmt. Die haben was gegen das Zeug, weil so ein paar Drogis so blöd sind und süchtig werden. Die arbeiten dann natürlich nicht und senken das Bruttosozialprodukt. Gesetze ändern sich ständig und man muss einfach nur ein bisschen aufpassen, das ist alles.

Berauscht vom Adrenalin fielen Scott und ich auf der Empfangscouch übereinander her. Scott zerriss dabei mein schickes Bleistiftröckchen und biss mir in den Nacken. Ich schlug ihm ins Gesicht. Er zauderte kurz, atmete schwer wie Rocky vor dem Kampf, packte mich an den Oberarmen und küsste mich. Seine Lippen waren weich, sein Kuss so gierig, dass es wehtat. Ich riss mich los, ging einen Schritt zurück und starrte ihn an. Er war nicht so schön wie Tarek, nicht so glatt, aber er war hier, er wollte mich und in seinen Augen spiegelten sich meine verbotenen Wünsche.

Ich griff nach seinem Kragen und zog ihn zu mir. Scott griff beherzt unter meinen Rock und zog mit der Linken mein Höschen herunter, ohne es kaputt zu machen. Einen Hauch Seriosität galt es zu wahren. Um den Rockstoff nicht weiter in Mitleidenschaft zu ziehen, drehte er mich um, schob den Fetzen hoch, bis er nur noch wie ein Gürtel um meine Taille hing, und nahm zwischen meinen Schenkeln Aufstellung. In meinen Kniekehlen hing das Höschen. Weiter kam es nicht. Es litt und musste wohl oder übel ausharren, bis wir fertig waren. Scott griff, als er schon in mir war, in den Koffer und rieb mir, kurz bevor ich kam, etwas unter die Nase. Ich flashte total und surfte die ganze Milchstraße entlang, bis ich in eine Sonne crashte und mit ihr gemeinsam explodierte. Dann sackte ich nach vorne weg und blieb liegen.

Scott stand auf, zog sich geräuschvoll den Reißverschluss zu, daran erinnere ich mich genau. Meine Sinne waren total überdreht. Er klopfte sich die schicke Anzughose ab, setzte sich neben mich und steckte sich eine Zigarette an.

Er hat mir nie verraten, was er mir da unter die Nase gerieben hatte, weil ich es sonst wieder haben wollen würde und dann so gut wie tot sei, sagte er. Da mochte er recht haben.

Ich hab nie wieder so etwas erlebt. Es ist bestimmt besser so. Leider endete damit auch meine vorher als heiß klassifizierte Affäre mit Tarek. Obwohl er nie etwas von den Details dieser Nacht erfuhr, hatte ich von heute auf morgen keine Lust mehr auf ihn.

Mit Scott hatte ich auch nie wieder was. Ich flog nach Hause, heiratete meinen langjährigen Freund Norbert und bin jetzt Staatsanwältin in Stuttgart.

11. Kanada

Pancakes und Liebesperlen

Marlene (26), Physiotherapeutin, Hamburg, Deutschland,
über
Eddie (25), Filmstudent, Vancouver, Kanada

Sebi hatte alle Hände voll zu tun. Er hatte für 21 Uhr eingeladen und gegen 21.15 Uhr mit den ersten Gästen gerechnet. Inzwischen war es fast 22 Uhr und ihm war aufgefallen, dass er noch gar keine Getränke dahatte.

Bei ihm war jedes zweite Wochenende Party und da hätte er eigentlich schon etwas mehr Erfahrung mitbringen müssen. Nun rannte er mit Jakob noch mal auf die Straße und in Richtung Supermarkt, der, wie man zu wissen glaubte, bis 22 Uhr geöffnet hatte. Ich war dazu auserkoren, die ersten Gäste hereinzubitten und so lange zu unterhalten, bis man »in fünf Minuten« wieder da sei.

Eine halbe Stunde später klingelte es. Ich drückte den Summer und Eddie, der etwas außer Atem geratene erste Gast, kam die Treppe herauf. Süß, dachte ich gleich. Eddie sah ein bisschen spießig aus, hatte aber einen süßen französischen Akzent, den er von einem Praktikum bei Moët & Chandon importiert hatte. Glücklicherweise hatte er nicht nur den Akzent, sondern auch eine Flasche Champagner dabei, die mangels anderer Getränke sogleich geöffnet wurde.

Ich wohnte nur eine Etage unter Sebi, war deshalb ständig da und fühlte mich wie zu Hause. Eddie war zu Beginn ein bisschen außer Atem, was sich allerdings nach dem ersten Beschnuppern legte, bis er zur Hochform auflief und sich schließlich als Apnoe-Sprecher entpuppte. In einem Satz fegte er, ohne Luft zu holen, von Kanada über England, die Ukraine und Spanien bis nach Berlin.

Eddie war Kanadier aus Vancouver, besaß aber auch einen englischen Pass, mennonitische Großeltern, hatte in Spanien studiert und außerdem noch Verwandte in Lichterfelde-Süd.

Auf die Uhr schaute ich schon bald nicht mehr. Eigentlich wird Männern in Dating-Guides immer davon abgeraten, zu viel zu reden. Mit französischem Akzent und noch französischerem Charme fällt das aber gar nicht auf. Genauso wenig war mir aufgefallen, dass die Küche – natürlich saßen wir in der Küche, wo sonst – sich mit anderen internationalen Gästen, mitgebrachtem Kekskuchen, Tiramisu und Lasagne gefüllt hatte, dass bereits leere Bierflaschen um uns herum standen und die Ersten schon wieder gingen.

Eddie war ein eloquenter Erzähler und betonte, Deutsch, das er grammatikalisch besser beherrschte als ich – er sagte beispielsweise »wegen des Wetters« statt banal »wegen dem Wetter« – sei seine schlechteste Fremdsprache. Er hatte inzwischen schon glasige Augen und parlierte mit einer voluminösen Mamacita auf Spanisch, verwandelte sich aber trotzdem nicht in einen Don Juan.

Später wurden mit dem verbleibenden harten Kern lustige Trinkspiele veranstaltet, Eddie nannte mich die ganze Zeit seinen Liebling, zog irgendwann die Schuhe aus und legte seinen Kopf auf meinen Schoß.

Es war Winter, glatt und rau, und Eddie wollte nicht mehr nach Hause fahren. Ob er denn bei mir übernachten dürfe, fragte er. Natürlich nicht, war meine Antwort, er könne doch hier auf dem Sofa schlafen. Eine halbe Stunde später torkelte er leicht benommen »nur zur Besichtigung« hinter mir in meine Wohnung –

inzwischen peinlich kichernd, aber Gott sei Dank bekam das ja keiner mehr mit.

Anscheinend hat sich oben niemand gefragt, warum wir von da unten nie mehr zurückgekehrt sind, deshalb teile ich das hier mal der Vollständigkeit halber mit.

Eddie wollte eigentlich ins Bad, da die Schwerkraft beim Treppensteigen doch leicht auf seine Blase gedrückt hatte, und verlief sich dabei ins Schlafzimmer. Dort legte er sich in mein Bett, um sich »nur fünf Minuten« auszuruhen, und schlief ein. Ich legte mich dazu und war natürlich hellwach. Der smarte Gentleman Eddie begann, neben mir zu schnarchen, und auch sonst lief nicht viel.

Am nächsten Morgen begrüßte ich Eddie – ich hatte ihn zwischenzeitlich von seiner Jeans befreit – mit »Guten Morgen, Liebling«. Er war erst mal etwas schockiert, blinzelte und lächelte dann aber zufrieden, da mir bei der freundlichen Begrüßung ja alles gefallen zu haben schien.

Auch ich fühlte mich nicht schlecht und blieb bei der Behauptung, dass wir miteinander geschlafen hatten. Und zwar deshalb, weil ich erste Male mit neuen Männern hasse. Ich brauche einfach Zeit, mich an sie zu gewöhnen, deshalb nehme ich auch keine One-Night-Stands mit.

Über Nacht hatte ich Zeit gehabt, mich mit Eddies Körper vertraut zu machen und seinem Herzschlag zu lauschen. Erfahrungsgemäß mögen Männer den Morgensex ohnehin am liebsten und so machte ich mich erst mal über Eddie her und ihm anschließend Pancakes. Eddie wollte aber keine Pancakes, sondern lieber wieder mit mir ins Bett. Inzwischen war schon Sonntagabend. Der Sonntag ist immer so ein halbverschluckter Tag, an dem man noch am Samstag und dessen Nacht kaut.

Irgendwann klingelte mein Handy und Eddie ging ran. Nachdem er weg war, rief Tanja ein zweites Mal an: »Hey Schlampe, heiße Nacht gehabt?« Ich aalte mich im rosa Jogginganzug, trank nach Sonnenuntergang meinen ersten Kaffee des Tages und rauchte dazu. »Wenn du wüsstest, Pussycat«, antwortete ich.

»Klingt süß, dein Kleiner. Franzose, wa?«

»Nicht ganz. Kanadier.«

»Montréal«, hauchte sie und sprach den Städtenamen ketzerisch französisch aus.

»Nope, Vancouver.«

»Aber im Bett voll französisch, oder?«

»Yeah!« Die bekam auch immer alles mit. Tanja war meine zweitbeste Freundin und alle unsere Dialoge drehten sich um Sex. Tanjas Eroberungen konnte ich nicht mehr zählen, sie war ein Maneater par excellence. Dabei war sie seit Ewigkeiten mit Francesco zusammen.

»Uuund? Grand amour, oder was?«

»Wat weiß ich!«

Eddie und ich sahen uns von da an jedes Wochenende. Die meiste Zeit verbrachten wir im Bett. Eddie war kein erfahrener Liebhaber, dafür aber ein hingebungsvoller und ausdauernder. Er war der Typ Mann, der einen ins Bett quatscht und vor Ort zuweilen vergisst, weshalb er eigentlich hergekommen ist. Sein Redefluss nahm auch ohne Alkohol kaum ab. Er nannte alles, was ich machte, nett und mich selbst niedlich. Meine erogenste Zone liegt wie bei allen Frauen zwischen den Ohren. Nett und niedlich sind dabei ungeeignet zur Stimulation der geistigen Klitoris. Er glich es mit anderer Kunstfertigkeit wieder aus.

Am folgenden Samstag brachte er einen Liebesfilm mit und Liebesperlen, die er auf meinem Körper verteilen und auf sinnliche Art verspeisen wollte. Leider hatte ihm keiner gesagt, dass die Perlen sich nur in den Bauchnabel oder ein paar Ritzen verzogen und ansonsten einfach ins Bett kullerten. Zu diesem Zeitpunkt war ich allerdings schon schwer verknallt und kicherte dümmlich vor mich hin, während die Perlen auf dem Laken in meinen Po piksten und lustige Muster auf meiner Haut hinterließen.

Eddie ließ sich nicht beirren. Er griff zur Champagnerflasche, die er schon vor Verteilen der Liebesperlen neben dem Bett deponiert hatte, und öffnete sie. Der Korken flog unglücklich aus dem Fenster und gegen die nachbarliche Scheibe. Er hatte nicht mehr allzu viel Power, aber es reichte, die Nachbarn zum Opernglas greifen zu lassen. So hatten sie die einmalige Gelegenheit, mich nur bedeckt mit Liebesperlen-Bodyart und geschmolzenen Sahneschaumkronen, die schief über die Serpentinen kurvten, zu besichtigen. In *9 ½ Wochen* hatte das irgendwie alles erotischer ausgesehen, fand ich und langte mit meiner Himbeersoßenhand nach dem Laken. Eddie stand mit der Magnum-Flasche zwischen den Beinen und Liebesperlenschnäuzer daneben und guckte blöd. Trotz des im wahrsten Sinne des Wortes köstlichen Bildes, das er abgab, behielt er die Contenance, schritt zum Fenster, machte einen Diener, zog die Vorhänge zu und goss den Schampus aus einem Meter Höhe in meinen Mund. So war ich erst mal mit Schlucken beschäftigt und die peinliche Situation schnell vergessen.

Eddies Vorliebe für Mahlzeiten im Bett, die er vorzugsweise auf mir serviert einnahm, blieb gleichwohl erhalten.

Eddie begann parallel dazu, weitere Filmszenen nachzuspielen. Er hatte angeblich mal eine Affäre mit einer Hollywoodschauspielerin gehabt – das wusste ich von Sebi – und mit ihr immer die Liebesszenen proben müssen. Da die Liebesszenen meistens dann aufhörten, wenn es ernst wurde, konnte Eddie auch besser küssen als alles andere. Dass er ein großartiger Redner war, erwähnte ich schon. Gleichwohl gab es keine Versprechen für die Ewigkeit. Das gehörte zum Programm. Manche Amouren sind nur für unsere Erinnerungen gedacht und haben schon diese mystische Ausstrahlung des Klassikers, während wir noch bei den Dreharbeiten sind.

Nach einer Weile hatten wir so ziemlich alles durch. Zuweilen vergaßen wir auch, Alfons, meinen Kater, aus dem Zimmer zu schicken. Wenn Alfons Eddie kommen hörte, huschte er immer flink zu seinem Logenplatz. Dort blinzelte er und wartete, bis der Lebensmittelventilator ging. Dann kam er herunter und schaute, was übrig geblieben war. In der Regel vermischten sich Chipskrümel, Sahne und Schokosoßenflecken mit getrockneten Körperflüssigkeiten auf dem Laken. Alfons rümpfte dann seine feine Nase, sah mich mit unendlicher Verachtung an und verließ hocherhobenen Schwanzes das Zimmer. Ich fühlte mich erst im nächsten Frühjahr besser, als ich Alfons bei einem Schäferstündchen mit der Nachbarskatze ertappte.

Als ich Eddie zum Flughafen brachte, sagte er: »Uns bleibt immer noch Berlin.« Dabei sah er zwar nicht so lässig aus wie Bogey in seinem Trench, aber spannend fand ich es trotzdem, weil er in einen Privatjet stieg. Mit den Gründen, dem Freund eines Freundes und dessen Großtante, die mal was mit Alain Delon hatte, möchte ich jetzt nicht nerven.

Jedenfalls war es hochromantisch, auf einem Flugfeld neben dem Learjet zu küssen und nicht hinter so einem Kunststoffschlauch hinterherzuwinken.

Außerdem trug Eddie diesen Forties-Retrolook und es war ziemlich stürmisch, sodass der Wind in seinem Haar ihn aussehen ließ wie einen jungen Dandy. Ich war die junge Fliegerbraut mit weißem Taschentuch.

Wahre Romanzen müssen tragisch enden oder mit einem Flug über den Atlantik. Eddie lud mich nie nach Kanada ein, und ich habe nie wieder von ihm gehört, wenn man von den Geschichten, die Sebi erzählte, absieht.

In Vancouver war ich später trotzdem mal. Die Leute dort sind sehr freundlich, was daran liegt, dass hier jeder irgendwann mal neu angekommen ist. So begründete es zumindest mein Freund Hjubördes, ein deutscher Auswanderer, beim Kaffee bei Tim Hortons. Für mich selbst wird Kanada immer verbunden sein mit dem Geschmack von Liebesperlen, Sahneküssen und den besten 9 1/2 Wochen meines Lebens.

12. Chile

Reggaeton und Dynamit

Theresa (27), Geologin, Dessau, Deutschland,
über
Miguel (34), Sprengmeister, Rancagua, Chile

Miguel wäre ich nie begegnet, wenn ich nicht als Tutorin in der Uni gearbeitet hätte. Wenn ich nicht frustriert gewesen wäre über lernunfähige Studis, die nach drei Jahren Ingenieursstudium noch immer nicht wussten, wie man eine Dichte ausrechnet. Dass der Tutorinnen-Job nicht verlängert wurde, brachte mich dichter an Miguel. Ich brauchte eine Alternative. »Pflichtpraktikum« lautete die. Deutschland fand ich zu langweilig, Englisch konnte ich schon, und so war es nicht verwunderlich, dass ich bei einem Flamenco-Abend eine Entscheidung Richtung Miguel traf. Mit den feurigen Bewegungen der Tänzerinnen, der rassigen Musik blitzten vor meinen Augen Stereotypen auf: spanisches Temperament, spanische Männer, »José«.

Als ich nach Hause ging, fand ich Spanien dann doch nicht aufregend genug. Weit weg musste es sein, warum nicht gleich Lateinamerika. Ein Latin Lover. Mein Ex war abgehakt und etwas Neues musste her. Viva la libertad!

Chile! Aktiver Vulkanismus, dachte ich als Geologin. In Deutschland verwittert alles seit Jahrmillionen, in Chile bildet sich Gestein, während es bei uns nur abgebaut wird. Also auf zu brodelnden Vulkanen und leidenschaftlichen Liebhabern.

Fünf Wochen später ging es los. Als ich im Flugzeug saß, realisierte ich, dass ich in den letzten Wochen meine Wohnung aufgelöst und meine Klamotten über ganz Deutschland verteilt hatte. Meine Matratze befand sich in Parchim bei Schwerin, mein Schrank in Dessau, meine Bücher in Berlin – so zumindest der grobe Überblick.

Nachdem ich New York passiert hatte, wurde mir bewusst, dass ich noch gar kein Wort Spanisch sprach. Von NY nach Atlanta und weiter nach Santiago war noch reichlich Zeit zum Lernen. Für den Anfang würden drei kleine Antwortsätze reichen: »Si, po«, »No, po« und »No se, po«, also »Ja«, »Nein« und »Keine Ahnung«, mit der chilenischen Variante von »ne, wa, gell« hintendran.

Sonntagmorgen um sieben Uhr landete ich in Santiago. Die Stadt wirkte depressiv, bis ich in meine WG kam, die aus zwei Schweizern, einer Holländerin, einem Engländer und einem Franzosen bestand. Glücklicherweise sprach hier auch keiner spanisch, aber alle redeten durcheinander.

Im MOP, also dem chilenischen Bauministerium, meinem Arbeitsplatz, machte ich dann bereits im Fahrstuhl Bekanntschaft mit dem chilenischen Charme. Obwohl ich in der hintersten Ecke des Fahrstuhls stand, warteten alle Männer artig, bis ich als Frau zuerst ausstieg. Also humpelte ich über diverse Fußpaare zum Ausgang. Kaum hatte ich diesen erreicht, stürmte die Gentlemen-Formation an mir vorbei, um mir auch noch die Tür aufzuhalten.

Der Charme war prima, aber wo blieben die Latin Lover? Die Männer hier im Gebäude sahen normal aus. Es gab kleine, große, dicke, dünne, aber sie wirkten alle wie Nachfahren preußischen Adels. Kaum trat ich – weg von dem ministerialen Spießer-Fonds – auf die Straße, sah ich schwarze Haare, soweit das Auge reichte.

Also verlagerte ich meine Aufmerksamkeit auf die Freizeitgestaltung. Bei vier männlichen Mitbewohnern gab es auch ausreichend Partys und Gelegenheiten, neue Leute kennenzulernen. Eine dieser Partys sollte mein Schicksal werden. Sie begann recht uninteressant mit Musik, Tanz, Alk. Die Holländerin schwor mich darauf ein, immer den chilenischen Pisco besser zu finden als den peruanischen. Kleine Notlügen erhalten den Nationalstolz und damit die Freundschaft.

Irgendwann tauchte der Franzose mit einem Kumpel auf. Zum ersten Mal sah ich einen Bilderbuchlatino. Groß, breitschultrig, schwarzhaarig und mit wunderbaren maronenfarbenen Augen, die er selbst jedoch als »honigfarben« bezeichnete. Seine Hände gefielen mir. Besonders die Tatsache, dass er keinen Ring trug.

Miguels Hintern kam in ungewöhnlich gut sitzenden Jeans perfekt zur Geltung, besonders wenn er ihn zu den Rhythmen des Proll-Tanzes Reggaeton bewegte.

Ich platzierte mich so, dass er mich zum Tanzen auffordern musste. Wir zappelten ein bisschen rum, bis er mich in ein Taxi setzte und den Fahrer anwies, mich sicher nach Hause zu bringen. Das tat dieser auch, und eine Woche später sah ich Miguel wieder.

Inzwischen hatte ich in Erfahrung gebracht, dass er in Rancagua, das ist für Santiago, was Potsdam für Berlin ist oder so ähnlich, wohnte. Jedenfalls lud ich mich aufgrund dieser Information prompt zu einem Asado, also chilenischem Barbecue, ein, denn ich wusste, dass er auch dorthin kommen würde.

Bei einem Asado gibt es Rindfleisch mit Fleischbeilage und Fleischdessert. So futterte ich mich durch die Grillwaren, bis um ein Uhr nachts endlich Miguel erschien. Er kam direkt von der Arbeit und war wohl auch nur meinetwegen aufgetaucht, bekam ich zu hören.

Anschließend klärte er mich darüber auf, dass er soeben mit einer zwanzig Zentimeter langen Dynamitstange hantiert hatte und irgendwas in einem Tunnel zum Explodieren gebracht hatte. Aha, dachte ich, wenn er das bei meinem G-Punkt auch schafft, dann hat er gewonnen. Wir tranken Ron-Cola, also Rum mit Coke on the rocks. An eine Heimfahrt gen Santiago war nicht zu denken.

Ich bekam einen Schlafplatz im Bett der Gastgeberin, während Miguel davor im Schlafsack auf dem Boden lag und wartete. Seine Versuche, mich herunterzuziehen, wehrte ich ab. Schließlich dachte ich in geologischen Zeiträumen, also Erdzeitaltern. Es brauchte halt alles seine Zeit, manchmal Jahrmillionen. War ja nicht so, dass zwischenzeitlich nichts passierte. Er durfte meine Hand streicheln, mit den Fingerspitzen bis zum Ellenbogen und zurück. Das war ein hocherotischer Moment. In Wellen liefen kleine Schauer über meinen Körper. Wellen, dachte ich. Es gibt Primär- und Sekundärwellen. Als die Erde plötzlich bebte, wusste ich sofort, dass es sich um eine spürbare Erhöhung der kinetischen Ernergie handelte. Ich ließ mich auf Miguel fallen und zitterte am ganzen Leib. Leider nicht vor Erotik, sondern aus Angst. Die wackeligen Gebäude waren bestimmt nicht erdbebensicher. Ich klammerte mich noch ein bisschen an ihm fest, aber die Behauptung, dass Extremsituationen erregend seien, kann ich nicht teilen. Ich löste mich und misstraute vorerst der chilenischen Tektonik.

Miguel war wenig irritiert. Als Beschützer in der Not hatte er sich bereits bewiesen. Er wusste, dass das die halbe Miete war, und schickte mir nun mit zunehmender Frequenz SMS, wobei sich die Zunahme nicht allein auf die Häufigkeit, sondern auch auf die inhaltliche Ebene bezog. Zuerst stand da »Me gustas«, gefolgt von »Me gustas mucho«. Ich gefiel ihm also. Wie nett. Bereits nach zwei Wochen waren wir bei: »Me encantas, te necesito.« Er brauchte mich. Nicht schlecht.

Die SMS waren begleitet von unterschiedlichen Unternehmungen. So suchten wir auf dem Zentralfriedhof von Santiago das Grab von Salvador Allende. Die Frage nach dem Weg wurde recht konkret beantwortet: »Am Jesus links.« Wie man sich denken konnte, gab es auf dem Friedhof mehr als einen Jesus und wir bogen falsch ab. Aber das machte ja nichts. Der nächste Trip dauerte gleich ein ganzes Wochenende und führte uns an den Strand von Pichilemu, einem Surferparadies westlich von Rancagua.

Den Jesus noch in frischer Erinnerung, hielten wir bis Sonntag nur Händchen. Miguel kannte sein Ziel, behandelte mich aber wie einen Spezialsprengstoff, den man mit besonderer Vorsicht anmischen musste. So als bestünde ein Restrisiko, weil man nicht berechnen konnte, wie der Sprengstoff reagiert.

Mit dieser Sensibilität hatte ich natürlich nichts mehr gegen die Präsenz seiner Dynamitstange einzuwenden. Gut vorbereitet, wie ich war, hatte ich den von meinem letzten Exfreund hinterlassenen Kondomvorrat am chilenischen Zoll vorbei in das Land eingeführt.

Dann passierte allerdings etwas, auf das mich keiner meiner drei Reiseführer – ich hatte *Lonely Planet*, *Marco Polo* und *Polyglott* dabei – vorbereitet hatte.

Wild knutschend tastete ich halb blind nach den Kondomen, nestelte an einem herum, reichte es ihm willenlos und dann, als es endlich so weit sein sollte ... passte es nicht. Miguel schaute mich fragend an: Das reichte ja nicht mal bis zur Hälfte. Er gab sein Bestes, das XS-Gummi irgendwie zu fixieren. Es gelang mehr schlecht als recht, aber an ein Abbrechen war nicht mehr zu denken. Der Moment der Erfüllung wurde folgenschwer durch den Schock abgeschlossen, dass das Kondom nach Vollzug des Aktes nicht auffindbar war. Ganz stimmt das natürlich nicht. Ich fand es dann beim nächsten Toilettengang. Das ist die Rache vom Ex, dachte ich.

Das Risiko wurde uns erst mit Verzögerung bewusst, und so saßen Miguel und ich einander gegenüber und schauten uns bedeppert an. Er flüsterte mir zu: »Egal, wie du dich entscheidest, ich bin bei dir. Ich passe auf dich auf.« Das war ja süß, und ich wollte den romantischen Moment nicht gern zerstören, aber eine Entscheidung traf ich dennoch: »Ich brauche die Pille danach!«

Miguel schien fast ein wenig enttäuscht über diese Lösung zu sein, aber er akzeptierte sie und besorgte das Gewünschte.

Danach nahm ich die richtige Pille und wir konnten unsere Leidenschaft ausleben. Zumindest bis zu meinem Rückflug nach Deutschland vier Monate später.

Doch da endete unsere Geschichte noch lange nicht. Er schickte mir einen Silberring mit einem Stein, den er in seiner Mine gefunden hatte. Ich stellte begeistert fest, dass es sich hierbei um einen wunderschönen Siliciumdioxid mit Eiseneinlagerung handelte, hielt es nicht aus und flog nach den letzten Prüfungen zurück zu ihm nach Chile.

Jetzt bin ich verheiratet, habe ein Haus am Strand und zwei zweisprachige Wunschkinder.

13. Frankreich

Baise-moi!

Sabine (16), Schülerin, Greifswald, Deutschland,
über
Sébastien (22), Croupier, Paris, Frankreich

Sébastien war einer der Sandsurfer an der Dune d'arcachon. Ich war 16 und im Familienurlaub. Wir machten jedes Jahr Camping. Mit 14 in Kanada, mit 15 Portugal und mit 16 halt Frankreich. Aus den ersten beiden Urlauben hätte ich auch Anekdötchen gehabt, aber in Frankreich war es am aufregendsten. Das war am Anfang gar nicht abzusehen.

Meine beste Freundin Mandy, die sonst immer dabei war, durfte dieses Jahr nicht mit, da wir bei einer Klassenfahrt nach Prag eine Nacht nicht in unseren Jugendherbergsbetten, sondern in einer Kellerbar verbracht hatten. Der dicke Jan hatte gepetzt, weil wir ihn nicht mitgenommen hatten. Es wäre auch so rausgekommen, meinte Mandy, aber Jan war für mich trotzdem gestorben.

Wir bekamen einen Schulverweis und Mandy musste den Sommer zu Hause verbringen.

Auf Frankreich hatte ich überhaupt keine Lust. Meine Mutter hatte entschieden, dass wir dorthin fahren, damit sich mein Französisch verbesserte. Hat es dann auch, aber das hatte sie sich wahrscheinlich anders vorgestellt.

Ich nahm mir fest vor, den Wohnwagen nicht öfter als unbedingt nötig zu verlassen, und deckte mich mit allen Harry-

Potter-Bänden ein. Ich hatte zwar bis auf den letzten schon alle mehrmals gelesen, aber das konnte man gar nicht oft genug tun. Außerdem nahm ich noch die romantischen Vampir-Bücher von Stephenie Meyer mit.

Meine Eltern schafften es entgegen meiner Absicht bereits am ersten Tag, mich aus dem Wohnwagen zu locken. Wir machten einen Ausritt am Strand. Zurück ging es über die riesige Düne. Dort waren auch ein paar Jungs, die immer die Düne hochstapften und sich dann mit ihren Surfboards die Sandwüste hinunterstürzten. Alle waren sie braun gebrannt, gut gebaut und alle Pariser. Und alle schauten sie mir nach, als ich in stolzer Haltung mit im Wind wehenden Locken auf meinem freundlichen Pony an ihnen vorbeiritt. Randezza war ein Shetty und keine halbwilde Stute der Camargue, gleichwohl fühlte ich mich auf ihrem Rücken wie eine Abenteurerin.

So muss ich auch ausgesehen haben, denn die Sandsurfer beglotzten mich staunend. Das machte Mut und so ging ich abends zum Billardraum. Ich hatte eine Kontaktlinse im Atlantischen Ozean verloren und musste meine Brille aufsetzen, was ich natürlich scheiße fand. Ich setzte sie immer nur kurz auf, um die Lage zu sondieren, und steckte sie dann schnell wieder in die Tasche.

Die Jungs saßen in einer verrauchten Ecke und spielten Poker mit einer schwarzhaarigen Schönheit. Ich stand blöd rum. Erst am Billardtisch, wo man mich nicht beachtete, dann neben den Pokerspielern.

»Salut. Ich bin Hervé«, sagte ein großer dünner Blonder mit Brille zu mir. Die anderen lachten im Hintergrund. Der Schönste von allen, dunkelblonde Locken mit Sonnenbrille im Haar, brauner Haut und saphirblauen Augen grinste die Schwarzhaarige spöttisch an. »Du hast verloren, Chérie.«

Sie machte einen Schmollmund, blies ihr Haar aus dem Gesicht und zog ihren BH aus. Ich machte einen Schritt zurück. Die

Schwarzhaarige musterte mich. »Auch eine?« Sie hielt mir ihre Packung Gauloises hin. Ich schüttelte den Kopf. Sie kräuselte herablassend ihre Oberlippe, mischte die Karten, gab aus und nahm ihr Blatt auf. »Merde!«, fluchte sie leise und schaute den Schönen an. »Gleich muss ich dir wieder einen blasen.«

Er tat so, als hätte er nichts gehört, und starrte angestrengt auf sein Blatt: »Olivier, du bist dran.«

Olivier war klein, rundlich und damit beschäftigt, auf den wohlgeformten, beidseitig gepiercten Busen der Schwarzhaarigen zu starren.

Hervé lehnte neben mir an der Wand und flüsterte: »Delphine ist geil. Sie verliert immer. Trotzdem spielt sie weiter. Ich glaub, sie verliert absichtlich, damit sie Sébastien einen blasen darf.«

»Schnauze, Wichser, das hab ich gehört!«, fauchte Delphine. Hervé wich gespielt zurück. »Wowowow. Du nimmst so dreckige Worte in den Mund, was wohl Sébastiens Schwanz dazu sagt?« Sébastien selbst sagte jedenfalls gar nichts und schaute konzentriert in sein Blatt.

Delphine zeigte Hervé den Stinkefinger.

»Delphine, wenn du das nächste Mal verlierst, fickt Sébastien die Kleine hier.« Er legte den Arm anzüglich um meine Schulter. Ich wollte weglaufen. Aber irgendwie war ich auch neugierig, wie es weitergehen würde. Sébastien sah mich jetzt an. Mir wurde seltsam warm. Also untenrum. Gleichzeitig fühlte ich mich nackt. Außerdem hatte ich gerade meine Brille auf und fand mich hässlich. Sébastien saß breitbeinig und gelassen auf seinem Stuhl und schaute mich viel zu lange an. Keiner sagte was. Ich spürte Angst und Erregung in mir aufsteigen.

»Hey, da sprühen ja die Funken!«, gluckste Olivier.

»Schnauze, Pussy!«, feuerte Delphine in seine Richtung.

Olivier parierte. Nach endlosen Sekunden wandte Sébastien seinen Blick wieder seinem Blatt zu. Er lächelte und legte seine Karten auf den Tisch. »Royal Flush!«, sagte er, steckte sich eine Kippe an, hakte seine Daumen in seine Jeans und lehnte sich genüsslich zurück. »Hehehe!«, lachte Olivier. Delphine blies sich wieder die Haare aus dem Gesicht. Sie beugte sich leicht nach vorne und wartete anscheinend auf Anweisungen. Sébastien beachtete sie nicht. Er sah mich an, blies den Rauch durch die Nase aus und fragte mit der Kippe zwischen den Lippen: »Wie heißt du?«

»Äh, ich?« Er hob auffordernd eine Braue an.

»Oh, äh, Sabine.« Ich muss jetzt gehen, wollte ich noch sagen, aber das kam mir nicht über die Lippen.

Dann nickte er Delphine zu. Delphine ging auf alle viere und krabbelte zu ihm hin. Mit ihren rot lackierten Fingernägeln nestelte sie an seiner Hose rum. Sébastien sah mich an. Sie öffnete seine Hose, leckte sich über die Lippen, sah zu ihm hoch und legte los. Olivier steckte sich eine Zigarette an, Hervé war ausnahmsweise auch sprachlos. Sébastien lehnte sich zurück, stöhnte und sah mich an. Ich blieb wie angewurzelt stehen. Warum ging ich nicht weg? Ich schämte mich, ich schämte mich fremd und es war überhaupt einfach nur peinlich. Aber Sébastiens Saphiraugen fixierten mich, während Delphine ihren Blowjob durchzog. Das machte mich an. Sébastien war so sexy, so selbstsicher, so schamlos. Ich fand ihn widerlich. Ich fand ihn unwiderstehlich. Nein, ich fand ihn ...

Ich machte einen Schritt zurück. Ich würde gehen, jetzt sofort. Ich wandte meinen Blick von Sébastien ab und Richtung Tür. Aus einem unerfindlichen Grund drehte ich mich noch mal um und sah, wie er Delphine am Schopf packte und sagte: »Danke, das reicht.« Er stopfte den Ständer in die Hose zurück und stand auf. Er nahm sich die Zigarette aus dem Mund und warf sie auf den Boden.

Er blieb vor mir stehen und streckte die Hand nach mir aus. »Na, komm, wir gehen!«

Der hat sie ja wohl nicht alle!, dachte ich. Gerade war sein Schwanz noch im Mund von Delphine und jetzt soll ich mit ihm irgendwohin gehen. Er sah mich an. Saphiraugen und blonde Locken. Und obendrein noch Franzose. Er lächelte. Er sah aus wie ein Engel. Ein gefallener Engel, okay.

»Hm?!«, machte er auffordernd und hielt mir seine Hand hin.

Und ja, ich gestehe, ich habe seine Hand genommen, ich bin mit ihm in sein Zelt gegangen und ich habe mit ihm geschlafen.

Ach, und noch was: Je ne regrette rien!

14. Südkorea

Seoulmate

Tilda (30), TV-Moderatorin, Hamburg, Deutschland,
über
Jae-Hwan (34), Soapstar, Seoul, Südkorea

Herzlich willkommen bei Global Night. Heute Nacht begrüße ich hier Lee Jae-Hwan. Bekannt wurde er 1999 mit seiner Rolle in *Summer Serenade*, der Fernsehserie, die die ›Koreanische Welle‹ ins Rollen brachte. Seitdem flutet Hallyu, wie der Trend auf Koreanisch heißt, ganz Asien. Lee Jae-Hwan ist aber nicht nur Schauspieler, er hat auch lange Zeit als Model gearbeitet, spricht fließend italienisch und dreht zur Zeit seinen ersten Film in Hollywood. Und ... ganz offensichtlich, er gilt als einer der schönsten Männer Asiens. Herzlich willkommen, Lee Jae-Hwan.«

Ich saß mit meiner Schokoladenseite zur Kamera, trug ein cremefarbenes Kostüm und die Haare offen. Den Schauspieler, den ich gerade anmoderiert hatte, kannte ich nicht. In der Redaktion hatte man mir einen Stapel Ausdrucke auf den Schreibtisch geknallt. Eine DVD mit Filmdateien schob ich schnell zur Seite. Die Zeit drängte, in zwanzig Minuten gingen wir auf Sendung. Ich warf eine Kopfschmerztablette ein und las seinen Lebenslauf auf dem Weg ins Studio. Ich würde noch Zeit haben, alles durchzugehen, während die Make-up-Artists an mir rumfummelten und die Kameras eingestellt wurden.

Er war nicht mein erster koreanischer Talkgast, ich war schon seit zwei Wochen in Seoul, hatte bereits die Ex-Miss Korea und den Kultregisseur Kim Ki-duk im Studio gehabt. Heute rechnete ich mit einem kleinen dünnen Asiaten, dessen Englisch ich kaum verstehen würde, in ein paar Minuten wäre es vorbei.

Nun saß ich in meinem Sessel und leierte den vorgegebenen Text herunter. Während ich sprach, erfuhr ich, wahrscheinlich durch das Lampenfieber leicht verzögert, gemeinsam mit meinen Zuschauern, dass der Mann vor mir italienisch sprach und zum Hollywoodstar avancierte.

Er lächelte mich an. Mit diesem wohldosierten Filmstar-Lächeln, das immer angeknipst wird, wenn Kameras zugegen sind. Er sah gut aus. Das musste ich zugeben. Aber ich fand ihn extrem glatt und medientrainiert.

Ich hatte auf meiner Liste die übliche Kombi aus sachlichen Promofragen für aktuelle Projekte und kleinen Auflockerungseinschüben, damit dem Publikum nicht zu langweilig wurde.

»Was bedeutet Ihr Name, Jae-Hwan?«

»Starkes Material«, antwortete er, sah mir in die Augen und lächelte das unschuldige Killerlächeln, das via Bildschirm Millionen in die Kassen spielen sollte. Hormonschwangere Teenies und vernachlässigte Hausfrauen sähen uns von ihren Wohnzimmern aus zu und würden ihre Großmütter beziehungsweise Ehemänner verkaufen, um in meinem Sessel zu sitzen. Die Hitze der Kameras und die Schweißperlen, die sich unter dem weißen Blüschen zwischen meinen Brüsten bildeten, sahen sie nicht. Hätten sie sie sehen können, hätten sie diese Szene vermutlich noch heißer beurteilt, als sie es ohnehin taten.

Starkes Material, hallte es in mir wider. Ich brauchte eine Sekunde zu lange, um die nächste Frage zu stellen, starrte ihn an. Ein Werbespot wurde eingeschoben. Die Maskenbildnerinnen sprangen ins Bild und verschwanden wieder. Er lächelte mich weiter an. Ich fixierte seinen Mund. Irgendetwas Verführerisches ging von ihm aus. Er leckte sich über die Lippen, schluckte, sein Adamsapfel zuckte kurz. Lächelte wieder siegessicher.

Endlich waren wir bei der letzten Frage: »Was unsere Zuschauerinnen am meisten interessiert: Sind Sie Single?«

»Ja, leider. Aber ich hoffe, nicht mehr lange. Haben Sie heute Abend schon was vor?« Für den Bruchteil einer Sekunde rutschte sein Blick in mein Dekolleté, zentrierte sich dann aber wieder auf Augenhöhe. Ich spürte, wie mein Auge zuckte, moderierte aber noch mit einem professionell flirtenden Lächeln in Richtung meines Gastes ab.

»Also, liebe Zuschauerinnen. Er ist noch zu haben. Ich passe für Sie heute Abend auf ihn auf.« Der Jingle wurde eingespielt.

Ich nahm mir das Mikro ab. Die Kameras waren ausgestellt, ich stand auf und wartete, bis Mr. Lee so weit war. Ich wollte mich verbeugen, Danke sagen, ein paar Höflichkeitsfloskeln vom Stapel lassen und gehen. Er blieb vor mir stehen, setzte zum westlichen Handschlag an, nahm meine Hand aber nur leicht und fuhr flüchtig über die empfindlichen Knöchel.

»Ich dachte, wir gehen aus?«, fragte er mit einem leicht enttäuschten Unterton. Wie er so vor mir stand, bemerkte ich erst, wie groß er war. Mindestens 1,85, eher 1,87, schätzte ich. Breitschultrig, athletisch, belesene, welt- und weibererfahrene Augen. Er spricht italienisch, dachte ich wieder. Die Koreaner gelten als die Sizilianer Asiens. Japanerinnen flüchten sich reihenweise in die Arme koreanischer Liebhaber, wenn ihr kühler Gatte einfach nicht aus dem Büro kommen will.

Minuten später traten wir aus dem Studio hinaus auf die Straße, sprangen in ein Taxi, das er sich von einem Freund geliehen hatte, um nicht erkannt zu werden, und fuhren durch eine unwirklich laue Sommernacht. Vorbei an Kirchen mit roten Neonkreuzen auf den Dächern, Reklametafeln an den Wänden und leidenschaftlichen Christen im Innern. Vorbei an buddhistischen Tempeln und an Bars und Clubs. An riesigen Leinwänden, auf denen der aktuelle Computerspielmarathon übertragen wurde, dessen Protagonisten nicht als Geeks, sondern als Popstars gehypt wurden.

Wir gingen natürlich zum Italiener. Ji, so kürzte Jae-Hwan seinen Namen ab, kannte den Besitzer, den er mit »Ciao Mario, come stai?« begrüßte, und wir bekamen einen ruhigen Platz am offenen Kamin. Ji bestellte für uns beide und lächelte mich wieder an. Seduktiv flirrend hatte er noch jede Frau geknackt: von der machtgeilen Hongkong-Filmprinzessin über die italienische Kellnerin bis zur blondierten Miss Texas. Mit dem ersten Glas Wein begann ich mich zu entspannen und mit jedem weiteren warf ich jeweils ein Vorurteil mehr über Bord. Die neue Programmierung hieß: Asiatische Männer sind eine erotische Delikatesse, Schauspieler sind konzentrierte Verführer und dass ich in ein paar Stunden wieder in der Redaktion sein müsste, hatte hier und jetzt niemanden zu interessieren.

Ji und ich fuhren nach dem Dinner weiter durch die Nacht und flanierten dann händchenhaltend durch die Straßen. Ich mochte es, wie Ji mich mit den Augen anlächelte, mich an einem Straßenstand mit Mujigae-Regenbogen-Reiskuchen fütterte und, noch kauend, in einen Fotoautomaten zerrte.

So kam es, dass es von unserem ersten Kuss Automatenbilder mit Glitter gibt. Ji strich mir über die Wange, schaute mir tief in die Augen und zog mich an sich. An einem Ort, der dafür geschaffen war, an dem sich schon Hunderte koreanischer Teeniepärchen geküsst haben mochten. Mir gefiel der Gedanke, süß und sinnlich zugleich.

Ji küsste mich. Zunächst auf den linken Mundwinkel, dann auf den rechten und wieder auf den linken. Das machte mich wahnsinnig. Ich öffnete meine Lippen, ich wollte mehr. Richtig geküsst werden. Er ließ mich warten. Knips. Auf dem ersten Bild verdeckte Jis Gesicht mein Profil. Seine Lippen auf meiner Wange, seine Augen genießerisch geschlossen.

Ich warf die Haare zurück. Mein ganzer Körper vibrierte, als ich meine Lippen auf seine presste. Knips. Das zweite Bild erwischte genau diesen Moment. Er ließ sich kurz berühren, entzog sich wieder, lächelte siegessicher. Er küsste meinen Hals. Ich wollte, dass er mich anfasste. Seine Hand auf meinem Busen. Nein, noch immer nicht. Mein Mund suchte nach seinen Lippen. Er wich immer wieder aus. Nur eine flüchtige Berührung. Er wusste genau, was er tat, denke ich. Knips, machte es, als ich um seinen Hals fiel und mich fragte, wie es weitergehen würde mit uns. Würden wir ein Paar werden oder war das nur eine flüchtige Begegnung?

Nach dem letzten Bild folgte die Computerbearbeitung. JI schrieb unsere Namen darauf, auf Englisch und Koreanisch, versah es mit Herzchen und Sternchen. Wir befanden uns an einem phosphoreszierenden Südseestrand mit springenden Delfinen im Hintergrund.

Ein vollendeter Mädchentraum auf ein paar Quadratzentimetern Foto-Sticker. Einen Filmstar küssen. So fühlte sich das also an.

Was danach kam, war die Fortsetzung für die Frau von dreißig Jahren. Wir liefen zurück zum Taxi. Zwei College-Studentinnen erkannten JI, rannten uns mit Handykameras hinterher. JI lachte, zog mich an der Hand mit. Wir sprangen in das Taxi, er raste los. Ich fragte nicht, wohin wir fuhren, sondern sah ihn an, seine geschmeidigen manikürten Hände auf dem kühlen Leder des Lenkrads, seinen schönen Mund. Es begann zu regnen. Das machte unsere Fahrt noch besser. Irgendwie kam jetzt der Übergang für Erwachsene. In neonfarbenen Schlieren zog die Stadt an uns vorbei. Wir waren hier drin wie in einer Kapsel. Nicht ganz von dieser Welt. Dieser Mann konnte nicht mein Gefährte werden, das war klar. Er war zu schön, zu berühmt, zu fremd. Hier das war das Abenteuer meines Lebens, dachte ich, als ich aus dem Wagen stieg und auf sein Haus in den Hügeln über Seoul zuging.

Ich zog die Schuhe aus und lief barfuß über regennassen Terrakotta Richtung Eingang. Er ließ den Wagen schräg in der Einfahrt stehen und folgte mir. Ich hörte die leisen Schritte seiner Lederschuhe hinter mir. Schon dieses Geräusch erregte mich. Ein männlicher Schritt klingt immer anders, bevor es geschieht. Zumindest kommt es mir so vor.

Vor mir öffnete sich eine riesige Eingangshalle aus weißem Marmor, zwanzig Meter weiter wand sich eine anziehend flauschige Sofalandschaft. Bis dahin schafften wir es nicht. Ich betrachtete noch den Raum, hörte, wie J1 die Tür zufallen ließ und von hinten angriff. Nein, er hat mich nicht überfallen. Ich wusste, dass es geschieht. Ich habe es mit meinem Gang provoziert. Dieser leicht schwingende Gang, der ihm befiehlt: Tu es jetzt!

Er drückte mich gegen die Wand, das starke Material an meinem Hintern schwellend, griff er nach meinen Brüsten und rieb seine Lenden an mir. Dann griff er nach meinen Händen, die gegen die Wand gepresst waren, hielt mich fest und küsste meinen Hals. Er atmete schwer. Es war wunderbar. Er gehörte mir. Er langte an meinen Rock, versuchte ihn hochzustreifen. Ich versuchte, ihn abzuschütteln. Das gehörte zum Spiel. Er konnte nicht mehr zurück. Er musste wiederkommen. Er musste mich bedrängen. Ich wollte bedrängt werden. Er sollte die Festung stürmen. Das tat er auch. Er drehte mich um, sah mir in die Augen. Seine Pupillen waren dunkel vor Verlangen. In ihnen spiegelte sich mein Begehren. Er dachte jetzt nichts mehr. Er wollte nur noch meinen Körper. Jetzt küsste er mich, richtig. So musste es sein. Seine Zunge in meinem Mund, das starke Material so nah, dass es mich wahnsinnig machte. Ich stieß ihn weg. Ein letztes Mal. Er packte mich wieder. Küsste mich wieder. Noch intensiver als vorher. Ich knöpfte sein Hemd auf, makellose glatte Haut kam zum Vorschein. Ich strich über seine Schulter, seinen Rücken, während er meinen Schenkel packte und sich noch näher an mich herandrängte. Er küsste mich weiter, zog am Revers meiner Bluse, seine Lippen an meinem Nacken, die Hand fest an meinem Busen. Sie glitt hinab, über meine Taille, meine Hüfte, meinen Hintern. Jetzt packte er meinen zweiten Schenkel. Ich stöhnte leise, als er im Stehen in mich eindrang, krallte mich an seinem Rücken fest. Sein Haar fiel mir rhythmisch ins Gesicht. Ich bekam nicht mit, wie wir auf dem kühlen Marmorboden landeten. Das Ringen war vorbei. Der Stärkere hatte gesiegt und ich konnte mich hingeben. Vor meinem inneren Auge erschien die sinnliche Kombination von Vanilleeis mit heißen Kirschen. Denn genau so fühlte sich dieser Moment an. Oben der heiße Mann, unten der kalte Stein.

Wir wollten die ganze Zeit zum Sofa hin umziehen, aber bald graute der Morgen und Ji fuhr mich mit dem Taxi zurück ins Studio. Er holte mich später wieder ab. Diesmal schafften wir es bis ins Schlafzimmer. Es war Wochenende und es begann eine seltsame Liebesbeziehung, die noch einige Wochen hielt. Wir blieben im Bett, bestellten Essen, schauten abends eingehüllt in weiche Decken hinunter auf die glitzernde Stadt. Wir lebten in unserer eigenen Welt, während im Internet die Handyfotos für Gerüchte sorgten. Mit windverwehten Haaren im Gesicht erkannte man mich gar nicht. Trotzdem genoss ich das Außergewöhnliche. Dann musste ich zurück in die Staaten. Er fragte mich nicht, ob ich bei ihm bliebe und ich fragte ihn auch nicht.

Ich sah ihn später noch einmal wieder auf dem Sundance-Filmfestival. Er lächelte mich wieder an, küsste meine Hand und zog weiter.

Manchmal sehe ich mir noch die Automatensticker an, die in meinem Tagebuch die Beschreibungen des Sommers meines Lebens umrahmen.

15. Brasilien

Aphrodisisches Amazonien

Kerstin (27), Floristin, Kassel, Deutschland,
über
Marco (38), Pilot, Manaus, Brasilien

Was mir einfällt bei einem Brainstorming zu Brasilien? Nicht Rio oder die Copacabana. Sondern Marco, Manaus, Amazonien und Aphrodisiaka. In unterschiedlichen Anteilen, genau abgeschmeckt wie ein köstlich gemixter Caipirinha. Nur wenn die Mischung stimmt, ist der Genuss unvergesslich. Nichts wäre Marco ohne seine aphrodisischen Künste, nichts wäre der Amazonas ohne ihn.

Marco war Buschpilot. Er kannte den Amazonas und seine Nebenflüsse wie kein Zweiter und war schon mehrmals abgestürzt. Das erzählte er uns Kaugummi kauend beim wackeligen Start seines kleinen Flugzeugs in Belém. Ich glaubte ihm, was er erzählte, denn er hatte eine große Brandnarbe am Arm, die vermutlich nur einen Teil seiner verwundeten Haut ausmachte. Marco hatte indigene Züge, war untersetzt und reichte mir nur bis zur Schulter. Ich verstand ihn schlecht, wie er auf uns drei Passagiere, die er persönlich angeschnallt und mit Brechtüten versorgt hatte, einredete. Das lag nicht nur an seinem radebrechenden Englisch, sondern auch an dem ohrenbetäubenden Töfftöff-Motor, den er anwarf, während er sich breit grinsend und eine große Zahnlücke freilegend zu uns umdrehte.

Herrje, dachte ich, sprach ein Stoßgebet zum Himmel und bekreuzigte mich. Meiner Freundin Hanna ging es ähnlich, denn ihr Gesicht nahm die zartgrüne Farbe eines unreifen Kürbisses an. Auf den Kürbis komme ich später noch zurück. Hanna übergab sich schon auf der Startbahn, die kaum als solche bezeichnet werden konnte, denn gefühlte zehn Meter weiter ragte der Dschungel vor uns empor. Eigentlich war ich immer gegen die Abholzung des Regenwaldes, doch als wir volle Schubkraft voraus auf die gewaltigen Bäume zurollten, wäre ich um ein paar Quadratmeter weniger nicht traurig gewesen.

Der Start gelang, was aber nicht bedeutete, dass wir uns entspannen konnten. An Bord gab es keine parasympatikus-stärkende Einheitskost und auch keine tapfer lächelnden Stewardessen. Stattdessen schaukelten wir durch Luftlöcher und an anderen unsichtbaren Hindernissen entlang über den undurchdringlichen Wipfeln der Bäume. Wie ein Moosteppich lag der Wald unter uns und strahlte eine angenehm schwüle Feuchte aus. Ich sog den Duft tief durch das offene Fenster ein, nachdem der Startstaub sich gesetzt hatte, und packte mutig meine Brechtüte unter den Sitz.

Der Regenwald wirkte unendlich und nach einer Weile fragte ich mich, immer noch konzentriert auf das für meine Ohren unregelmäßig klingende Töfftöff des Motors lauschend, ob wir überhaupt genug Sprit hatten und ob Marco denn das Ziel finden würde. Marco blätterte beim Fliegen nämlich verdächtig oft in seinem vergilbten Pilotenbüchlein und ich hätte gerne das Steuer übernommen, obwohl ich noch nicht mal den Höhenmesser lesen konnte.

Ich betete noch ein bisschen vor mich hin, obgleich ich des Betens ziemlich überdrüssig war, seit ich bei meiner Gastmutter Renata, bei der die Hausaltäre jede Ablagefläche ihrer Behausung okkupiert hatten, vor jeder Mahlzeit beten musste.

Renata war eine rundliche laute Brasilianerin. Sie war nicht unsympathisch, aber fühlte sich ständig genötigt, mir Ratschläge zu erteilen und mich rund um die Uhr mit Programm zu versorgen. Ich war schon 27 und somit steinalt. Viel zu alt, um noch einen Ehemann zu finden, aber Renata bemühte sich nach Kräften, mich mit einem »Latin Loverrrr«, wie sie es anzüglich herausschnarrte, zu verkuppeln. Ein dünnes aschblondes struppig kurzhaariges deutsches Mädchen zu vermitteln war nicht so einfach. Sie stellte mir vom Lokomotivführer über den Chefministranten bis zum Dorfpolizisten, die alle hoffnungsvoll Jesús hießen, alles Mögliche vor und war jedes Mal enttäuscht, wenn ich ablehnte. Wie sie die Männer überredet hatte, möchte ich mir gar nicht ausmalen. Nun hatte ich mich erst mal mit Hanna, einem dänischen Au-pair aus Belém, auf eine mit vielen vorherigen durch Renata und den Dorfpfarrer erfolgten Segnungen unter Anrufung aller möglichen Heiligen gesicherte Reise begeben.

Wir landeten ziemlich unsanft, aber ohne dass etwas zu Bruch ging, in der Nähe von Manaus und Marco schwang sich lässig in seinen verwegenen Fliegerklamotten oder dem, was er dafür hielt, vom Pilotensessel in den Staub und ging breitbeinig um seine Maschine herum.

Er wirkte wie der Inbegriff des lateinamerikanischen Machos und nichts bereitete mich auf das vor, was kommen würde.

Wir schwankten ein bisschen, als wir wieder festen Boden unter den Füßen hatten, und wollten uns eine Unterkunft suchen. Dort, wo der Amazonas und der schlammige Rio Negro ineinanderfließen, streiften wir vorbei an maroden Kolonialbauten, die im Dunkeln eine morbid-unwirkliche Atmosphäre umgab.

Also, Marco, Manaus, Amazonien und, ja, Aphrodisiaka.

Aphrodisiaka in einem der katholischsten Länder der Erde. Wer dabei an Extreme wie in Alkohol eingelegte Nymphensittiche oder Pavianhoden denkt, weiß es wohl nicht besser und verwechselt Aphrodisiaka mit Potenzmitteln. Denn aphrodisisch bedeutet für mich immer noch und auch entgegen der wissenschaftlichen Definition lustvoll, sinnlich von der Zubereitung bis zum Genuss. Ob ein Gericht aphrodisisch ist oder nicht, hängt für mich nicht nur von seiner Substanz ab. Phallischer Spargel, vulvische Auster. Wie langweilig. Entscheidend ist für mich der Mann, der es zubereitet, der Breitengrad, die Stunde des Tages und die Phase meines Zyklus.

Die Völlerei, die Ausschweifung und die Fleischeslust standen schon immer ganz oben auf der Liste klerikaler Verfehlungen.

Es war spät und so bot Marco uns an, mit zu ihm zu kommen. Er besaß keine umzäunte Fazenda mit Bediensteten. In seiner kargen und nicht ganz wind- und insektensicheren Behausung zauberte Marco uns Quibebe, eine wunderbare brasilianische Kürbissuppe. Ich sah ihm zu, wie er den Kürbis zerteilte, im schwachen Licht der Kerzen. Wie er ihn stampfte, abschmeckte, hinausging, mit geheimnisvollen Kräutern zurückkehrte und sie würzte. Wie ich ihn in diesem Licht wirken sah, wirkte er auf mich wie Miraculix, der Druide, der den Zaubertrank bereitete. Zugleich schwitzte er vor Anstrengung und Hitze und nur sein schief umgebundenes Küchentuch verhinderte das zusätzliche Salz in der Suppe.

Mir lief das Wasser im Munde zusammen und der Schweiß der Tropen und der Vorfreude lief an meinem Dekolleté herab.

Als ich den ersten Löffel zum Mund führte, war ich fast traurig, dass das Schauspiel, die Zubereitung, vorbei war und dann kostete ich die Schärfe und Milde, die Sämigkeit und Cremigkeit dieser Suppe und wusste, dass es das Köstlichste war, was ich je gegessen hatte.

In dieser Nacht schlief ich neben Hanna auf einer viel zu weichen Matratze und wurde von Mosquitos und Hitze immer wieder aufgeweckt. Aber an einen Traum kann ich mich erinnern. Ich schwamm in der Kürbissuppe, bis Marco mich an einem Seil herauszog und die Suppe ableckte. Dann wachte ich auf.

In der Morgenröte schlugen wir uns mit Buschmessern bewaffnet in den Dschungel, vorbei an Assaí-Stauden und Kautschukplantagen. Wir fuhren in einer abenteuerlichen Kombination mit einem Amazonasdampfer und Jeep nach Parintins und zu den Escariano-Indianern. Der Duft von Rosenholz benebelte meine Sinne.

Wir badeten zwischen Piranhas und Krokodilen. Eine Wasserschlange blinkte im Wasser auf und scherte nach rechts zum Überholen aus. Mich schockte weniger dieses verkehrswidrige Manöver als ihre bloße Gegenwart. Ein Biss war nicht notwendig, um meinen Herzstillstand herbeizuführen. Marco zog mich aus dem Wasser und lachte wieder breit. Er verstand die Aufregung nicht. Der kleine Mann trug das Buschmesser fest im Gürtel und setzte mich in rauer Fürsorge auf eine Liege in der Kajüte. Ich bibberte vor Kälte, als er mich wie eine Artischocke zu entblättern begann.

Ich ließ es geschehen. Ich war ein infantiler Kollateralschaden. All das hier war zu viel für mich. Der Ohnmacht nahe fiel ich in eine Art Fiebertraum, in dem Marco die Piranhas ausnahm und mich mit ihren rohen Innereien fütterte, während wir auf der Zunge eines Amazonasdelfins zergingen. Marco hüllte mich in speckige Decken. Ich war eingeklemmt zwischen Fischgedärmen und atmete durch Kiemen. Sein Kuss traf mich schlüpfrig wie das pulsierende lebenserhaltende Blut des Säugers. Mein Hals umschlungen von mitverzehrtem Plankton, erwachte ich nach Atem ringend.

Meine Paralyse hielt an und Marco flog Hanna und mich zurück nach Belém. Wieder hoppelten wir über Baumwipfel, sie manchmal fast streifend.

Ich habe Hanna nie von meinen Fantasien erzählt.

16. Luxemburg

E.T. auf der Couch

Agatha (54), Psychologin, Bitburg, Deutschland,
über
Louis (26), Mathematikstudent, Luxemburg, Luxemburg

Psychologin zu sein ist nicht unbedingt die beste Voraussetzung für eine glückliche Beziehung. Man seziert jede seiner Bewegungen. Wenn er den Kopf circa dreißig Grad zur linken Seite kippt, bedeutet das Skepsis, bei einem Winkel von 35 Grad und mehr hat er wahrscheinlich nur eine Nackenstarre. Dann gilt es weiter zu analysieren, woher diese kommt. Die rechte Seite hat ihre eigenen Regeln.

Ich war 54 und hatte zwei gescheiterte Ehen hinter mir. Die letzte hatte mich auch finanziell ruiniert. Seelisch nicht, denn nach der Scheidung wollte er immer noch mit mir schlafen. Die junge Frau brauchte er nur zum Kinderkriegen.

Ich arbeitete viel damals und surfte im Internet. Natürlich machte ich mich jünger. Zehn Jahre, um genau zu sein. Liebhaber fand ich viele. Meistens um die dreißig, ältere Männer stehen einfach nicht auf mich.

Ich hatte nur noch wenige Patienten damals. Mit »damals« meine ich, als Louis in meine Praxis kam. Louis kam aus Luxemburg, doch das schien er selbst nicht so genau zu wissen. Er hatte drei verschiedene Pässe, die er rechtswidrigerweise je nach Laune nutzte. Seine Mutter war Konsulin, seinen Vater kannte er nicht.

Er sei Pirat gewesen, teilte Louis in der ersten Sitzung mit. Später war er dann Terrorist oder Waffenhändler. Je nachdem, was gerade im CNN-News-Ticker en vogue war. Louis war 26 und hatte gerade mal wieder ein neues Studium angefangen oder sich zumindest dafür eingeschrieben. Ich glaube, es war Mathematik.

Louis hatte viel Erfahrung mit Therapien. Er war auf Englisch, Schweizerdeutsch und Italienisch therapiert worden. Die Therapeuten starben meistens unverrichteter Dinge. Das lag daran, dass er ältere Herrschaften bevorzugte, die das Leben kannten oder selbiges zumindest vorgaben.

Was denn der Auftrag sei, fragte ich ihn in der ersten Sitzung. Louis hob eine Braue, ließ ein Blatt auf den Tisch vor mich segeln und schritt effektvoll melancholisch zur Couch. Die Couch knarzte. Kaum einer meiner Patienten nutzte sie noch. Sie war aus der Mode gekommen.

Auf dem Blatt stand, bei ihm seien Borderline, schizoide Persönlichkeitsstörung, Asperger-Syndrom, bipolare Störung und Depressionen diagnostiziert worden. Außerdem litt er an Kleptomanie und log zwanghaft. Er sei dennoch bereit, mit mir zu sprechen, stand im Kleingedruckten. Wie großzügig, dachte ich und guckte auf die Uhr. Ich musste noch zur Reinigung, war mein Gedanke, als Louis zu sprechen begann.

Auf meine Frage, wo er denn herkomme, öffnete er die Augen und schaute zur Decke. »Von dort«, sagte er. Sein Blick durchröntgte zwar die Zimmerdecke und wandte sich Richtung All, meiner kam jedoch nicht so weit und blieb an ihr hängen. An der Decke blätterte der Putz ab und ein paar zerdrückte Spinnen klebten noch da. Ich hätte sie abkratzen sollen, dachte ich, notierte »schizophrene Psychose« und bot ihm einen Tee an. Louis erhob sich von der Couch. Er erinnerte mich an Dorian Gray von Oscar Wilde. Ein jugendschöner Dandy aus einer anderen Zeit. Sogar einen viktorianischen Spazierstock führte Louis mit sich. Er kam auf mich zu und sah mich durchdringend an.

»Danke«, sagte er und trank etwas Tee.

»Gerne«, erwiderte ich.

»Oh, ich meine nicht den Tee«, sagte Louis. Seine Haut war blass, umrahmt von trüffelbraunen Locken. Seine Lippen schimmerten wie Purpur, fast, als sei er geschminkt.

Er griff nach meiner Hand. »Danke«, sagte er wieder. »Für das wunderbare Mausoleum.«

»Das Mausoleum?«

»Ja, das du für mich hast bauen lassen.« Ein Lächeln zuckte über sein Gesicht. Er ging um meinen Tisch herum, hockte sich vor mich und kam mit seinem Gesicht ganz nahe.

»Wir waren so glücklich damals. Du der Mann, ich die Frau. Du Shah Jahan, ich Mumtaz Mahal. Bis zu meinem Tod. Du hast mir das Taj Mahal gebaut. Danke.«

Er küsste mich auf die Wange. Der Duft von Sandelholz und Muskat stieg in meine Nase. Er roch wesentlich älter, als er war. Maskuliner. Ich strich mir durch das Haar und spürte das beunruhigende Gefühl, dass das Spiel mir zu gefallen begann.

Sich zu Patienten hingezogen zu fühlen ist erlaubt, ihnen das zu zeigen hingegen verstößt gegen das Berufsethos.

»Die Stunde ist um«, sagte ich pflichtbeflissen. Louis ließ meine Hand los und ging ohne ein Wort des Grußes hinaus.

Auf dem Weg zur Reinigung begann dann dieses dumme Gefühl. Würde er nächste Woche wiederkommen? Was, wenn nicht? Ich lenkte mich ab und kaufte ein lila Tuch mit indischem Muster. Das Taj Mahal hatte ich ihm gebaut, wie romantisch. Ich betrachtete mich kritisch im Spiegel. Das Übergewicht würde ich bis zu seiner nächsten Stunde kaum loswerden, aber ein Friseurbesuch war drin. Kupfer musste sein. Rothaarig und verrucht wollte ich wirken. Ich kaufte mir ein zu enges schwarzes Satin-Kleid. Egal, wie ich zerrte und presste, der Rettungsring war von allen Seiten zu sehen. Wenigstens längere Beine mussten her. Meine goldenen Slingpumps, die ich zuletzt 1976 beim

Rolling-Stones-Konzert getragen hatte, waren perfekt. Natürlich hätte ich mir auch neue kaufen können, aber Louis schien auf Retro zu stehen.

Um Viertel vor zwei stand ich in meinem Disco-Outfit auf der Leiter, um Louis' Herkunftsort von Spinnenkadavern zu befreien. Auch wenn er mit der Lokalisierung »dort oben« eher eine ferne Galaxie meinte, hielt ich es für vorteilhafter, seinen Ausblick in Richtung Heimatplaneten zu verschönern.

Mein Nachbar, Herr Schulte, schnitt sich beim Anblick meiner Aufmachung vor Schreck fast mit der Heckenschere. Er tippte sich zum Gruß an sein grünes Käppi und starrte noch ein bisschen. Der bordeauxrote Lippenstift war wohl doch etwas zu dick aufgetragen, überlegte ich, die Spinnen in einem Taschentuch in der Rechten balancierend, während mein linker Fuß nach festem Boden tastete. Es klopfte und gleich danach betrat Louis die Bühne. Ich strauchelte etwas, er nahm meine Hand und sah mich an. Genau wie Herr Schulte, der weiterhin die Heckenschere betätigte und nicht merkte, dass er nur in die Luft schnitt.

Louis zog mich heran. »Meine Sachen stehen draußen. Ich ziehe zu dir.« Er griff nach meinen Brüsten, die üppig aus der Corsage quollen. »Wie dein Herz klopft.« Ich wand mich aus seiner Umarmung und machte ein gespielt empörtes Gesicht. Herr Schulte wartete auf den nächsten Akt. Zu seiner Enttäuschung ging ich zum Schreibtisch, nicht, ohne ausladend mit den Hüften zu wackeln. Das hatte ich ausgiebig geübt. Von hinten sah man den Rettungsring am wenigsten. Ich ließ mich in den Sessel sinken. Louis hatte Herrn Schulte entdeckt und fixierte ihn. Dabei sah er aus wie einer dieser derzeit so populären erotischen Vampirkindmänner. Erstaunt wäre ich nicht gewesen, wenn er im nächsten Moment durch die doppeltverglasten Scheiben geflattert und ein »biss«chen an Herrn Schultes Gurgel aufgetankt hätte. Herr Schulte empfand das wohl ähnlich, tippte sich wieder an den Hut und verließ das Auditorium beziehungsweise den Garten.

»Wie geht es Ihnen?«, fragte ich nun Louis distanziert.

Er ließ sich phlegmatisch auf die Couch sinken. »Schlecht. Seit ich dir begegnet bin, ist alles anders. Ich kann nicht mehr essen und nicht mehr schlafen. Das ist wunderbar.« Louis leckte sich die Lippen. Im Profil hatte er eine fast aristokratische Nase. Sein Mund erinnerte mich an süße Erdbeeren, seine Augen an Bailey's on the Rocks. »Wunderbar«, wiederholte ich und schlug die Beine übereinander, um meine physischen Reaktionen im Zaum zu halten. Louis erhob sich wieder und ging im Raum umher.

Als die Stunde um war, küsste er mich auf den Mund und ging wieder grußlos. Natürlich hatte er keinen Koffer dabei gehabt. »Lügt zwanghaft« hatte auf dem Diagnosezettel gestanden.

Louis war drei Monate bei mir in Behandlung, in denen es des Öfteren zu kleineren Handgreiflichkeiten kam. So kniete er sich einmal zu meinen Füßen und knöpfte langsam meinen knielangen Rock auf. Dabei berührte er immer nur flüchtig meine Beine. Seine Pianistenhände zitterten dabei. Er küsste meine Knie, die Innenseiten meiner Schenkel und strich gleichzeitig an meinen Waden entlang. In die Höhle der Löwin wagte er sich kein einziges Mal. Aber er sah mich auf eine Art an, die mir ein besonderes Gefühl bescherte. Sich mit der Erfahrung einer reifen Frau wie 17 fühlen, ist die sinnlichste Erfahrung, die man machen kann. Dafür nimmt man auch kleinere Abweichungen im üblichen Kausalverlauf der Dinge in Kauf.

Louis stahl meine Slips und sogar die goldenen Slingpumps.

Von der Kleptomanie und den Lügen konnte ich ihn leider nicht kurieren. Im Übrigen hielt ich seine Psychosen eher für charmant. Endlich mal ein Mann, der etwas von der Seele der Frau verstand, der sich Fettschichten ebenso wegdenken konnte wie Zimmerdecken und dahinter die Sterne leuchten sah. Er war in der Lage, die Grenzen von Zeit und Raum zu überwinden. Mir war egal, wie viele psychische Störungen meine männlichen Kollegen bei ihm diagnostiziert hatten.

Ich finde, und das muss mal gesagt werden, er war der männlichste Mann, der mir je begegnet ist.

17. Senegal

Dakar-Dating

Sonia (32), Modejournalistin, München, Deutschland,
über
Yann (41), Banker, Dakar, Senegal

Im Jet von Nairobi nach London sass Yann neben mir. Ein tiefschwarzer schöner Mann mit poliertem Hinterkopf und strahlend weißen Zähnen. Er las das *Wall Street Journal*. Ich hatte eine Modezeitschrift auf den Knien mit Artikeln von mir drin. Ein Interview mit Cassandra Wu, einer berühmten Tai Tai aus Hongkong.

Ich stieß gegen sein Wasser und es kippte auf seine Hose. Natürlich wurde ich knallrot und entschuldigte mich. Ich werde immer nervös, wenn ich neben einem schönen Mann sitze, und ich bin immer aufgeregt, wenn ich fliege. Beides zusammen ist dann ein bisschen viel des Guten. Yann war sehr freundlich und tupfte sich gelassen die Hose ab. Mir wären sicher gleich unanständige Gedanken gekommen, wenn es nicht so peinlich gewesen wäre. Die Stewardess eilte sofort mit zusätzlichen Taschentüchern und einem neuen Wasser herbei.

Yann reichte mir dann die Hand und stellte sich vor. Sein Händedruck war kraftvoll und business-kniggesk trainiert. Er war auf jeden Fall in der Wirtschaftswelt tätig. Sein Blick war offen und warm. Ich mochte ihn sofort und wusste, es würde ein angenehmer Flug werden.

Er schaute dann auf die Zeitschrift und fragte: »Sind Sie Model?« Das war mir dann wieder peinlich, denn ich war bereits Anfang dreißig und überschritt das Modelkampfgewicht bestimmt um fast zehn Kilo. Aber natürlich gewann er mich sofort.

»Nein, ich bin Modejournalistin.« Er nickte respektvoll. »Sehen Sie, dieser Artikel ist von mir.«

Er warf einen Blick auf die Headline und die Bilder. »Was haben Sie in Nairobi gemacht?«

»Ich habe Wairimu Jelimo interviewt. Sie ist wirklich eine Schönheit. Ein echter Social Butterfly.« Er lächelte wieder höflich. Er hatte keinen blassen Schimmer von Kenias Modeszene.

»Und Sie? Sind Sie Kenianer? Geschäftlich ...?«

»Nein, ich komme aus dem Senegal, aber ich lebe in London. Ich bin bei der PHB Bank.«

»Wow.« Die Welt der Banker und CEOs war mir wiederum fremd. Hier würden wir nicht warm werden. Ein anderes Thema musste her, aber wir hatten ja noch ein paar Stunden Zeit.

Jetzt hoben wir erst mal ab. Ich hatte Flugangst und bereits zwei Valium genommen. Trotzdem zitterte ich und griff beim ersten Wackeln nach Yanns Hand. »Entschuldigung.« Ich ließ ihn wieder los.

»Ist schon okay.« Er grinste amüsiert. Er schien Erfahrung mit Flugängstlichen zu haben und versuchte, mich abzulenken: »Fliegen Sie oft?«

»Äh, ja, schon ... es ist immer so. Also, diesen Monat war ich schon in Mailand und in Hanoi.«

»Und es ist gerade mal der Zehnte.«

»Ja, richtig.«

Ich sollte lieber Entspannungstechniken trainieren, anstatt Beruhigungspillen einzuwerfen, dachte ich. Besonders, als ich nach der ersten Mahlzeit müde wurde. Yann war auch müde, denn er gähnte die ganze Zeit. Trotzdem fuhren wir mit der Unterhaltung fort.

Yann war verheiratet, er und seine Ehefrau, auch Bankerin, waren sogenannte Dinks. Double income, no kids. Yann bedauerte das, denn seine Frau vertröstete ihn ständig und außerdem schliefen sie fast gar nicht mehr miteinander. So deutlich hatte er das natürlich nicht gesagt, aber als empathiegeübte Journalistin merkte ich das sofort.

Auch in meiner Beziehung kriselte es und ich fügte hinzu: »Ich gebe mir noch fünf Jahre, wenn ich dann nicht den Richtigen gefunden habe, gehe ich zur Samenbank.« Ein verschmitztes Lächeln huschte über sein Gesicht: »Oh, vorher rufen Sie mich aber an, ja?« Wir reichten uns ein zweites Mal die Hand. »Der Deal gilt. Wenn wir in fünf Jahren keine Kinder haben, machen wir zusammen welche.« Wir tauschten die Visitenkarten und schrieben unsere privaten Telefonnummern drauf.

Ich erinnerte mich an meine Freundin Giorgiana, die Mitglied im Fly-high-Club war. Sie hatte Sex über den Wolken gehabt. Mit Yann würde das wohl nichts werden, denn er konnte schon jetzt die Augen kaum offen halten. Wir müssen dann irgendwann doch eingeschlafen sein, denn als Nächstes weckte uns die Stewardess, um die Sitze hochzustellen, denn wir befanden uns im Landeanflug auf Heathrow. Meine Hand lag in seiner, aber wir ließen uns dann los, gingen noch einmal getrennt voneinander zur Toilette und verließen mit einem letzten herzlichen Händedruck das Flugzeug.

Jeder kehrte zurück in sein Leben. Er meldete sich nicht. Ich mich auch nicht.

Drei Jahre später zog ich die westafrikanische Modehauptstadt Dakar. Eines Tages sah ich aus dem Fenster und mir fiel fast meine Kombucha-Brause aus der Hand.

Auf der gegenüberliegenden Terrasse, dic ich, seit der Vorbewohner die Zypresse abgeholzt hatte, gut einsehen konnte, saß Yann in einem Korbstuhl und las. Ich kletterte sogleich in meinen begehbaren Kleiderschrank, humpelte über die chaotisch durcheinander gewürfelten Schuhe und entschied mich für ein gesmogtes Top, eine schwere Holzkette und einen langen Hippierock. In völlig entspannter Wiedersehensfreude winkte ich ihm zu und er winkte etwas irritiert zurück. Anscheinend hatte er mich vergessen, dachte ich enttäuscht. Er dachte sicher, ich sei so eine schrille gelangweilte Hausfrau, die neugierig auf die neuen Nachbarn war. Ich ging die Steinstufen so gelassen wie möglich hinunter und auf ihn zu. Höflich wie er war, packte er seine Zeitung beiseite, es war wieder das *Wall Street Journal*, und erhob sich.

Mutig sagte ich »Hallo Yann«. Er nahm seine Sonnenbrille ab und blinzelte mich an. Er sah umwerfend aus, er trug einen bunten Boubou und Plastiklatschen. Außerdem hatte er auf das langweilige teure Global-Player-Rasierwasser, das ihn im Flugzeug umwölkt hatte, verzichtet, trug stattdessen einen Dreitagebart und hatte abgenommen. Erleichterung durchströmte mich, als er mich erkannte.

»Oh, Sonia, richtig?« Er freue sich, mich wiederzusehen.

Diesmal kam unser Gespräch, vielleicht aufgrund der privaten Atmosphäre auf seiner Terrasse, sehr viel schneller in Fahrt. Wir tauschten uns über die vergangenen drei Jahre aus wie alte Freunde, nicht wie flüchtige Flugzeugbekannte. Yann war inzwischen geschieden und hatte London und der Bank den Rücken gekehrt. Ich ließ meinen Freund unerwähnt. Er würde ohnehin in den nächsten Wochen nicht auftauchen, denn er war Fotograf und gerade bei verschiedenen Shootings in Südostasien unterwegs.

Unser Versprechen, oder unser Deal, wie man es auf pragmatische Weise nennen konnte, kam nicht auf den Tisch. Ich lud Yann aber spontan auf eine kleine Dinnerparty bei mir ein. Die Dinnerparty gab es noch gar nicht, aber ein paar Freunde würden schon vorbeikommen.

Freitagabend saßen wir dann auf meiner Terrasse und es gab verschiedene westafrikanische Köstlichkeiten, denn jeder hatte etwas mitgebracht.

Meine Freundin Felicia war zwanzig Jahre älter als Yann, aber gut geliftet und sich dessen bewusst. Ein Cougar, eine Panterin auf Jagd nach Frischfleisch. Sie warf sich gleich an ihn heran und umfuchtelte ihn mit ihrem Wallewallegewand von Stardesignerin Oumou Sy. Sie erinnerte mich an ein balzendes Vögelchen, das sang und tanzte. Yann blieb freundlich und gelassen und lobte meine und die mitgebrachten Speisen. Zu meiner Enttäuschung, ich hatte mir nämlich schon »was Bequemeres« zum späteren An- und anschließenden Ausziehen zurechtgelegt, sprang Yann auf, als die Ersten gingen, um es ihnen gleichzutun. Auch Felicias leicht ins Peinliche abdriftende Bemühungen, ihn zum Bleiben zu bewegen, halfen nichts. Immerhin sah er mir tief in die Augen und umarmte mich beim Abschied etwas zu lange. Der geschäftsmäßige Händedruck war überwunden.

Trotzdem fand ich Yann für einen Senegalesen extrem zurückhaltend. Wahrscheinlich die britische Bankerdressur.

Die Lage und Architektur meiner Wohnung erwies sich als höchst günstig, da Yann einen hervorragenden Blick in mein Schlafzimmer hatte, wenn er in seinem Wohnzimmer Klavier spielte.

Sein Papagei war ein schlechter Sänger, bemühte sich aber nach Kräften, sein Herrchen beim Spiel zu übertreffen. Mir war Creecra, so hieß der gute nach seinem Lieblingswort benannte Ara, hochsympathisch, was daran lag, dass er mir beim ersten Treffen gleich ein Kompliment gemacht hatte. Er hatte ein Krächzen von sich gegeben, das wie ein Satz klang und von Yann in »Herzlich willkommen, schöne Frau!« übersetzt wurde. Das sage er sonst nur bei Familienmitgliedern, schmeichelte Yann weiter.

Jedenfalls ließ ich die Vorhänge zum Schlafzimmer nun meist geöffnet und machte das Licht an, damit Yann mich im Negligé herumturnen sehen konnte. Ich bekam dann gleich in der ersten Nacht Besuch. Leider nicht von Yann, sondern von einer ganzen Armada Mücken. Somit verbrachte ich einen großen Teil der Nacht mit der Insektenjagd. Gleichwohl hatte mein Fensterstrip seine Wirkung getan, denn am nächsten Morgen wurde ich davon geweckt, dass Yann mit einer Motorsäge und mit freiem Oberkörper ein paar Bäumchen zurechtstutzte.

»Guten Morgen, Frau Nachbarin!« Er wischte sich den Schweiß von der Stirn. Glücklicherweise war seine Dusche kaputt. Behauptete er jedenfalls. Ich erdreistete mich natürlich nicht, das nachzuprüfen, und ließ ihn durch mein Schlafzimmer ins Marmorbad spazieren. Von mir aus hätte er auch gleich im Schlafzimmer bleiben können, da ich frischen Schweiß mag und so noch mehr von ihm gehabt hätte, aber so verlängerte sich das Vorspiel. Er duschte also, während ich mit einer Modezeitschrift im Schneidersitz in der Mitte meines Bettes thronte und ihn im Spiegel an der gegenüberliegenden Wand beobachtete. Sein Körper war makellos, muskulös und geschmeidig. Ich wollte das Wasser sein, das an seiner Haut herunterperlte. Ich weiß nicht, ob er wusste, dass ich ihn beobachtete, aber ich gehe davon aus, dass er nichts dagegen gehabt hätte, da er mich plötzlich rief und darum bat, ihm ein Handtuch zu reichen. Das Handtuch fiel mir herunter und er bückte sich danach. Dabei sah ich, dass er nicht nur sein Haupt, sondern auch »back, crack and sack« enthaart hatte. Gut für ihn. Für mich umso besser. War auch nicht anders zu erwarten, denn wie ich seit der Dinnerparty wusste, war er Exmodel und Ex-Gillette-Trainee.

Ich ließ einen Träger meines Tops neckisch herunterfallen. Yann wurde etwas nervös. Der einzige Fluchtweg war von Hindernissen verstellt. Direkt vor ihm stand eine kurvige Modejournalistin, also ich, und dahinter war auch noch ihr Schlafgemach. Yann war wohlerzogen und es wäre unhöflich gewesen, mir wieder auszuweichen. Nach einem letzten hilfesuchenden Blick in eine imaginäre Ferne gab er auf. Er trat näher. Kunstvoll streifte er den heruntergefallenen Träger wieder hoch. Er würde ohnehin alles bekommen. Er sah mir in die Augen und strich meine Rundungen entlang. Dann drehte er mich um, berührte mit seinen Händen meinen Nacken und löste meine Haarspange. Stück für Stück entkleidete er mich. Es klingelte an der Haustür. Da zuckte er und wollte erneut zur Flucht ansetzen. Das durfte ihm nicht gelingen. Ich schlang meine Arme um seinen Hals und küsste ihn stürmisch. Wir taumelten ein Stückchen Richtung Bett, schafften es aber nicht bis dorthin und landeten irgendwie auf dem Boden. Yann streichelte meinen Busen und ich küsste seinen geschorenen Kopf, auch Glatze genannt, als Felicia plötzlich am Fenster stand. Sie ließ vor Schreck etwas fallen. Yann hörte das aber nicht, da ich Gott sei Dank in weiser Voraussicht erotische Musik eingelegt hatte.

Ich hatte wohl aufgehört zu atmen und gleichzeitig seinen Kopf in den Schwitzkasten genommen, damit er ja nicht hochsah, was Yann dann doch ein bisschen irritierte. Er löste sich aus dem Klammergriff und beugte sich über mich. Felicia war etwas zurückgewichen und aus seinem Winkel kaum zu sehen. Außerdem war er jetzt vollgepumpt mit Testosteron, Adrenalin und was sonst noch alles für den Sex zuständig ist und damit etwas langsam, was die Reaktion auf äußere Reize, in dem Fall eine flatternde Felicia, betraf.

Felicia selbst war wohl zu geschockt, um den Liebesakt durch ihre plastisch perfektionierte Person zu stören oder zu verbessern und entschwand just in dem Moment, in dem Yann zum Fenster schaute.

So richtig konzentrieren konnte ich mich dann aber auch nicht mehr. Yann hatte rein zufällig am nächsten Morgen einen Flug nach Paris. Das war vorgestern.

Ich überlege mir derzeit eine Strategie für die Fortsetzung.

(Sonia hat leider nicht mehr auf meine letzte Mail geantwortet. Aber sie schreibt ihre Artikel jetzt unter einem neuen Familiennamen. Ich nehme mal an, in diesem Fall ist keine Nachricht gute Nachricht. Die Autorin)

18. Australien

Down under Mike

Ilsa (19), Abiturientin, Cottbus, Deutschland,
über
Mike (38), Obstpflücker, Bowen, Australien

Jens und Hannes hatten Australien schon geplant, als ich mit Jens zusammenkam. Ich hatte gerade mein freiwilliges soziales Jahr hinter mir und wollte einfach mal weg aus Cottbus. Am liebsten in den Süden, nach Ibiza oder so. Aber das hätte bedeutet, mich gleich wieder von Jens zu trennen. Außerdem klang Australien nach Abenteuer, nach einem neuen Lebensabschnitt und nach ganz ganz weit weg. Durch Work and Travel wäre das ganze Unternehmen auch finanzierbar, lockte mich Jens mit strahlenden Augen. Ich fand Jens so wahnsinnig klug. Er hatte Tolstoi und Puschkin im Original gelesen und hatte bei einer Schulaufführung den Faust gespielt.

Im Café am Bahnhof teilten wir es Hannes mit. Hannes war wenig begeistert, wie man sich denken kann. Er wurde nicht ausfallend, sondern einsilbig. Bei meinem Stiefvater war das genauso. Ich kannte das und ignorierte es.

Unser Trip begann in Sydney, wie sich das gehörte. Jens hatte Rückenschmerzen und schlechte Laune. Ich hatte Hunger, da ich einige Flugzeugmahlzeiten verschlafen hatte, die Hannes wohl mitvertilgt hatte, da er der Einzige war, der keinen Hunger hatte, dafür aber unendlich müde war. Ich wollte sofort zum Museum, um mich davon zu überzeugen, dass die Australier tatsächlich größtenteils von britischen Straftätern abstammten, die hier staatstreue Großgrundbesitzer geworden waren.

Hannes pennte gleich im Hostel ein und Jens, der mich eigentlich begleiten wollte, fiel in den ersten asiatischen Massagesalon ein. Er hatte eigentlich nur Rückenschmerzen. Ich saß auf einem Hocker daneben und fragte ihn ungeduldig, warum denn jetzt seine Füße bearbeitet würden. Er knurrte eine entspannte Antwort, die klang wie »ist doch egal, bei den Preisen ...«, und ich regte mich wahnsinnig auf. Das hatte ich mir anders vorgestellt. Als wir wieder rauskamen, war es kühl geworden. Ich hatte, es war Februar und damit in Australien Sommer, nur leichte Klamotten mit und fror. Zu allem Überfluss hatte das Museum zu und morgen würden wir unsere Reise gen Norden zu einer Plantage antreten, um dort zu arbeiten.

Das fand ich ziemlich ätzend. Zurück im Hostel trafen wir Hannes, jetzt futterte er bei ein paar koreanischen Travellern deren Spezialitäten und unterhielt eine Belgierin, die hochfrequent liderflackernd an seinen Lippen hing. Jens war durch die Massage sehr entspannt und da auf dem Zimmer keiner war, begann er, mir unter den Rock zu fassen und wollte ein bisschen fummeln. Ich schubste ihn weg, ging raus und suchte nach einer Telefonzelle. Zu Hause war es Nacht, trotzdem bejammerte ich meine Schwester. Sie war 15 und fand das alles ja super aufregend.

Am nächsten Morgen kauften wir einen billigen Gebrauchtwagen. Der machte nach etwas mehr als hundert Kilometern schlapp. Der ganze Motor musste ausgewechselt werden. Das kostete mehr, als wir für den gesamten Wagen bezahlt hatten. Die Stimmung war am Tiefpunkt. Zwei Tage warteten wir, bis es weitergehen konnte. Ich fragte mich langsam, was ich an Jens so toll fand, aber wollte mir das Ganze nicht verderben. Ich sagte mir, es sei der Jetlag. Es wird besser werden. Wir fuhren weiter. Rauchten Marihuana und ich hängte meine Füße aus dem Fenster. Hannes' Belgierin war mit dabei und sie lagen in verschiedenen Varianten auf dem Rücksitz. Zwischendurch verschwand mal ihr Kopf unter Tage. Ich fand das nur widerlich, obwohl mir am liebsten gewesen wäre, wenn sie abgetaucht geblieben wäre. Dann hätte ich mir ihre nervig säuselnde Piepsstimme nicht länger anhören müssen. »Na, was denn?«, meinte Jens. »Ich finde, ihr klingt ganz ähnlich. Ihr könntet Schwestern sein.« In diesem Moment wäre ich am liebsten ausgestiegen und zu Fuß weitergegangen.

Die meisten Probleme lösen sich aber früher oder später von selbst. Hannes' und Jens' Freundschaft hatte bereits bei der kostspieligen Autoreparatur einen Knacks bekommen. Als Hannes dann aber mit Ludi, seiner Belgierin, in Surfer's Paradise ein paar Stunden zu spät am Treffpunkt auftauchte, was unsere Weiterreise um einen weiteren Tag verzögerte und den Erntehelfer-Job in der Plantage gefährdete, und dann noch mit der Idee kam, gleich hierzubleiben, weil ein Däne ihnen hier einen tollen Öko-Job empfohlen hatte, platzte auch Jens der Kragen. Die beiden verabschiedeten sich mit einem Mindestmaß an Höflichkeit mit einem klirrend kalten Handschlag, dann fuhren wir zu zweit weiter.

Unser Ziel hieß: Bowen, Queensland, Nordostaustralien.

Dort wohnten wir in einem Hostel, in dem nur Work-and-Traveller aus aller Welt kampierten, die Wochen und Monate hier blieben. Australier gab es hier kaum, wenn man von Mike, unserem »Aufseher«, der hier lebte, und dem Aussteiger Billy, Exbanker aus Melbourne mit Hongkonger Vorfahren, absah. Vielleicht habe ich noch ein paar Putzfrauen vergessen, aber viele einheimische Arbeiter bekam ich nicht zu sehen. Wir fuhren immer im Kleinbus vom Hostel zur Plantage. Staubige Wege, ausgetrocknete Flussbetten, die immergleichen Pflanzen. Manchmal Melonen, manchmal anderes Obst.

Außerdem gab es Riesenspinnen. Jens fand das unerträglich und wurde daher versetzt. Ich saß in der Teepause und allen anderen Pausen, die der australische Arbeitstag so vorsah, mit ein paar anderen herum. Ich war froh, Jens erst mal los zu sein. Abends ging er meist gleich aufs Zimmer und las. Er hatte Rückenschmerzen, keinen Bock auf Gesellschaft und las Dostojewski. Er fand tatsächlich einen Gleichgesinnten. Jurij kam aus einer unaussprechlichen Stadt westlich des Urals und war damit Europäer. Er war auch so ein Feingeist wie Jens. Er sprach ungefähr 27 Sprachen und kannte alle russischen Schriftsteller auswendig. So ähnlich hörte es sich zumindest an, wenn Jens mit leuchtenden Augen von ihm sprach.

Mir war es zunehmend egal. Von mir aus konnte er auch mit ihm ins Bett gehen, dachte ich. Ich mochte den Bosnier Samir, der aber mit zwei Kumpels da war und bald abreiste. Samir war breitschultrig, Meister in irgendeiner Kampfsportart und hatte eine tiefe Bass-Stimme. Er war alles andere als ein Weichei. Das imponierte mir.

Als er weg war, langweilte ich mich. Bis mir auffiel, dass Mike mich immer auf die Fahrten zum Lager mitnahm. Manchmal war noch ein Junge dabei, aber er fuhr nie ohne mich. Ich saß dann vorne neben ihm und wir unterhielten uns.

Mike behauptete, noch nie in seinem Leben ein Buch gelesen zu haben. Er hatte tiefbraune Haut, der man die langen australischen Sommer ansah. Er hatte eintausend Lachfältchen um die Augen. Sie waren klein und grün. Er musste sie in der Sonne immer zusammenkneifen. Die Farbe sah man dann kaum. Er hatte stets ein breites Grinsen im Gesicht, genauso breit wie seine Aussprache. Er trug ein Käppi, das mal weiß gewesen sein musste, aber inzwischen fast braun war, und dessen Schriftzug man nicht mehr erkennen konnte. Er war viel zu alt für mich. Nie wäre ich auf die Idee gekommen, etwas mit ihm anzufangen, aber seine Gelassenheit zog mich an. Die Art, wie er dezent die Hand auf meine Hüfte legte, manchmal berührte er mich gar nicht, sondern deutete es nur an, entspannte mich. Mike war auf seine Weise sehr attraktiv. Er wusste das auch. Er war geschieden und hatte eine Tochter, sie lebte bei ihrer Mutter irgendwo weiter weg. Auch in Australien. Den Namen des Ortes habe ich nicht verstanden, aber ich wollte auch nicht nachfragen.

Manchmal hob er mich vom Pick-up herunter, indem er mit seinen großen Händen meine Taille umfasste. Er konnte sie mit beiden Händen fast komplett umfassen und so kam ich mir vor wie eine Feder. Dabei habe ich eine normale Figur. Ich bin klein, okay, aber zierlich eher nicht.

Mike nannte mich nie bei meinem Namen, ich heiße Ilsa, nach meiner Großmutter, sondern immer nur Beauty, Honey, Darling oder so. Am Anfang dachte ich mir nichts dabei, das machte er sicher bei jeder so. Ich fühlte mich wohl mit Mike. Er gab mir im Gegensatz zu Jens nicht ständig das Gefühl, ein kleines Dummerchen zu sein. Für ihn war ich eine vollwertige erwachsene Frau, eine gute Arbeitskraft und seine Lieblingsbegleitung auf den Lagerfahrten. Oft fuhren wir bis in den Sonnenuntergang. Ich liebte es und war manchmal sogar traurig, wenn Feierabend war. Wir saßen dann auf der Veranda, manche sangen, spielten Gitarre, kickerten. Es gab auch einen Billardtisch, der aber Schlagseite hatte. Man hatte seine Reparatur aufgegeben.

Ich hatte von der Sonne gerötete Wangen und mein Haar wurde hellblond. Jens war immer noch blass, da er im Lager arbeitete und kaum Tageslicht abbekam. Aber das hatte er ja so gewollt. Jurij stand neben ihm am Förderband und sie unterhielten sich über irgendwelche hochgestochenen Themen.

Ich liebte es, wenn ich nach dem Lagerbesuch wieder hinter Mike in die Sonne trat. Ich hatte es mir angewöhnt, ihn ein paar Schritte vorlaufen zu lassen, um ihn gehen zu sehen. Seine schmutzigen Jeans – er trug jeden Tag die gleichen –, das verwaschene Shirt. Sein Cowboy-Gang und diese Figur. Er hatte diese schmalen Jungshüften und den dazu passenden Oberkörper. Nichts an ihm wirkte bequem oder akademisch. Er bewegte sich nicht wie ein Mann, der sein Leben am Schreibtisch und hinter Büchern verbringt, sondern wie einer, der richtig lebt. Der nicht nur einen Körper hat, sondern auch in ihm wohnt. Kurzum, er war nicht wie Jens.

Mike war nicht besonders klug. Kein Mann zum Heiraten. Hätte ich ihn nach Deutschland importiert, herrje, nicht auszudenken. Aber das hier war sein Reich, die Felder, die Weite, Australien. Die sonnenwarmen Früchte, das erdige Ambiente hatten eine besondere Sinnlichkeit und Fülle. Ein Abend, an dem man müde von körperlicher Arbeit ist, fühlt sich so verdient an. So kraftvoll. Einfach jeden Tag einzeln leben, von Sonnenaufgang bis Sonnenuntergang, wie in der alten Zeit. Wir tranken Bier auf der Fahrt und einmal, vielleicht in einer Mischung aus Sonnenstich und Übermut, schlug ich ihm auf den Hintern.

Er drehte sich um und sah mich an: »Tu das nie wieder!« Er hatte meine Handgelenke umfasst, seine Lenden gegen meine gepresst und drückte mich gegen den Pick-up. Meine Augen fragten ein erschrockenes »Warum?«. Ich atmete tief. Er sah mich an. Den Ausdruck in seinen Augen konnte ich nicht deuten. War er jetzt wütend auf mich, war ich zu weit gegangen?

Dann küsste er mich. Er schmeckte nach Aprikose und Tabak und nach dem blauen Kaugummi, den er immer kaute. Er küsste mich tief, heißblütig und bestimmt. So war ich noch nie geküsst worden. Er nahm von mir Besitz. Er verschlang mich regelrecht. Er atmete schwer. Seine Lenden waren immer noch gegen meine gepresst und ich spürte, wie er steif wurde. Mein Körper reagierte sofort. Es war viel zu heiß hier. Der Schweiß rann über unsere Haut, seine braun gebrannten Wellenreiterarme hielten mich umschlungen. Er hob mich auf den Pick-up und ich ließ mich zurückfallen auf die schmutzige Tragefläche. Mit seiner großen Hand streifte er zwischen meinen Brüsten entlang nach unten. Meine Schenkel umschlangen ihn. Ich hatte noch meine Schuhe an. Grobe Feldarbeiterschuhe. Ockerfarbenes Spätnachmittagslicht tauchte uns in Sepia. Dann ging alles ganz schnell. Es war ganz anders als mit Jens. Mit Jens war es sauber und kultiviert. Kultivierter Sex ist nett, aber verdient die Bezeichnung Sex nicht so wirklich. Man könnte sagen, er rutschte beim Kuscheln mal so in mich hinein. Ich mochte die Art, wie Jens Sex machte, aber das hier war etwas ganz Neues. Bis dahin dachte ich immer, das erste Mal wäre das besondere, das man nicht vergisst. Heute erinnere ich mich beim Wort »Sex« aber immer an diese Minuten mit Mike, in denen es mir egal war, dass seine Haut nach Erde schmeckte, dass mein Körper auf einer rostigen Ladefläche mit den Stoßdämpfern auf prallen Profilreifen im Takt wippte.

Das machten wir von da an in jeder Teepause. Allerdings war es nie wieder so wie beim ersten Mal. Wir nahmen saubere Handtücher mit und Sekt, Mike erschien nur noch frisch geduscht und trug sogar neue Jeans. Der Sex mit ihm wurde auch immer sauberer und am Ende war es fast wie mit Jens. Nach drei Wochen war ich froh, dass Jens nichts davon erfahren hatte, und wir fuhren weiter zum nächsten Job.

Ich bin dankbar für die Stunden mit Mike, aber Jens ist mein Partner und so bleibt es hoffentlich.

19. Kuba und Bayern

Buena Vista Castle Club

Tini (29), Pferdewirtin, Büsum, Deutschland,
über
Josef (33), Unternehmer, Traunstein, Deutschland
(und Havanna, Kuba)

Exotisch war der Josef gar nicht. Er war adoptiert und kam eigentlich aus Kuba. Da hatte er aber nur die ersten zwei Tage seines Lebens verbracht und später dann noch mal zwei Wochen mit seinem Vater, damit er sein »Herkunftsland« kennenlernte. Eigentlich war ein Monat geplant gewesen, aber Josef hatte es nicht gefallen und so flogen er und sein Papa lieber weiter nach L.A. Da gefiel es Josef weit besser.

Lange Zeit schien seine Zigarrenmarke das einzig Kubanische an ihm zu sein. Josef war Landesvorsitzender der JuLis, also der Junioren Liga der FDP. Er hielt flammende Reden im Lokalfernsehen und war immer in Bewegung. Mit seinem karibischen Charme wickelte er alle um den Finger und machte die eingefleischtesten CSU-Omis zu FDP-Wählerinnen. Nicht zuletzt lag dies an seinem vorzüglichen Bairisch. Ich als zugezogenes Nordlicht verstand ihn meist nicht. Deshalb finde ich, dass unsere Geschichte in das Buch passt. Kulturunterschiede waren auf jeden Fall vorhanden.

Ich traf ihn zum ersten Mal mit 18. Ich war mit meiner Mutter nach Bayern gezogen, da ich nicht alleine im Norden bleiben wollte. Josef war damals 22 und Inhaber eines Computerladens, zweiter Vorstand des TSV Rot-Weiß, Pressesprecher der Freiwilligen Feuerwehr und Gründungsmitglied des Reitclubs. Letzteres resultierte wiederum aus der Tätigkeit für den TSV, worüber er den Grafen kennenlernte, der sein Gestüt gut versorgt wissen wollte und dem die Buchführung über die diversen Reitbeteiligungen der Teenager zu unübersichtlich wurde.

Nun, dieser Graf war mein Stiefvater. Der Reitclub wurde also von Karl-Josef Aribert Johann und Josef als Vize-Chef gegründet.

Karl-Josef Aribert Johann war zwar nett zu mir, aber ich mochte ihn nicht. Er war recht arrogant. Meiner Mutter war das ziemlich egal. Sie hatte ihn im Robinson-Club kennengelernt und er hatte ihre Schulden bezahlt. Insofern hatte die ganze Sache ihr Gutes. Ich verbrachte sowieso die meiste Zeit im Stall, da ich dort andere Mädchen traf. Die waren zwar meist jünger als ich, denn mit 18 hatte man entweder sein eigenes Pferd oder neue Interessen, aber ein paar waren nach anfänglicher Skepsis ganz nett.

Josef und Karl-Josef Aribert Johann kamen dann eines Tages mit ihrem überlegenen Siegerlächeln vorbei und besahen sich die Pferde. Josef machte ein wichtiges Gesicht, hatte die ganze Zeit sein Handy am Ohr und beachtete mich nicht. Er grüßte zwar freundlich, aber das war dieser typische Politikergruß. Ich fand ihn blöd und oberflächlich, aber er sah toll aus. Seine Afromähne war ziemlich kurz gestutzt, aber seine Lippen und seine Haut waren ein Gedicht.

Ich musste ab und zu zu ihm ins »Geschäft«, irgendwas abgeben oder unterschreiben lassen. Meistens war ein »Kunde« da, also ein Kumpel von ihm.

Wie dem auch sei. Die nächsten Jahre werde ich geflissentlich überspringen, denn in denen geschah nämlich gar nichts. Josef nahm mich nicht wahr und ich dachte auch nicht oft an ihn. Als die Mädchen im Stall sich T-Shirts mit seinem Konterfei bestellten, lehnte ich eine Mitgliedschaft im Josef-Obermaier-Fanclub ab.

Josef hatte irgendwann sein BWL-Studium beendet, das Computergeschäft aufgegeben, war stattdessen unter die Immobilienhaie gegangen und suchte eine adäquate Gattin für die politische Karriere. Eine Beinahe-Comtesse wie ich kam ihm da gerade recht. Zuerst versuchte er es mit regelmäßigen Stallbesuchen. Ich stank meistens nach Pferd, putzte und striegelte mehr, als zu reiten und auch er hatte für lange Ausritte keine Zeit. Deshalb vertraute er schließlich auf die stiefväterliche Unterstützung. Wir saßen meist etwas spießig am offenen Kamin und redeten über die örtliche Politik. Mutter interessierte das zu diesem Zeitpunkt längst nicht mehr. Sie hatte eine Affäre mit ihrem Fitnesstrainer, der ein Jahr jünger war als ich.

Josef saß dann rum und schwenkte seinen Cognac und sprach mehr mit meinem Stiefvater, da wir uns nicht viel zu sagen hatten und ich von den wirklich »wichtigen« Dingen ja eh keine Ahnung hatte. Josef brauchte ewig, bis er die vornehme Fassade des Elite-Bayern ablegte und sein karibisches Blut entdeckte.

Irgendwann verließ mein Stiefvater mal den Salon und Josef setzte sich neben mich. Zuerst sprachen wir über Melkmaschinen und Josef gab damit an, dass er Kühe auch mit der Hand melken könne. Die Milch schmecke dann viel besser. Dabei sah er mir tief in die Augen, streichelte mir mit den erfahrenen Melker-Händen über die Wange und küsste mich.

Ich mochte ihn immer noch nicht, aber sein Kuss war fantastisch. Er war der erste Mann, der richtig küssen konnte. All meine anderen Männer hätten einen Platz in Mirja Boes' Kusstypen-Lehr- und Vermeidungswerk verdient. Ich hatte schon drei BWLer geküsst, zwei Juristen, einen Stallburschen, einen französischen Grafen und einen dänischen Pianisten. Sogar ein Italiener war dabei gewesen, aber der kam aus Meran und war so gar nicht südländisch.

Josef unterbrach seine Küsse immer wieder durch ein Tief-in-die-Augen-Schauen und urbayerische Komplimente. Ich bestellte ihn dann öfter zum Knutschen. Heiraten würde ich ihn auf keinen Fall, den arroganten Schnösel, aber Knutschen war prima.

Josef verlor dann langsam die Geduld. Nach zwei abgelehnten Anträgen war er ziemlich sauer auf mich. So kam es dazu, dass er den Rosamunde-Pilcher-Stil ablegte und endlich seinen Aggressionen freien Lauf ließ.

Es war Samstagabend, wir waren allein im Schloss und ich wollte in meinem Zimmer im Westflügel ein Buch holen, um es ihm zu zeigen. Er hatte die Augen verdreht und versucht, meine Hand festzuhalten, um mit Knutschen und Fummeln fortzufahren. Ich war durch den Korridor hinübergegangen und stand vor meinem riesigen Spiegelschrank, begutachtete meine Engelslocken und war zufrieden mit meiner Ausstrahlung. Schwungvoll drehte ich mich um und wollte zurück ins Kaminzimmer, da betrat Josef mein Schlafgemach wie durch eine Doppelschwingtür eines Westernsaloons. Natürlich inklusive Revolver in der Hose. Ich hielt die Luft an, wollte ein Machtwort sprechen, meiner Empörung Luft machen, aber Josef kam strammen Schrittes auf mich zu, packte mich am Nacken und presste seine Lippen auf meine. Ein bisschen zu fest für meinen Geschmack, die Softie-Variante am Kamin fand ich schicker, aber dieser Kuss schmeckte nach Abenteuer und Gefahr, nicht nach rosé-vanillefarbenen Brautgestecken, und das hatte wieder was.

Ich machte einen Schritt zurück und funkelte ihn an. Jegliche Ansprache wäre überflüssig gewesen, in seinen Augen war zu sehen, dass der Point of no Return bereits erreicht war. Ich entschied mich, mich fallen zu lassen. Diese Entscheidung muss Josef sogleich erfasst haben, denn er griff mir beherzt an den Hintern und stieß mich aufs Bett. Dabei übersah er im Eifer des Gefechts den Bettpfosten, den ich am Oberschenkel spürte. Der

Schmerz hielt sich in Grenzen. Ich war zu erregt, um ihn zu spüren. Am nächsten Tag würde ich blaue Flecken zu verbergen haben. Josef warf sich auf mich, stürzte unglücklich auf meine Brust. Die nächste Gewebsquetschung. Die Nachttischlampe fiel um und ging klirrend zu Boden.

Bevor ich einen Laut des Missfallens kundtun konnte, hielt Josef mir den Mund zu. Ich schmeckte die Havanna-Zigarre an seinen Fingern und saugte daran. Josef riss abrupt die Hand zurück und zerrte meinen Arm zur Seite, drehte mich um und langte unter meinen Rock. Ich war eigentlich immer Hosenträgerin, aber Josef liebte Röcke und so tat ich das meinige. Er zerriss meinen Slip und stieß in mich hinein. Viel zu schnell. Ich wartete auf den Schmerz, den ich bei den anderen immer gespürt hatte. Meine Gynäkologin meinte, das liege an der Pille und manchmal leide man halt unter Trockenheit. Ich spürte keinen Schmerz, nur Hitze und Härte. Josef griff unter meinen BH und raunte: »Das gefällt dir doch, du Flittchen.«

Das war doch etwas unziemlich, aber genau das, was ich wollte. Der feine Josef hatte seine Beherrschung verloren. Ich kam nicht dazu, ihm zu antworten, er schlug mir auf den Hintern. Tagelang würde ich seine Handabdrücke auf meiner Haut spüren. Zum Spiel gehörte nun mein Versuch, wegzukrabbeln. Josefs teures Hemd war leicht lädiert, die glatte braune Haut, seine Muskeln kamen zum Vorschein. Kein Wunder, dass ich keinen Schmerz spürte, nicht mal sehen konnte ich mehr richtig. Alles verschwamm in den Wassern der Leidenschaft. Josef umklammerte meine Fessel und riss mich am Fuß zurück, kletterte auf mich und zischte mir zu: »Hast du Angst, du Schlampe?« Natürlich hatte ich Angst. Dass meine Mutter mit ihrem Liebhaber heimkommen könnte, zum Beispiel, dass der Stallbursche etwas hörte, dass die Vaginaltrockenheit zurückkehrte. Letztere Angst konnte Josef mir nehmen und deshalb hielt ich still und gehorchte ihm.

Gekommen war ich in der Aufregung zwar nicht, aber trotzdem fühlte ich mich super, als Josef von mir herunterrollte und wir nebeneinander auf dem Teppichboden lagen.

Josef schien langsam zur Besinnung zu kommen. Ihm schien bewusst zu werden, dass er die Kontrolle verloren hatte und das nicht im Puff von Marseille, sondern bei der erstrebten Frau Gemahlin. Er räusperte sich. Um Gottes willen, dachte ich, gleich wird er sich entschuldigen. Seine Augen wirkten jetzt leicht verängstigt, er taxierte nun nicht mehr meinen Körper, sondern mein Gesicht, und suchte nach Anzeichen danach, was ich denn nun über ihn denken würde.

Meine Augen glitzerten und ich prustete los: »Du hast mich überzeugt ...« Josef war noch immer aus der Puste und wartete auf die Erklärung, wovon er mich überzeugt hatte.

»Jetzt werde ich dich heiraten!«, verkündete ich und rollte mich auf ihn. Josef schmunzelte etwas bedeppert. Wir küssten dann noch ein bisschen im Pilcher-Stil, bis die Pumps meiner Mutter durch den Korridor hallten.

Seine arrogante Art finde ich immer noch scheiße, ich arbeite daran, ihn zu ändern. Aber immerhin haben wir fantastischen Sex. Immer noch.

20. Rumänien

Hinter Gittern

Nadine (35), Anwältin, Leipzig, Deutschland,
über
Liviu (28), Häftling, Sibiu, Rumänien

Als die Gefängnistüren sich hinter mir schlossen und ich immer weiter ins Innere vordrang, war mir schon etwas mulmig. Es war das erste Mal, dass ich einem Mörder begegnen würde. Zumindest das erste Mal, dass ich jemanden traf, der für eine solche Tat verurteilt worden war. Ich wusste alles über ihn, was in meiner Akte stand. Herkunftsort, Geburtsdatum, Tathergang. Ich war seine Verteidigerin.

Wenn man in den Knast geht, soll man möglichst reizlos erscheinen. Mit Dutt, unvorteilhafter Brille und in einen Kartoffelsack gehüllt. Mir graute immer vor Gefängnisbesuchen. Die Klientel hier war mir nicht geheuer. Das Personal genauso wenig. Jedes Mal hatte ich Angst, dass sie sich entschließen würden, mich nicht mehr hinauszulassen.

Dazu kam, dass ich mich in einem fremden Land befand. In Rumänien. Eines der jüngsten EU-Beitrittsländer, aber auch die Heimat von Graf Dracula, dem verführerisch-gefährlichen Blutsauger. In Bukarest konnte man überall organisierte Reisen zum Grafen buchen. Ich hatte mal so ein Tour gemacht. Der Bus war voll mit einer italienischen Studentengruppe, die sicherheitshalber ordentlich nach Knoblauch stanken und auch anständig vorgetankt hatten, damit der Graf wenigstens einen schönen Schwips bekäme, wenn er sich schon bedienen sollte.

Ich wurde in einen kahlen Raum geführt, mit einem blechernen Knall schloss die Tür hinter mir. Ein Wachmann postierte sich mit steinerner Miene in einer Ecke und ich wurde nervös. Zur Ablenkung studierte ich noch einmal die Akte, deren Hülle bereits leicht vergilbt war.

Liviu Florescu, stand da. Geboren 1982 in Bukarest, verurteilt wegen Mordes. Die Akte strotzte vor unübersichtlichen Zeugenaussagen und unterschiedlichsten Tathergängen. Florescu sei unschuldig, hatte meine Chefin gesagt. »Er ist Halbroma, was in Rumänien bedeutet, er ist auf jeden Fall der Täter«, stellte sie fest.

Die Tür am anderen Ende des Raumes öffnete sich. Zuerst trat ein Polizist ein, dann ein zweiter. Beide postierten sich links und rechts der Tür. Ein dritter führte in Handschellen einen schmalen Mann herein. Sein Gesicht war umrahmt von schwarzen Locken und er war sehr blass. Es war klar, dass er lange nicht die Sonne gesehen hatte. Er wurde zu dem Stuhl mir gegenüber geführt. Setzte sich. Legte die Hände sichtbar vor sich auf den Tisch und wartete. »Herr Florescu«, setzte ich an. Ich wollte die Sache so schnell wie möglich hinter mich bringen, meinen Text herunterleiern, denn umso schneller ging es hier wieder raus. Viel könnte ich ohnehin nicht für ihn tun.

Florescu hob seinen Blick und sah mich an. Seine Augen waren hellbraun und wirkten sehr klar. Ich habe nie an Liebe auf den ersten Blick geglaubt, aber als er mich ansah, wusste ich, dass er mein Schicksal war. Dass seine Gefangenschaft auch meine war. Ich musste ihn da rausholen. Was, das geht zu schnell? Man müsse erst genau siebeneinhalb Jahre zusammen sein, bevor man wissen könne, ob es Liebe sei? Nein, das hier ist meine Geschichte, und ich schwöre, genau so war es. Ich erinnere mich ganz klar an diese Sekunden. Ich sah in seine Augen und ich wusste, dass ich von diesem Moment an nie wieder ohne ihn würde leben können.

Vielleicht war es sogar hilfreich, dass er im Gefängnis saß. Das war ein Hindernis. Andere Lieben auf den ersten Blick können in derselben Nacht gelebt werden. Diese nicht. Man musste zunächst mehrere Stahltüren überwinden, um überhaupt die gleiche Luft zu atmen, und selbst dann war noch ein drei Meter breiter Tisch zwischen uns. Damit war der richtige Schuss Leid, den eine große Liebe braucht, bereits gegeben.

Er war es nicht, dachte ich. Er war es nicht! »Ich war es nicht«, sagte er. Aha, wir waren Seelenverwandte. Wir dachten genau das Gleiche. Seine Stimme klang wie flüssiger Karamell und so, als würde ich sie schon immer kennen. Ich sah ihn an. Seine Lippen. Denn zum Küssen sind sie da, dachte ich. Sie wirkten weich und zärtlich. Um den Mund herum erschließt sich der Charakter eines Menschen. Er konnte unmöglich ein Mörder sein. Ein Mörder konnte nicht so wundervolle Lippen haben. Mit seiner Blässe, den hohen Wangenknochen, dem verlorenen Blick und diesen Lippen hätte er leicht Lagerfelds neue Muse sein können. Stattdessen saß er hier hinter Gittern. Vergessen von der Welt. Ich würde ihn hier rausholen.

Ich nahm die unvorteilhafte Brille ab und öffnete mein Haar. Der Sicherheitsmann räusperte sich, als ich zwei Klemmen auf den Tisch legte. Er schritt heran und nahm sie an sich. Ich bemerkte ihn kaum und begann mit dem Hairflip. Das heißt, durch die Haare streichen und den Kopf zurückwerfen. Ein eindeutiges Flirtsignal.

Florescus Flirterfahrung wirkte etwas eingerostet. Schließlich saß er seit mehr als vier Jahren hinter Gittern. Sein Blick wanderte von meinen Augen zu meinem Haar, von dort zum Mund und auch zu den Rundungen, die sich unter dem Sack, den ich trug, abzeichneten. Ich wusste, dass er sehr lange keine Frau mehr zu Gesicht bekommen hatte. Seine Hände lagen auf dem Tisch. Sie bewegten sich nicht. Er wirkte nicht nervös. Eher resigniert.

Für Liebe war kein Platz in seiner Welt. Er versuchte, sich meine Lippen, meine Haut, meinen Duft, oder den Duft, den er in drei Metern Entfernung wahrzunehmen vermutete, einzuprägen. Ich wusste, was er in der ersten unbeobachteten Minute tun würde, und ich wusste, dass er weiß, dass ich es weiß.

Er hatte keinen Grund, mit mir zu flirten, er würde mich ohnehin nie berühren. Er reduzierte mich auf das bisschen Weiblichkeit, das ich in sein Leben bringen konnte, und ich half ihm dabei. Ein Funkeln blitzte in seinen Augen auf. Ich lächelte und machte unauffällig einen Schmollmund, während ich nachdenklich in die Akte sah.

Viel zu schnell war die Zeit um. Florescu wurde hinausgeführt, ohne dass wir uns überhaupt die Hand gegeben hätten. Ich stand auf. »Ich werde dich hier rausholen!«, sagte ich. »Oh, ich meine Sie, Sie!« Er drehte sich noch einmal um, sah mich an und machte den Versuch eines Lächelns. Dann schlossen sich unerbittlich die Türen hinter ihm.

Auch ich wurde hinausgeleitet. Die Stahltüren schlossen sich hinter mir auf dem Weg in die Freiheit. Auf dem Weg in die Einsamkeit. Ich blieb jetzt abends länger in der Kanzlei, ich telefonierte mit Gerichten, schrieb an den Polizeipräsidenten, lief durch die dunkelsten Gassen auf der Suche nach Zeugen.

Nachts streichelte ich mich und dachte an ihn. Ich besuchte ihn jetzt öfter im Gefängnis, beraumte Gerichtstermine an, versuchte alles, um in seiner Nähe zu sein. Einmal nach einer Verhandlung standen wir in einer unbeobachteten Ecke. Der Wachmann hatte uns zwar im Blick, aber er blieb ruhig. Ich stellte mich ganz nah neben Liviu, scheinbar, um mit ihm neue Entwicklungen zu besprechen. Er sah mich an, nickte, lächelte. Dann küsste ich ihn. Seine Lippen waren weich und zart, sein Kuss sanft, fast wie der einer Frau. Der Wachmann rannte herbei und packte Liviu unsanft am Arm. »Keine Berührungen«, befahl er. Ich beschwichtigte ihn, Liviu wurde wieder abgeführt.

Das war das letzte Mal, dass ich ihn sah. Mir wurde nach Mitteilung des Vorkommnisses der Fall entzogen. Ich hatte Liebeskummer und schrieb Liviu lange Briefe. Er antwortete mir manchmal. Meistens blieb es beim Warten. Sein Gesicht verblasste in meiner Erinnerung. Dann wurde mir ein Job in Tallinn angeboten. Ich nahm an. Wenn man mich ohnehin nicht zu ihm ließ, könnte ich auch von hier aus schreiben. Ich sendete ihm meine neue Adresse, hörte aber nie wieder von ihm.

Er sitzt immer noch im Gefängnis. Ob er nun schuldig war oder nicht, werde ich wahrscheinlich nie erfahren.

21. Türkei

Tantric Techno

Carla (34), Heizungsinstallateurin, Lüneburg, Deutschland,
über
Birol (32), DJ, Istanbul, Türkei

Er war weder Türsteher, noch sprach er Neuköllner Kiez-Deutsch. Sein Vater war ein afghanischer Musiker, Atheist und sagte manchmal scherzhaft zu seinem Sohn: »Ich bin Jude.«

Birol selbst war Minimal-Experte und der heißeste DJ von Istanbul. Er war oft in Berlin gewesen, hatte in der Bar 25 aufgelegt, im Berghain und im Watergate.

Er wirkte ein bisschen androgyn, ganz anders als der Prototyp des muslimischen Machos. Es gibt noch mehr Vorurteile, denen Birol trotzte, zum Beispiel: DJs sind Playboys und nicht besonders treu.

Es gibt nur ein Stereotyp, dem er entsprach. Birol war der beste Lover, den ich je hatte. Musiker und Künstler sind gut im Bett, das weiß jeder.

Er verließ tagsüber nie das Haus, was auch nicht nötig war, da Tülin, seine große Schwester, auf die sich sein Ödipuskomplex konzentrierte, ein Stockwerk über ihm mit ihrem Mann lebte. Ich ähnelte Tülin mit meiner üppigen schwarzen Mähne, dem lustvoll übertriebenen 70er-Jahre-Lidstrich und der indischen Kleidung ein bisschen, als die Sonne über Istanbul aufging und ich mich neben seinem Pult in Trance ganz seiner Musik hingab.

Birol erzählte mir später, dass er seit fünf Jahren keine Frau mehr gehabt hatte, seit seine 14 Jahre ältere Yogalehrerin ihn verlassen hatte.

Er praktizierte kein Yoga mehr. Er hatte sich einer zugleich gegensätzlichen und doch ähnlichen Beschäftigung zugewandt, nämlich der Erkundung des Rhythmus, der hirnmassierenden Wissenschaft des Techno, die ebenso bewusstseinserweiternd wirken kann wie jahrelang trainiertes Tantra, wenn auch weniger nachhaltig.

Wir unterhielten uns in einer Bar mit Blick auf die Galatabrücke über den Sonnengruß, die Veden und ein Schweigewochenende, bei dem Birol in Bayern klaglos hingenommen hatte, für die Müllentsorgung Hunderter Erleuchtungswilliger eingeteilt zu werden.

Männer, die Katzen mögen und Yogis, sind die besten Partner für die moderne egozentrische Großstadtmieze.

Ohne große Gesten heilte er mich von meinen Neurosen und brachte mir meine Weiblichkeit zurück.

Birol wirkte trotz seiner zuweilen unter Einnahme diverser Ekstatika entflammenden Redseligkeit geradezu sedierend auf mich. Er war völlig unaufgeregt und ruhig.

Wir begannen auszugehen, wurden ein Paar. Wir machten dann erst mal Yogaübungen. Den Sonnengruß – meist um fünf Uhr morgens. Das zog unangenehm in der Wade, außerdem war ich kein Frühaufsteher.

Schritt für Schritt machte er mich zu einer Tantra-Expertin.

Vor jedem Liebesspiel nahmen wir ein langes Bad, manchmal war das Wasser übersät von Rosenblüten. Einerseits um eine angenehme Stimmung zu schaffen, aber wohl auch, um die Muskeln auf etwas anstrengende Übungen vorzubereiten.

Den Lotussitz hatte mein Meister in jahrelanger Praxis geübt und obgleich er etwas eingerostet war, ließ er es sich nicht anmerken, falls er bei unserer meditativen Vereinigung einen Krampf im Oberschenkel bekam. Er lehrte mich, seinen Schwanz, den er Lingam nannte, in mich einzusaugen.

Eines Samstagmorgens um vier trafen wir uns auf der Dachterrasse seines Hauses, lange bevor der Muezzin zum Gebet rief und nur kurz vor Sonnenaufgang, zum Yoga. Sehen konnte man uns hier nicht, da der nächste Häuserblock die Sicht versperrte und wir außerdem unter einer zeltartigen Plane saßen. Die war allerdings tieforange und hatte damit wohl eine ähnliche Farbe wie der Sonnenaufgang. Ich ließ mich auf die orangefarbene Schaumstoffmatratze zwischen orientalischen Sitzkissen fallen und seufzte. Birol war ja auch etwas aus der Übung und ließ sich nicht ungerne ablenken. Mein Blick fiel auf eine tibetische Klangschale. Birol platzierte sie auf meinem Bauch und schlug dann den Gong. Die Wellen wanderten durch meinen Körper und waberten kribbelnd durch meine Zellmembranen. Einmal umdrehen, das Ganze mit verschiedenen Positionierungen auf meinem Rücken. Ich lag auf dem Bauch und erblickte ein zwischen die Kissen gerutschtes Buch mit einer Orchidee drauf. *The Mystic of Tantra* stand darauf. Entspannt, wie ich durch die Klangmassage war, las ich »Yoni-Massage ... nehmen Sie ...« Birol nahm mir das Buch aus der Hand, sah mir in die Augen und legte seine Linke auf meinen Bauch.

Wenn ich noch mal auf Toilette müsse, solle ich jetzt gehen, da eine Pinkelpause später das Ritual stören würde.

Seine braunen Augen wirkten so warm und sanft, dass ich mich zurücklehnte und ihn machen ließ. Ich liebte die feinen Linien um seine Mundwinkel. Sie gaben ihm zugleich etwas Erfahrenes und etwas Weiches.

Leise sprach er mit mir, während er mit der »Behandlung« begann, Räucherstäbchen anzündete, die Bilder der »unsterblichen« indischen Heiligen, die freilich ihre Körper verlassen hatten, beiseite legte, damit ich mich nicht beobachtet fühlte. Ziel sei es, mir die Würde als Frau zurückzugeben, stellvertretend für alle Frauen, sagte er. In einer scheinbar emanzipierten Welt, in der Frauen die Arbeitsbereiche der Männer erobern würden und auch Sex wie Männer hätten, der oft zu fest und zu unsensibel für die zarten Blütenblätter ihrer Zauberblume wäre, würden wir manchmal selbst unsere Würde vergessen.

Birol wusste viel über Frauen, er war über mehrere Leben lang eine gewesen. Meistens in Indien natürlich. Manchmal Maharani, manchmal ein einfaches Mädchen vom Lande. Der Gedanke schien ihm zu gefallen und so ließ ich mich, frei von Orgasmusdruck, auf ein unvergessliches Abenteuer ein.

Zunächst erfolgte die rituelle Begrüßung der Körperteile durch Streicheln. Gesicht, Haar, Arme und Beine, Brust und Bauch.

Dann fuhr er fort mit dem Umkreisen der Yoni, immer mit Blickkontakt. Ich weiß nicht, wie lange das dauerte, denn ich vergaß Zeit und Raum. Er sprach manchmal leise zu mir. Er wies mich darauf hin, tief zu atmen, während er begann, warmes Öl auf die Yoni zu tropfen.

Er begann, sanft meine Klit zu drücken. Ich begann heftig zu atmen, er mahnte wieder zur Ruhe.

Dann ging er wieder runter, und platzierte seinen Mittelfinger der rechten Hand in die Yoni und erklärte mir, dass die rechte Hand die gebende sei. Mit ihr kraulte er meinen G-Punkt und verringerte den Druck, je stärker ich atmete.

Sein kleiner Finger im Anus, Ring- und Mittelfinger in der Yoni, Daumen auf der Klit, erklärte er mir, er halte nun eines der Mysterien des Universums in der Hand.

Mir war es gleich, denn er lehrte mich, die Welle zu reiten und so immer stärkere Orgasmen zu haben.

Ich war sehr dankbar, dies stellvertretend für alle Frauen erfahren zu haben. Doch in diesem Moment fühlte ich mich eher wie die Stellvertreterin der großen Göttin auf Erden.

22. Philippinen

Zwischenmiete.de

Anke (24), BWL-Studentin, Mannheim, Deutschland,
über
Paul (25), BWL-Student, Mannheim, Deutschland
(und Manila, Philippinen)

Ich hatte keine besondere Vorliebe für asiatische Männer. Ich mochte dunkle Haare und Augen, aber sonst hatte ich mich eigentlich nicht besonders für Asien interessiert. Paul war mein Kommilitone in der Uni. Ich dachte, er sei Asiate, Japaner vielleicht. Bei ihm sind die mütterlichen Gene durchgeschlagen. Genau einschätzen konnte ich das damals nicht. Außerdem hing er immer nur mit anderen Asiaten herum, wenn ich ihn sah. Er hatte auch eine Zeit lang eine Freundin. Ebenfalls eine zierliche Asiatin. Ich war ganz sicher nicht sein Typ. Blond, ein bisschen größer als er, etwas kräftiger.

Er war auch nicht mein Typ, aber er hatte eine gewisse zielstrebige und selbstbewusste Ausstrahlung. Er saß in meinem Marketing-Kurs. Dieser exotische Touch sprach mich schon an, gebe ich zu. Aber das war eher so unterschwellig, dass es mir kaum auffiel.

Außerdem war er immer sehr gut gekleidet. Er interessierte mich also nicht, weil er *asiatisch* aussah, sondern weil er einfach *sexy* war. Ungemein sexy!

Wir hatten eigentlich nichts miteinander zu tun, aber eine gemeinsame Gewohnheit. Wir saßen immer samstags in der Bibliothek und lernten ein paar Stunden. Dann hatte keiner von uns seine Freunde dabei und irgendwann lächelten wir uns mal an und begannen, einander zu grüßen. Dieses Ritual wurde jäh unterbrochen, als Paul monatelang nicht auftauchte. Als er wieder da war, kannte er mich anscheinend nicht mehr.

Wir sahen uns dann mal auf einer Party, er beachtete mich nicht und ich hatte die Angelegenheit fast schon wieder vergessen, als ich plötzlich aus meiner WG ausziehen und mir praktisch über Nacht eine Wohnung suchen musste.

Ich ging auf *Zwischenmiete.de* und rief ein paar Nummern der Wohnungsanzeigen an.

Eine Männerstimme meldete sich. Die Wohnung, für zwei Monate ausgeschrieben, war noch nicht vergeben. Wir machten einen Termin für den nächsten Morgen.

Ich klingelte an der Haustür, hörte den Türsummer und keuchte die knarzenden Altbautreppen bis in den vierten Stock hinauf. Auf der Mitte der letzten Treppe wäre ich fast rückwärts wieder heruntergefallen, denn Paul stand oben in der Tür.

Ich stolperte unbeholfen an ihm vorbei in seine Wohnung, während er mir hinterherrief: »Ja, komm doch rein.«

Wir starrten uns an. Die Wohnung war nicht besonders groß, aber gepflegt. Paul hatte schon einen Mietvertrag ausgedruckt und es anscheinend eilig. Er schien auch irritiert zu sein, dachte ich, als ich mit dem Vertrag in der Bahn saß, denn er hatte bei Mieter unterschrieben und ich anschließend bei Vermieter.

Ich rief gleich meine Freundin Sarah an, die sich noch erinnerte, dass ich Monate zuvor mal für ihn geschwärmt hatte und die samstägliche Bibliothekstradition auch noch aufrecht erhielt, als ich alle Prüfungen des Semesters bereits hinter mir hatte.

»Rate mal, was passiert ist: Ich werde ab Freitag in Pauls Bett schlafen!«

Ungläubig quiekte es vom anderen Ende der Leitung: »Wie? Biste jetzt mit dem zusammen?«

Ich genoss den Moment der Unausgesprochenheit, bis ich zugab, wie die Sachlage eigentlich aussah.

Inzwischen wusste ich auch, warum Paul damals ein paar Monate abgetaucht war. Er war in Singapur gewesen und in seiner Wohnung hing ein Bild von einer Art Palast der Winde, verschnörkelten Fensterläden hinter einem ebenso hübsch verzierten Balkon: »Das war meine Wohnung in Singapur.«

Paul war sehr umtriebig. So hatte ich ihn auch eingeschätzt. Er hatte bereits ein Praktikum in einer Bank in Singapur gemacht und war jetzt auf dem Weg nach Shanghai, wo er für ein deutsches Automobilunternehmen die Messevorbereitung unterstützen wollte.

Deshalb wollte er die Wohnung untervermieten.

Pauls Mail-Adresse lautete auf »Banana«. Eine Banane nennt man einen im Westen aufgewachsenen Asiaten, außen gelb und innen weiß. Die umgekehrte Variante nennt man ein »Ei«. Pauls Händedruck war sehr fest, schon daran merkt die Kennerin, die ich heute bin, dass er kein »richtiger« Asiate war, denn Asiaten mögen keinen festen Händedruck.

In Japan ist ein Händedruck generell zu vermeiden, in China wird er schwach ausgeführt. Alles andere wird als aggressiv und unangenehm empfunden. In vielen anderen Ländern verhält es sich ähnlich.

Die Banane schien zu meinem Leidwesen aber anscheinend doch mehr auf Asiatinnen zu stehen, denn sie hatte mich schnell rauskomplimentiert, nachdem der Vertrag unterschrieben war.

Am folgenden Freitag zog ich ein, während Paul sich in die Maschine gen Shanghai setzte.

Ich hörte seine Musik, las seine Bücher und seine alten Liebesbriefe. Ich blätterte in seinen Fotoalben, plünderte die asiatischen Lebensmittel im Kühlschrank, die mich neugierig auf mehr machten, und wurde von den Handwerkern mit »Frau Lorenz« angesprochen.

Pauls Vater war nämlich deutsch und deshalb auch sein Familienname. Mir gefiel die Anrede natürlich und ich genoss es, mich zu fühlen, als sei ich mit ihm verheiratet.

Praktischerweise hatte ich jüngst die New-Age-Bibel *The Secret* quasi intravenös konsumiert. Man müsse sich nur vorstellen, man habe schon, was man sich wünscht, und alles würde geschehen.

Sarah hingegen war Feng-Shui-Expertin und bestand darauf, dass im Liebes-Bagua – also in der von der Tür gesehen rechten Zimmerecke – immer alles paarig zu sein hatte. Sie hatte zu diesem Zweck ein putziges Katzenpärchen in die Wohnheimküche gemalt. Irgendwas stimmte aber nicht, da ihr niedlicher Mitbewohner einfach nicht den Weg in ihr Bett finden wollte. Sie überlegte gerade, ob sie von den Kätzchen vielleicht Pfeile bis dorthin zeichnen sollte.

Eine Fusion aus beiden Lifestyle-Konzepten führte in meinem Fall dazu, dass ich einen Pulli von Paul trug und seine Calvin-Klein-Shorts zur Dekoration mit auf die Wäscheleine hängte. So würde sich der Inhalt der Shorts mit dem Rest dran schon irgendwann in meinem Leben materialisieren. Sarah schlug vor, die Shorts vor dem Fenster aufzuhängen, da das gen Osten lief, und das Fenster immer offen zu lassen, damit die Energie hin und her fließen konnte.

Aber das Beste war natürlich: Ich schlief in seinem Bett und stellte mir vor, wie sich seine Anwesenheit wohl anfühlen würde.

Ich stellte Fotos von ihm in der Bude auf. Alles war perfekt. Paul hatte so wunderschöne Hände und seine Haut sah aus wie Kastanienhonig. Weich und sehnig.

In der Uni hatte ich immer seine Unterarme fixiert. Unbehaart und geschmeidig bewegten sie sich, wenn er eine Seite umblätterte oder den Mittelfinger über die Computermaus gleiten ließ.

Paul wirkte wie ein Mann, der sich nahm, was er wollte, er wusste zu führen. So tat er es auch in meinen Fantasien. Oft träumte ich von seinen Händen auf meiner Haut, seinem Finger an meiner Maus. Er hatte den Zweitschlüssel mitgenommen und so zog ich meinen nachts ab in der Hoffnung, dass er früher nach Hause kommen und sich zu mir legen würde.

Natürlich geschah das nicht und ich blieb allein.

Ich finde, es war mein gutes Recht, auf diese Weise von ihm zu träumen, denn er hatte den Vertrag ja so schnell machen wollen. Wahrscheinlich hätte ich sonst zu viel Respekt gehabt, um in seine Privatsphäre einzudringen. Außerdem hatte er gesagt, ich dürfe gern alles benutzen. Damit hatte er vermutlich nicht Pulli und Pantys gemeint, aber er wusste ja nichts davon.

Als er zurückkam, teilte er mir mit, dass Shanghai nicht so toll sei, wie immer alle sagen. Jeder spucke einfach auf die Straße und es ginge nur um Geld. Nächstes Mal wolle er endlich nach Manila.

Ich versuchte, ihn später noch mal zu kontaktieren, er antwortete höflich. Das war's leider. Denn er stand halt einfach nicht auf mich.

23. Samoa

Südseezauber

Miriam (35), PR-Beraterin, Düsseldorf, Deutschland,
über
Tapuitea (27), Häuptlingssohn und Barbesitzer, Apia, Samoa

Es ist ein sonderbares Gefühl, wenn man nach über dreißig Flugstunden auf einer Südseeinsel jenseits der Datumsgrenze landet. Man ist dem Raum-Zeit-Kontinuum entrückt und hält seine neue Umgebung für einen Traum. Das liegt dann zu einem Drittel an den Palmenstränden, zu zwei Dritteln daran, dass man das Tag-Nacht-Gefühl nach so einem langen Flug verloren hat und nicht ganz sicher ist, ob man nicht tatsächlich noch träumt.

Deshalb ist es am besten, man entschließt sich, in diesem Traum einfach ganz von vorn anzufangen. Man ignoriert den Jetlag und tut einfach so, als sei man schon immer hier gewesen.

Träume haben noch einen Vorteil. Man traut sich Sachen, die man im echten Leben nie tun würde. Wenn dann auch noch alle anderen Traumfiguren genauso entspannt sind wie man selbst, kann das Abenteuer beginnen.

Ich war hier auf eine Hochzeit eingeladen. Es war nicht wirklich eine samoanische Hochzeit, sondern eine zwischen einer Brokerin aus Manhattan und einem hanseatischen Jungreeder. Letzterer hieß Tom. Tom und ich waren beste Freunde aus dem Internat und hatten Kontakt gehalten. Bevor er die Brokerin, Michelle, kennen- und lieben gelernt hatte, war er lange mit einer deutschen TV-Moderatorin liiert gewesen. Mein Leben war nicht so glamourös, aber ich saß bei seinem in der ersten Reihe.

Michelle und Tom kannten sich seit sechs Wochen und waren sich ganz sicher, die Richtigen füreinander zu sein. Nicht ganz unwichtig schien mir dabei, dass Michelle am Kennenlernentag 43 geworden war und Tom auch noch einen Erben für die weiterzuführende Dynastie benötigte. Tom war als Sieger mit kubanischen Zigarren im Mund geboren worden. Zur Zeit der Kubakrise waren die Leute seines griechischen Vaters auf die Insel gelassen worden und hatten Kisten mit der heißen Ware »to the owner« nach Europa verschifft.

Ich landete also auf einem Mini-Flughafen und wurde mit drei anderen Hochzeitsgästen, die in NY zugestiegen waren, ins Hotel gekarrt. Das Hotel bestand aus verstreuten Lodges und bot einen unwirklich schönen Blick auf einen türkis durchscheinenden Ozean. Man konnte nicht ganz klar erkennen, wo das Wasser endete und der Himmel begann. Ich ließ mich rücklings auf ein weiß bezogenes Bambusbett fallen und betrachtete die Tropenholzdecke über mir, die pink-violette Orchidee neben mir und natürlich den Ozean vor mir.

Michelle und Tom wohnten gleich im Bungalow nebenan und so hüpfte Michelle über die tropfenartig angeordneten Steinfliesen zu mir herüber. Sie trug nur ein winziges Bikinihöschen, eine Kette mit samoanischen Emblemen und einem Haifischzahn um den Hals und einen Blütenkranz auf dem Kopf. »Hey darling«, begrüßte sie mich. Wir hatten uns zum ersten Mal vor ein paar Stunden am Airport getroffen. Sie nannte mich in ihrem breiten American English sofort Darling. »The ceremony's gonna start in about one hour. Out there.« Sie wies auf den Ozean.

Michelle hatte eine fantastische Figur. Ihr Gesicht erinnerte mich an Bo Derek. Während sie auf das Meer hinaussah, wurde mir klar, welcher Typ Frau sie war. Sie war immer schön gewesen, sie hatte alles gehabt, sich alles genommen, was sie wollte. Das

Ticken ihrer biologischen Uhr hatte sie bei all dem Trubel kaum gehört, bis es ohrenbetäubend laut wurde. Da lief ihr Tom in NY über den Weg und sie hatte nicht lange gefackelt. Ich schaute auf ihre Brüste und fragte mich, ob sie wohl schon schwanger war. Als sie mir einen Joint anbot, verwarf ich den Gedanken und folgte ihr hinüber in ihre Lodge.

Tom war nicht da. Er sei bereits unten am Strand. Stattdessen befand sich ein ebenfalls halbnackter Samoaner in ihrem Zimmer. Er war höchstens Mitte zwanzig und trug Pe'as, also samoanische Tattoos. Sein Körperbau war samoanisch kompakt, aber schlank, in der Farbe von dunklem Karamell spannte sich seine Haut über seine Muskeln – unterbrochen von schwarz bedruckten Stellen, die die Geschichte seiner Familie und der Südsee erzählten. Im Vergleich zu ihm sah ich auch, dass Michelles Schönheit ihre beste Zeit schon hinter sich hatte. Der betrübliche Satz »Sie hat sich gut gehalten« drängte sich mir auf. Dabei fühlte ich mich selbst besser. Tom und ich waren nämlich beide acht Jahre jünger als seine zukünftige Ehefrau.

Der Samoaner hieß Tapuitea, zu Deutsch Abendstern. Abends ging sein Stern tatsächlich auf. Deshalb war er auch Barbesitzer. Er trug lila Boxershorts mit Ethnoprint und schaute mich von oben bis unten an. In einem Reflex wollte ich mein Wickelkleid enger ziehen, denn mein Ausschnitt war vom Winde fast bis zum Bauchnabel verweht worden. Ich entschied mich aber dagegen. Mir gefiel sein Blick, ein Hauch Begehren lag darin, aber auf eine natürliche, gelassene, unaufdringliche Art.

Hier war ich an einem Ort, in dem man traditionell ohnehin oben ohne rumlief, bis die Missionare mir ihren puritanischen und verklemmten Ansichten alles zerstört hatten. Nicht alles anscheinend, dachte ich und erwiderte Tapuiteas Blick. Hier begann ein neues Leben. Samoa umgab ein Geheimnis, das seit Jahrhunderten Seefahrer aller Kontinente anzog. Und ich würde es lüften.

Tapuiteas Großvater war ein Blutsbruder von Tupua Tamasese Mea'ole, dem ehemaligen O le Ao o le Malo, also dem Staatschef von Samoa. Von dem hatte ich zwar noch nie gehört, aber die melodischen Namen beförderten mich in andere Sphären. Fehlte nur noch, dass der schöne Tapuitea jetzt noch Südseemelodien zum Besten gab.

»Tapu spielt heute Abend auf der Feier«, sagte Michelle prompt und strich ihm vertraulich über die Schulter. Dann nahm sie mich bei der Hand und wir gingen hinunter zur Zeremonie.

Die Trauung fand tatsächlich auf See statt. Bisher kannte ich nur die Überfahrt im Hovercraft von Calais nach Dover und schon da hatte ich die ganze Zeit über der Reling gehangen.

Diesmal war es nicht anders, deshalb kann ich nicht so recht sagen, ob es eine schöne Trauung war oder nicht. Als wir wieder an Land gingen, schwankte ich etwas und auf den Hochzeitsfotos habe ich eine leicht grünliche Gesichtsfarbe. Eine Mischung zwischen lind- und flaschengrün. Das ist ziemlich ärgerlich, denn Tapu stand neben mir und sah zum Anbeißen aus. Nach Essen war mir aber auch nicht. Also konnte ich das Hochzeitsbankett am Strand von Lalomanu nur visuell genießen. Es war über und über mit Blüten verziert.

Mit einem bisschen Prickelwasser ging's mir langsam besser und den Auftritt der polynesischen Tänzerinnen mit Musikbegleitung von Tapu und weiteren tatauierten Inselschönlingen konnte ich schon wieder genießen. Im Schein der Fackeln trommelte Tapu mit einem strahlenden Lächeln vor sich hin. Nach der Darbietung kam er auf mich zu. Ich könne doch bestimmt auch tanzen wie die Insulanerinnen mit meinen Hüften. Ich war immer unzufrieden gewesen mit meinen Hüften. Egal, wie sehr ich zu manchen Zeiten gehungert hatte und wie flach mein Busen schon war, das Fett auf den Hüften war nie weggeschmolzen. Hier war endlich ein Mann, der das auch nicht für erstrebenswert hielt. Tanzen wollte ich trotzdem nicht, stattdessen ließ ich mir von ihm das Trommeln zeigen. Mit meinen verkrampften Computerhänden schlug ich dumpf auf das Fell. Patsch, patsch, machte das.

Tapu lachte und zeigte mir mit seinen geschmeidigen Händen, wie es geht. »Du musst die Handgelenke locker lassen. So.« Badumm, badumm, badumm, badumm, schallte es vollmundig aus den Untiefen des Palmholzhohlkörpers. Ich bin in der Südsee, dachte ich wieder. Ich sitze neben einem Häuptlingssohn, der mir pazifisches Trommeln beibringt. Tapu strahlte mich weiter an. Er nahm meine Hände. »Du musst die Handgelenke locker lassen. Lass mal los.« Ich konnte es nicht. Patsch. Patsch.

Tapu stand auf. »Darf ich?«, fragte er und setzte sich, ein Bein rechts von mir, eines links, hinter mich. Er legte seine Hände auf meine Ellenbogen und fuhr dann langsam hinunter zu meinen Handgelenken, gerade noch schnell genug, um es zufällig wirken zu lassen. Mir wurde warm. Wie der laue Südseewind strich Tapu über meine Haut. Er umfasste meine Handgelenke.

»Lass los!« Seine Stimme rauschte wie ozeanische Wellen leise gegen mein Trommelfell. Es vibrierte sanft, während er sprach, wobei seine Lippen die aufgestellten Härchen meines Halses berührten. Auch das Fell der richtigen Trommel vibrierte jetzt. Ich hatte losgelassen. Unter seiner Führung landeten meine Hände jetzt im Takt auf der Trommel: Badumm, badumm, badumm, badumm. Meine Fingerspitzen begannen zu kribbeln, Körper und Geist verloren sich im Rhythmus. Alles hier war natürlich, tief, wahr und von der vielbesungenen mystischen Urkraft getragen, die der Südsee zu eigen ist.

Es reicht nicht, wenn man teures Fiji-Wasser importieren lässt, auch wenn es anders schmeckt. Man muss in die Südsee reisen, wenn man sie erleben will, am besten auf Rezept. Viele Migränepatientinnen und Depressive könnten hier therapiert werden, dachte ich, eingelullt in den Takt der Trommel und angeschmiegt an seinen Körper. Eine tiefe, besondere Wärme breitete sich in mir aus. Eine sedierende Schwere. »Ja, genau so«, raunte Tapu in mein Ohr. Badumm. Badumm. Badumm. Badumm. Wahrscheinlich war ich schon in Trance, als er seine Hände von meinen Handgelenken sinken ließ und sie auf meine Oberschenkel legte. Ich trommelte alleine weiter. Um mich herum war eine perfekte Welt. Im Feuerschein tanzten die Hochzeitsgäste auf mein Trommeln und es duftete nach Hibiskus, Frangipani und Tiaré, nach Sand, See und dem Salz seiner Haut.

Den Duft würde ich mir am liebsten patentieren lassen. In den Parfümfabriken von Grasse in Südfrankreich würden sie ihn wohl kaum betörender mischen können.

Tapu und ich küssten uns am Palmenstrand und liebten uns in weißen Laken auf Rattan und unter Bambus. Die Erotik von Tapu war nicht missioniert worden, obwohl die Abkürzung seines Namens vor über hundert Jahren als »Tabu« in den deutschen Sprachraum importiert worden war. Wir taten es sogar unterm Wasserfall, was aber weniger tabuisiert als vielmehr unbequem war. Ich blieb auf Samoa. Die Verbindung mit Tapu hielt allerdings nicht. Er ging erst nach Fiji, um zu studieren, und wurde dann Basketballspieler in Neuseeland. Ich bin immer noch hier. Ich habe mit Michelle ein kleines Hotel eröffnet. Tom lebt wieder in Hamburg.

24. Russland

Scheinehe mit Hindernissen

Jenny (30), Innenarchitektin, Frankfurt, Deutschland,
über
Igor (30), Taekwondo-Trainer, Jekaterienburg, Russland

Igor hatte ständig Platzwunden und Blutergüsse. Die kamen vom Straßenkampf. Er war kein neureicher Moskauer, sondern kam aus Jekaterienburg und war ein wahnsinnig sanfter und herzlicher Typ. Er sprach ziemlich gut deutsch und wurde manchmal richtig philosophisch.

Dann fuhr er wieder nach Ägypten in den Urlaub und plünderte dort klischeegetreu das Buffet. Igors Körper hatte überall Narben, die Geschichten erzählten, und irgendwann wurde er ausgewiesen.

Er war zum Studieren nach Deutschland gekommen, hatte aber abbrechen müssen, da er arbeiten musste. Irgendwann traf ich ihn auf der Straße. Er war wieder da und wollte heiraten, eine Russlanddeutsche. Er war zwar nicht in sie verliebt, aber sie war nett und brauchte das Geld.

Kurz nachdem er mir das erzählt hatte, heiratete die Russlanddeutsche einen anderen mit einem dickeren Geldbeutel und ließ ihn hängen. Ich war auch vor ein paar Wochen von meinem Freund verlassen worden und hatte mir vorgenommen, mich nie wieder auf einen Mann einzulassen und erst recht niemals zu heiraten. Jedenfalls nicht aus so einem blöden vergänglichen Grund wie Liebe.

Es kam, wie es kommen musste, Igor zog bei mir ein und wir gingen eine Scheinehe ein.

Das war kein großes Problem und eigentlich wie eine normale WG. Igor trank zwar immer noch zu viel, aber er übernahm seinen Teil der Hausarbeit und wir saßen abends oft zusammen mit ein paar Freunden oder gingen gemeinsam ins Fitnessstudio.

Igor hatte bald auch eine neue Freundin, eine bildschöne blonde Russin, langbeinig, gebildet, Physikerin mit einem Faible für Hüte. Elena saß oft bei uns in der Küche. Angefasst hatte er sie nie. Ich dachte, dass wäre üblich bei Russen. Zu wildes Liebesgeturtel in Gegenwart anderer würde nicht so gern gesehen.

Ich mochte Elena. Wir unterhielten uns lange über Mode und Sport. Mir fiel gar nicht auf, dass das Igor ärgerte und er dann manchmal einfach in sein Zimmer ging. Irgendwann, nach einigen Monaten Scheinehe und ein paar Wochen Elena, knallte er die Tür beim Verlassen der Küche. Elena blieb ungerührt sitzen, blies den heißen »Yogi-Frauentee« in ihrer Tasse und sah mich mit ihren geheimnisvollen grünen Augen an. Ich saß auf der Arbeitsplatte und blickte hinaus in den Schnee und auf die Pfotenspuren, die die Katze auf dem Sims hinterlassen hatte.

»Oh, tut mir leid. Ist er jetzt sauer? Ich wollte euch nicht stören«, sagte ich schnell.

Elena sah mich weiter an.

»Was ist?«

Sie lächelte wie eine Sphinx. »Ich bin die, die stört.« Ich begriff nicht, was sie sagte, aber mein Herz klopfte mir plötzlich bis zum Hals.

»Ah, noch zu heiß«, fluchte sie und rannte zur Spüle, um sich die vom Tee verbrannte Zunge mit Wasser zu kühlen. Ich sprang von der Arbeitsplatte und kramte hektisch nach einem Glas. Sie machte ein schmerzverzerrtes Gesicht und ich hatte jetzt ein aufgeregtes Flattern im Bauch, was die Spannung steigerte.

»Geht es?«, fragte ich. Sie nickte. Dann grinste sie: »Zu heiß ...«

»Äh ... was meinst du? Also du weißt doch, dass wir ... das mit euch ist wirklich kein Problem für mich ...« Elena ging zum Fenster und starrte hinaus.

»Das mit uns«, sagte sie langsam. »Das mit uns gibt es nicht.« Sie drehte sich zu mir um.

Dann guckte sie runter, nahm ihre Jacke und fluchte etwas auf Russisch. »Ich habe ihm versprochen ...« Sie küsste zum Abschied meine Wangen und ging einfach.

Sie hatte ihren Tee stehen und mich verwirrt in der Küche sitzen lassen.

»Das mit uns gibt es nicht«, wiederholte ich halblaut. Ich ahnte etwas, ging durch den Flur und klopfte an Igors Tür.

»Was ist?«, fragte er mürrisch, ohne sich umzudrehen. Er lag auf seinem Bett und las in einer Computerzeitschrift.

»Elena ist gegangen«, sagte ich.

Er antwortete nicht, zuckte aber gleichgültig mit den Schultern. Ich spürte ein Kribbeln in der Magengegend.

Er drehte sich mit genervt zusammengezogenen Augenbrauen um: »Sonst noch was?« Er war noch nie so aggressiv mir gegenüber gewesen. Sein Ton verriet, dass er nervös war, dass etwas ihn stresste.

Ich lächelte dann, setzte mich mit Unschuldsmiene an sein Bett und legte die Hand auf seine Schulter. »Du kannst mit mir über alles reden.« Er wich meiner Berührung aus, sprang aus dem Bett und lief aus der Wohnung.

Ich blieb mit einem aufgewühlten Gefühl zurück, war aber auch froh, dass ich allein war, und skypte meinen schwulen besten Kumpel Martin an. Ich schilderte ihm die soeben stattgefundene Konversation mit Elena sowie Igors Verhalten.

Martin gab ein Raunen von sich, das der Bedeutung nach mit »Mann, bist du schwer von Begriff!« interpretiert werden konnte. Obwohl seine Kamera schwach war und sein Gesicht auf dem Bildschirm nur schemenhaft zu erkennen war, konnte ich sehen, dass er mit den Augen rollte.

»Der Junge liiiebt dich! Jetzt tu doch nicht so, das sieht doch ein Blinder mit Krückstock.«

»Was?«, ich musste husten und verlor die Kontrolle über Hals- und Gesichtsmuskeln, sodass ich den Bildschirm mit heißer Schokolade besprühte.

Martin wich zurück: »Iii, musste mich deshalb gleich anspucken? Kann ich doch nichts dafür.«

Ich schnappte nach Luft.

»Klopf, klopf!«, sagte Martin auf dem Bildschirm.

»Mensch Martin, also ...« Ich wiederholte noch mal jedes Wort des Dialogs mit Elena und beschrieb, wie genau sie geguckt hatte, etc.

»Man könnte meinen, du bist auch in ihn verknallt, so wie du dich anstellst«, sagte Martin selbstzufrieden.

»So ein Quatsch«, kam die Antwort ohne nachzudenken.

»Na, dann ist das ja gar keine Scheinehe. Das Zittern hat ein Ende. Herzlichen Glückwunsch!«

»Spinnst du? Was ... also, der Reihe nach?«

»Mensch, Mädel. Der hat dich doch schon damals auf Mottes Party angeschmachtet. Weißte noch, da wo ich dann danach mit ... ah lassen wir das ...« Er machte ein angewidertes Gesicht. »Also, jedenfalls ... diese Elena ist gar nicht seine Freundin. Er wollte dich mit ihr eifersüchtig machen und das ist schön nach hinten losgegangen. Die Mädels machen Kaffeeklatsch. Klar, dass er sauer ist. Und sie darf nichts verraten. Was meinste, warum sie nie bei ihm im Zimmer waren. Als Frischverliebte ... tststs.« Mein Sherlock Holmes schüttelte mit dem Kopf.

»So ein Schwachsinn. Männer sind nicht so kompliziert.«

»Pah, erzähl du mir was über Männer ... na ja, wenn du mir nicht glaubst. Was meinste, warum er immer schön mit dir zusammensitzt und kocht und macht und tut ... das ist eher unmännlich ... der ist schwer verliebt ...«

»Quatsch. Wir sind halt Freunde. Deine Theorie stimmt nicht.« Ich merkte, dass ein wohliges Gefühl sich in mir ausbreitete. Ich genoss das Gespräch sehr und wollte nur noch mehr Argumente hören. Ich wollte kein Ja oder Nein, ich wollte das »Problem« durchhecheln, durchwringen, auspressen, noch einmal aufschütteln, plätten und dann wieder in den Schleudergang schubsen. Ich liebte es und in meiner Begeisterung sagte ich einen fatalen Satz: »Das hätte er doch viel leichter haben können.«

Mist, dachte ich, da ist mir der Satz auf dem Weg vom Bauch übers Herz ins Gehirn doch glatt aus dem Mund herausgerutscht.

Martin machte ein hochzufriedenes Geräusch. »Na, dann hör ich ja erst mal nicht von dir. Schöne Flitterwochen euch beiden. Ich muss jetzt mal los. Ich sitz ja nicht mit meinem hinreißenden russischen Ehemann auf der Couch«, seufzte er wie Lara Schiwago. Flupp, machte der Computer. Martin hatte einfach aufgelegt.

Mein Körper war in der Zwischenzeit zum Schmetterlingsschlupfgebiet mutiert. Ich wollte noch jemanden anskypen, ließ es dann aber, schwebte mit schwingenden Hüften ins Bad und ließ mir Wasser ein. So ein Quatsch, dachte ich, ich bin doch nicht verliebt. Und sang die Lieder im Radio mit und planschte in der Wanne. Ich stieg hinaus und hüllte mich in Igors Bademantel.

Ich hatte ihn gar nicht reinkommen hören, doch plötzlich lehnte er in der Badezimmertür. Ich hatte sie offen gelassen.

Da stand ich dann wie ein Kaninchen vor der Schlange und schaute ihn mit großen Augen an.

»Was machst du in meinem Bademantel?« Sein vorher noch sehr reservierter Gesichtsausdruck wurde augenblicklich weich.

»Äh, äh«, scheiße, dachte ich, ich kling wie Boris Becker. Igor sah mich an und lächelte.

»Äh«, sagte ich wieder und ärgerte mich noch mehr. Dann, endlich, fiel mir der ehrenrettende Satz ein: »War nichts anderes da.«

»Ach.« Igor sah auf meinen eigenen Bademantel, der am Haken hing, ließ seinen Blick hinüber auf meinen Pyjama auf dem Klodeckel wandern und sah mich dann wieder liebevoll fragend an.

Äh, klang es in meinem Kopf, Gott sei Dank erreichte der Gedanke diesmal nicht meine Stimmbänder.

Igor lehnte immer noch im Türrahmen. Im Bademantel eines Typen rumstehen und rumstammeln ist wohl eindeutig, dachte ich. Dann drückte ich mich an ihm vorbei. »Ist jetzt frei«, sagte ich.

»Hab ich was gesagt?« Er hob eine Braue an. Mit hochrotem Kopf ging ich in mein Zimmer.

»Warum stehst du dann blöd in der Tür rum?«, hätte ich kontern können, aber das fiel mir leider erst zu spät ein. Oder ich hätte einfach lasziv den Bademantel fallen lassen können, statt wie ein kleines Mädchen abzuhauen.

An dem Abend war die Temperatur zwischen uns fast so nah am Siedepunkt wie der zuvor von Elena genossene Tee. Die Erotik war nur unter der Peinlichkeit verborgen geblieben.

In der Folgezeit schlichen Igor und ich umeinander herum wie die Katzen.

Elena besuchte uns weiterhin, und mein Freund Flori belegte bald die Küche. Flori war nach drei Jahren Hollywood wieder zu seinem angestammten Platz zurückgekehrt. Er hatte Filmstar werden wollen und ein überteuerter Berliner Agent hatte ihm eine große Karriere prophezeit.

»Er sagt, ich sehe aus wie eine Mischung aus Jude Law und Leonardo DiCaprio«, hatte er damals freudestrahlend verkündet, während ich auf seinem Koffer saß, der trotz meines damaligen frustbedingten Übergewichts nicht zugehen wollte. Ich überlegte, wie so eine Mischung aussehen könnte und ob sie überhaupt erstrebenswert sei. Laut sagte ich: »Flori, du bist rothaarig. Und du siehst eher aus wie Axel Stein. Den ich übrigens sehr attraktiv finde. Sexappeal kommt von innen und Männer mit Humor ...«

»Du spinnst ja. Er hat aber gesagt ...« Flori war nicht von seinem Vorhaben abzubringen und so hatten Lilly, Maike und ich unseren Filmstar stilecht mit großen Fliege-Puck-Sonnenbrillen im Gesicht und mit weißen Taschentüchern winkend am Flughafen verabschiedet. Flori war zäh. Er hatte nicht aufgegeben und war zwei Jahre lang Kabelträger gewesen. Danach hatte er eine kleine Rolle in einer Anwaltsserie, die nach dem Piloten und zwei Folgen abgesetzt worden war und es so nie über den großen Teich geschafft hatte. Flori hatte dummerweise zuvor den Kabelträger-Job mit Getöse und Chef-Beleidigungen an den Nagel gehängt und war bald pleite. Ihm blieb nichts anderes übrig, als sich die »Schande« einzugestehen und reumütig zurückzukommen.

Nun saß er zeitweilig schluchzend, zeitweilig charmante Witze reißend in der Küche. Elena, deren Pakt mit Igor sich ja ohnehin erübrigt hatte, lachte verdächtig glucksend über jede Pointe, auch wenn sie gar keine war, und wollte ihm eine Rolle in der geheim geplanten Verfilmung von Wladimir Kaminers neuestem Roman verschaffen. Sie kannte nämlich so einige Leute und das machte ihm Hoffnung.

Igor bekam natürlich nicht mit, dass Elena ein Auge auf Flori geworfen hatte, sondern mehr den Eindruck, Flori und ich hätten eine Art Techtelmechtel, da wir uns zu Begrüßung und Abschied immer ein Bussi auf den Mund gaben.

Eines Abends kam Igor nach Hause und ich lag mit Chips, Bier und Flori kichernd im Bett. Flori war zwar hetero, aber wir waren so alte Freunde, dass nicht im Entferntesten an Erotik zu denken war.

Konnte Igor ja nicht wissen. Er packte die Türklinke und knallte meine Zimmertür von außen zu.

»Wohl eifersüchtig, dein Mann?« Ich lachte. Flori erhob sich. »Ich geh das mal klarstellen.«

Er nahm sich ein Bier und klopfte an Igors Tür. Der öffnete. Auf seinem Bett lag ein Koffer, in den er alles Mögliche hineinschmiss.

»Hey Alter, was ist denn los ... bleib mal geschmeidig.« Igor stürmte auf Flori zu, sah ihn wütend an und packte ihn am Schlafittchen. Die Bierflasche fiel klirrend zu Boden. Ich kam angerannt. Da setzte Igor Flori schon wieder ab.

»Ach, Scheiße«, sagte er. Ich guckte nur blöd und sagte nichts. Flori auch. Igor schmiss weiter Sachen in seinen Koffer.

»Was soll das?«, fragte ich nach der Schrecksekunde.

»Ja, genau. Was soll das?« Igor funkelte mich an. Flori hatte die Schockstarre überwunden und sagte: »Ja, äh, ich werd dann mal ...«, und trollte sich. Ich hörte, wie er die Wohnungstür ins Schloss zog.

»Was hast du mit dem?«, polterte Igor. Er schlug mit der Faust gegen die Wand und gab einen Kraftschrei von sich. Er stand wahnsinnig unter Druck.

»Was wieso? Nichts.«

»Ha, ja klar.«

»Und wenn schon, du hast doch Elena.« Ein leiser Triumph lag in meiner Stimme.

Er musste reagieren.

Er hörte auf, chaotisch im Zimmer rumzulaufen und Sachen in den Koffer zu werfen, stemmte die Fäuste in die Hüften, atmete tief ein und aus und fasste sich dann mit der rechten Hand an die Nasenwurzel, als wenn er nun schwer nachdenken musste und eine sehr wichtige Aussage formulierte: »Ich hab nichts mit Elena.« Kleinlaut klang das. Ein bisschen zerknirscht.

Ich sah ihn an und wartete auf weitere Erklärungen. Die kamen nicht. Er starrte weiter auf den Boden. Irgendwann hielt ich es nicht mehr aus: »Und ich nichts mit Flori.«

Igor sah mich jetzt an. Er atmete schwer. Dann stürzte er auf mich zu und küsste mich. Leidenschaftlich. Warm. Überwältigend. Sein Duft, seine Kraft, seine Wildheit.

Ich weiß nicht, wie lange, aber ich zerschmolz in seinen Armen. Mit meinen klammerte ich mich an seinen Rücken, während ich meinen Körper an seinen presste. Ich dachte nichts. Ließ mich völlig fallen.

Dann fiel mir auf, dass er zitterte. Vor Erregung, Begehren und Angst, die immer ein bisschen mitspielt, wenn man wirklich verliebt ist. Das macht es ja so gut. Er ließ kurz von mir ab und kicherte nervös. Sein linkes Auge zuckte einmal unwillkürlich. Er stand total unter Strom. Er wollte etwas sagen. Er setzte ein paar Mal an. Dann ließ er es sein. Es wäre sicher sowieso nichts Schlaues herausgekommen, denn sein Blut war bereits unterhalb der Gürtellinie. Er küsste mich wieder. Heiß. Feucht. Fordernd.

Ich weiß nicht mehr, wie wir uns ausgezogen und es zum Bett geschafft haben, aber plötzlich lag Igor auf mir. Wir küssten uns unablässig. Er hielt mich immer noch eng umschlungen, griff in mein Haar und streichelte mich überall, als ginge es um sein Leben. Auch ich atmete jetzt schwer. Auch ich zitterte.

Mit der Hand glitt ich an seinem Rücken hinunter und griff nach seinem Hintern. Klein, fest und, oh Mann, der männlichste Arsch, den ich je in der Hand hatte. Ich presste meine Lenden gegen seine und zog ihn noch enger an mich heran, obwohl er mich schon fast erdrückte. Ich brauchte noch mehr Druck. Er gab mir Druck, bis ich kaum mehr atmen konnte.

Meine Hand tastete sich von seinem Hintern über seine Hüfte zu seinem Schwanz. Ich kann nicht mehr, dachte ich jetzt die ganze Zeit. Ich kann nicht mehr, keuchte es in meinem Kopf. Ich brauchte seinen Schwanz nur leicht auf Kurs zu bringen, schon drang er in mich ein. Ich konnte mich nicht mehr beherrschen und biss ihm in die Schulter. Er zuckte kurz zurück. Dann küssten wir uns wieder. Irgendwann hörte er auf, mich zu küssen, und stieß zu. Immer härter. Ich biss ihn wieder und stöhnte ziemlich laut. Die Nachbarn, dachte ich, als ich kam.

In Schweiß gebadet, rollte Igor sich von mir herunter. Einen Moment musste er verschnaufen, dann küsste er mich wieder. Weicher jetzt. Entspannter. Der Druck war weg.

Jedenfalls der Druck von Igor. Der Druck auf den Klingelknopf folgte am nächsten Morgen durch die Amtskontrolle.

Neben der Beamtin, die unsere Ehe überprüfen wollte, stand die alte Frau Schubert aus der Wohnung über uns und sah uns, jeder jetzt wieder im eigenen Bademantel und mit rosigen Wangen, kopfschüttelnd an.

»Also, ich habe der Dame schon gesagt, dass sie beide mit ihrem ... Liebesleben ...«, sie zischte das Wort »Liebesleben« altjüngferlich spitz durch ihre zusammengekniffenen Lippen, sodass es noch komischer klang, »... die ganze Nachbarschaft ... unverschämt ... so laut ... das gehört sich nicht ...«

Sie wandte sich jetzt wieder der Beamtin zu: »Sie sind doch von der Hausverwaltung?! Also, das ist wirklich ... gut, dass Sie da sind. Furchtbar ist das. Jede Nacht.«

Frau Schubert hatte uns schon seit dem Einzug auf dem Kieker, deshalb machte sie aus der einen »jede« Nacht.

»Ja, also, vielen Dank Frau Schubert. Nein, ich bin nicht von der Hausverwaltung.« Sie zwinkerte uns zu: »Ich komme eigentlich, um zu überprüfen, ob es sich hier um eine Scheinehe handelt. Das ist ja schön, da bin ich ja hier schon fertig.« Sie gab uns noch die Hand. »Alles Gute.«

Frau Schubert machte jetzt ein Gesicht, als hätte sie nicht nur auf eine saure Zitrone gebissen, sondern als sei sie eine solche. Eine ausgepresste natürlich. Sie warf uns noch einen Blick voller Verachtung zu, drehte sich dann effektvoll schnaubend um und stolzierte die Treppe hinauf.

Wir schlossen die Tür und prusteten los. Igor kniff mich in den Hintern und ich kicherte, wie sich das in so einer Situation gehört.

Ich werde nie mehr behaupten, dass man keinen Sex mehr hat, wenn man verheiratet ist.

Und ich weiß jetzt: Auch wenn du den Trailer nie gesehen hast, kann der Film richtig geil sein.

25. Japan

Show me your Katana

Amanda (24), Model und Hostess, Hannover, Deutschland,
über
Nao (28), J-Rock-Star, Tokio, Japan

Meine Freundin Saskia und ich wollten das immer mal ausprobieren: Hostess in Tokio sein. Saskia sprach fließend japanisch. Sie war Halbjapanerin und hatte Stufe eins des Sprachtests bestanden, an der sogar die meisten Japaner scheiterten. Sie beherrschte die Umgangsformen, die Künste des Origami und Ikebana und führte mich in die Geheimnisse der japanischen Küche ein. Wir begannen um 7 Uhr morgens mit einer Riesenportion Sushi auf nüchternen Magen im Fischmarkt, fuhren fort mit Soba und Natto und beendeten den Abend mit Okonomiyaki.

Nein, dick machte das nicht, Japan ist ein tolles Land für Models. Man kann den ganzen Tag essen, ohne dick zu werden.

Sie zeigte mir eine Gasse, in der man angeblich schlagende Froschherzen kosten konnte, und fuhr mit mir ins Elektronikviertel Akihabara, das Mekka der Otakus.

Otakus sind so eine Art menschliche Tamagotchis. Sie müssen regelmäßig im Maid-Café gefüttert werden und dürfen auf keinen Fall lange von ihrer Batterie, dem Computer, getrennt werden. Sonst sterben sie. Das könnte man mit »Stubenhocker« übersetzen, aber in Japan sind sie bereits eine Plage. Nahezu jede Familie hat ihren eigenen Otaku und hätschelt ihn.

Die wenigsten Otakus gehen einem Beruf nach. Viele von ihnen studieren noch. In Akihabara können Frauen nicht jedes Geschäft betreten. In den Sexshops hängen vor den oberen Etagen Schilder à la »Wir müssen draußen bleiben« mit dem Zeichen für Frau.

In Deutschland hatte ich mal einen japanischen Geliebten, der Host in Kabukicho gewesen war. Man könnte auch sagen »Callboy«, aber Prostitution ist offiziell verboten. Das macht gar nichts, denn die einschlägigen Etablissements mit den schönen Namen »Fixer« oder »Glitter« haben riesige Werbeflächen mit den lasziv dreinschauenden Gesichtern von Yuichi, Mizuki oder Ichigo aufgehängt.

Obendrein stehen die Jungs, wie sich das gehört, auf der Straße. Erst wenn sie genug Kundinnen geworben haben, können sie aufsteigen. Der Weg dorthin ist steinig und Hahnenkämpfe sind nicht selten, genauso wenig wie Hämatome in allen Regenbogenfarben.

Entscheidendes Schönheitskriterium ist die Frisur. Hauptsache toupiert und möglichst androgyn, zumindest aus westlicher Sicht. Nachdem man sich akklimatisiert hat, findet man das Ganze dann sexy. Saskia und ich waren schon in Deutschland ein eingeschworenes Team. Wir trugen T-Shirts mit dem Aufdruck: »Ich will einen japanischen Freund!« – natürlich in der Sprache der Zielgruppe. Sehr erfolgreich waren wir nicht.

Also mussten wir es strategisch angehen. Auf ins Land der aufgehenden Sonne. J-Sex. In Japan ist alles möglich. Hentai-Anime all you can watch. Schulmädchen-Sex, Tentakel-Vergewaltigung, Bondage und Bukkake. Unsere ersten Begegnungen waren eher enttäuschend. Wir streiften durch die Clubs von Dogenzaka, wo wir gleich mit neuen Eroberungen ins nächste Zimmer auf dem Love Hotel Hill purzeln konnten. Ich vögelte außerdem auf Schlafsesseln in Manga-Cafés, aber da musste man immer leise sein, weil nur Trennwände aufgestellt waren.

Eine neue Taktik musste her.

Saskia war seit Langem fasziniert von der Idee, einmal als Hostess zu arbeiten. Das sind moderne Geishas, schwärmte sie, und als wir gerade in einem Café im künstlich unterkühlten Hafeneinkaufszentrum von Yokohama saßen, fiel uns ein Werbeblättchen in die Hände, in dem ausländische Mädchen als Hostessen angeworben wurden.

Wir riefen an und bekamen einen Termin am nächsten Tag. Der Club war in Roppongi.

Auf den ersten Blick hatte er die Aura eines Ryokan, der klassisch japanischen Herberge. Die Chefin, Puffmutter, wie Saskia mir grinsend zuzischte, hieß Kimiko Oda und war über vierzig. Trotzdem kicherte sie wie ein kleines Mädchen und schielte ein bisschen. Außerdem bot sie uns japanische Cracker an und aß ununterbrochen selbst davon, was ihre unjapanische Figur erklärte. Sie war umwölkt vom glossigen Rosenduft von Anna Sui.

Madame Oda war bereits seit 15 Jahren Chefin dieses Etablissements und hatte schon viel Erfahrung mit ausländischen Mädchen. Meistens Russinnen. Madame Oda hatte nur Gutes über die Russinnen zu sagen, Amerikanerinnen hingegen stellte sie grundsätzlich nicht ein. Russinnen seien hübscher und könnten besser tanzen.

Wir würden ja meistens ohnehin nur Tee und Sake einschenken und den Herren ein bisschen zuhören. Sie erklärte uns noch die richtige weibliche Zurückhaltung, die beste Art zu gehen – mit leicht nach innen geneigten Zehenspitzen und kleinen, trippelnden Schritten – und das richtige Kichern. Insbesondere bei älteren Kunden, die nicht so sehr mit der westlichen Kultur vertraut waren, aber trotzdem auf westliche Frauen standen, sei dies ein wertvoller Hinweis.

Unseren ersten Job hatten wir beide an einem Samstagabend, aber in getrennten Salons. Ich verdiente wegen der langen blonden Haare mehr als Saskia. Ich war froh, dass ich den Friseurbesuch hinausgezögert hatte, denn hier wurde die Haarlänge in Zentimetern bezahlt. Ich fand es ziemlich krass, in einem durchsichtigen Kleid und Stöckelschuhen mit ein paar anderen ebenfalls blonden Kolleginnen – Natalja und Svetlana, die sich den Kunden als Jenny und Michelle vorstellten – herumzustehen.

Die Männer in Saskias Salon waren Yakuza. Darüber waren wir vorher informiert worden und Natalja berichtete von einer ehemaligen Kollegin, der ihr Exliebhaber heißes Öl ins Gesicht geschüttet hatte, als sie ihn verlassen hatte. Der Ex gehörte zu derselben Gruppe, die an diesem Abend da war, war jedoch von seinem Boss sanktioniert worden und man stellte keine weiteren Fragen.

Saskia zwinkerte mir zu. Ich wusste, was sie dachte. In der Nacht zuvor hatten wir rauchend am Strand von Enoshima gesessen und sie hatte gesagt: »Einmal einen Unterweltboss ficken. Das ist es doch! Einen Grand Seigneur, der das Katana zu führen weiß.« Sie hatte seltsam gelacht, sie war mir sehr fremd vorgekommen in dem Moment. Der Sog der Parallelwelt begann zu wirken.

An jenem Abend saß ich an der Bar und noch bevor ich meinen Job beginnen sollte, betrat »er« den Club. Naohiro Yoshihara, die J-Rock-Legende schlechthin. Was der hier machte, verstand ich wirklich nicht. Er konnte alles haben, was er wollte, Männer, Frauen, Transsexuelle, wahrscheinlich sogar Mangafiguren.

Er war etwas größer als ich, toupierter Schopf, schwarz umrandete Augen und an jedem Finger mindestens einen Ring. Ich formulierte im Geiste Saskias Ansage um in »Einmal einen Rockstar ficken«. Madame Oda trippelte mit Fächer bewaffnet auf ihn zu. Sie fragte ihn einiges. Er sagte ein paarmal »Hai« und stellte sich an die Bar. Er würdigte mich keines Blickes. Ich wusste, dass er mich gesehen hatte. Ich starrte ihn sehr unhöflich an. Ich hatte noch nie so einen erotischen Mann gesehen. Schön wie die Sünde, verführerisch wie der Teufel. Madame Oda warf mir einen auffordernden Blick zu. Da fiel mir ein, dass die Regeln hier andere waren. Ich brauchte nicht zu warten, bis er mich ansprach.

Ich ging zu ihm, stellte mich neben ihn, senkte die Lider schamhaft und schenkte ihm Sake ein.

Er bedankte sich höflich, sah mich kurz an, kippte sein Glas herunter, ich schenkte ihm nach. Nach dem dritten oder vierten Glas sackte sein Blick in mein Dekolleté. Das gefiel mir. Dann direkt in meine Augen. Wenn ein Japaner das tut, dann hat er sich entschieden. Dann ist die Höflichkeit vorbei und weicht der Wahrheit. Trotz seines androgynen Äußeren schienen seine Bedürfnisse sehr männlich zu sein. Wir waren Hostessen, keine Prostituierten. Natürlich bestand die Möglichkeit, mit einem Gast mitzugehen. Meistens gegen hohe Geldsummen. »Schmerzensgeld für ungewöhnliche Sexpraktiken«, nannte Madame Oda es. Die Spießer seien am schlimmsten.

Nao war kein Spießer. Er war ein Superstar. Da oben, wo er war, war es einsam. Er suchte nur etwas Unterhaltung, phantasierte ich rührselig.

Nao begann leise auf mich einzureden. Seitdem bevorzuge ich Männer, die Kajal benutzen und im Bett mit mir japanisch sprechen. Ich erinnere mich nicht mehr an das, was er sagte, aber an die Fahrt in seine Wohnung. Tokio kannte ich bislang nur aus der Metro-Perspektive und jetzt saß ich, tief im Leder versunken, in einem schwarzen Wagen auf dem Weg in eine fremde Wohnung.

Nao wirkte mysteriös und geheimnisvoll. Wir sprachen kaum während der Fahrt. Die Lichter der Stadt flimmerten an meinen Augen vorbei. Ich wusste, hier ging es nicht um Liebe. Ich würde heute Nacht zur Prostituierten werden. Unter anderen Umständen hätte ich das furchtbar gefunden, jetzt erregte mich der Gedanke.

Seine Wohnung war groß, geradezu riesig. Sie schmiegte sich in Schwarz und Silber in die nächtliche Kulisse über der Rainbow Bridge. Die Stadt lag unter uns und überall um uns herum.

Alles wirkte offen, modern, japanisch. Wenig Naturfasern.

Ich zog die Stiefel aus und Slipper an. Das einzig Natürliche, Gewohnheitsmäßige an dieser surrealen Situation. Es erdete mich, die ich den Boden unter den Füßen verlor. Das Glitzern der Stadt in der Ferne. Absolute Ruhe hier drin.

Nao sah mir in die Augen. Er streckte die Hand aus. Die mit den meisten Ringen. Er griff nach der Schleife, zu der mein schwarzer Vliesgürtel gebunden war, und zog daran. Der Gürtel löste sich und Nao streifte mir den Mantel ab.

Haarsträhnen fielen ihm ins Gesicht. Schwarz und braun. Die dunklen Elfenaugen sahen mich an.

Die weichen Lichtstrahlen der indirekten Beleuchtung streichelten seine Haut, die makellosen Wangenknochen. Ich sah, wie sich seine Brust hob und senkte.

Ein schöner schlaksiger junger Mann. Sinnlich, geheimnisvoll. Ein Rockstar, dachte ich wieder.

Ich stellte mir vor, dass es Frauen geben musste, die sich nach ihm verzehrten, Männer, die ihm in Hostclubs in Kabukicho für Sex ein Vermögen bezahlen würden. Nicht umgekehrt. Ich wollte einen Rückzieher machen für einen Moment.

Lieber weglaufen und dann – vielleicht – morgen mit ihm essen gehen. Ganz normal daten halt.

Zu spät. Er presste sich gegen mich. Ich stand mit dem Rücken zur Wand. Den Hals an seinen Lippen, die linke Brust in seiner Hand. Das ging mir zu schnell, ich wollte das nicht. Er war ein Rockstar, er war mein Traummann ... aber doch nicht so!

Die Hand unter meinem Rock. Ich konnte mich nicht wehren. Ich wollte fliehen. Ein innerer Kampf von Sekunden. Die Lust, die ich fühlte. Ich falle, dachte ich. Wie Alice im Wunderland. Ich falle. Sekunden später lag ich splitternackt auf dem Futon.

Tatami-Matten und schwarze Seide. Unter mir die Seide, auf mir das kühle Leder seiner Jacke.

Sein Gewicht, seine Wärme, seine Kraft drückten meinen Körper tief in die Unterlage. Meine Brustwarzen waren hart, wie die Knospen der Sakura, der Kirschblüten.

Er hielt mich fest. Meine Handgelenke schmerzten. Ich wollte ihn küssen und streicheln. Ich wollte Kontakt zu ihm herstellen. Ich wollte geliebt werden.

Er war in mir. Heiß und hart. Rücksichtslos. Er zahlte, er nahm sich, was er wollte. Einmal einen Rockstar ficken, dachte ich wieder. Ein Fick war das. Es fühlte sich speziell an. Meinem Körper gefiel, was er mit mir tat, aber meine Seele verletzte es. Ein dummer Gedanke wie: Er kennt mich doch gar nicht, waberte durch meinen Kopf. Nicht lange.

Glühend wie ein Fieber kräuselte sich das Gefühl vom Steißbein Wirbel für Wirbel zu meiner Haarwurzel hinauf. Spiralförmig sprengte der Orgasmus zu meiner Schädeldecke empor und mir war, als sei dies das Erwachen der Kundalini-Kraft. Der Mann auf mir war noch beinahe vollständig bekleidet.

Er ließ mich los. Schwer lag ich auf dem Bett. Ruhe. Er saß neben mir. Er zündete sich eine Zigarette an. Ich wollte nach ihm greifen. Ihn zu mir hinziehen. Ich wollte ihm zeigen, dass ich ihn besser kennenlernen möchte, ich wollte mit ihm zusammen sein.

Dann zog er mich an. Den schwarzen Spitzenslip, die Strumpfhose. Er band den Mantel zu. Liebevoll machte er eine Schleife. Dann stellte er sich ans Fenster.

Im Umschlag war Geld. Sehr viel Geld. Ich wusste, wenn ich es nicht nehmen würde, würde ich ihn nie wiedersehen. Ich war zur Hure geworden. Für weniger als eine Stunde.

Saskia berichtete von ihrem Yakuza aus Osaka. Ein tätowierter durchtrainierter Typ war er gewesen. »Und? Wie war es bei dir? Hattest du ’ne heiße Nacht gestern?« Ich nickte.

»Und? Mit wem? Ein Yakuza?«

»Nein. Nao Yoshihara.«

»Nao Yoshihara. Waaaas? Du hast mit Nao Yoshihara? *Der* Nao Yoshihara? Nee, das glaub ich nicht!!! Der Wahnsinn!!«

Vor Saskia musste ich mich also nicht schämen.

Nao kam tatsächlich wieder in den Club. Und ich ging wieder mit. Und wieder. Manchmal fesselte er mich und betrachtete meinen Leib. Stundenlang. Meine Glieder schmerzten, während das Sperma auf meiner Haut langsam trocknete und die Poren verengte. Ein bisschen kühl rann es in meinen Bauchnabel. Er wusch mich, wenn er fertig war. Weich und warm fühlte sich das an.

Dann schickte er mich wieder weg. Das Wegschicken war das Schlimmste. Ich wollte nicht gehen. Ich wollte bleiben. Er ließ mich nicht bleiben. Er behandelte mich wie eine Puppe, wie ein Stück Fleisch, ja, wie eine Hure. Ich wollte da raus. Auch Saskia verstrickte sich immer tiefer in ihre Yakuza-Affären. Mit ihr konnte ich kaum noch reden. Sie veränderte sich immer mehr. Man wollte, dass ich mit anderen Männern mitgehe. Ich kündigte und ging zurück ins Tageslicht. Ich hatte Liebeskummer. Wenn er gewollt hätte, hätte er mich erreichen können. Er tat es nicht. Natürlich tat er es nicht. Er liebte mich nicht. Ich war es dann, die begann, ihm nachzulaufen. Ich machte alles mit, was er wollte.

Einmal küsste ich ihn, er drehte sein Gesicht weg. Danach legte er wieder einen Umschlag auf das schwarze Lacktischchen und stellte sich ans Fenster. Wie immer. Er wartete, dass ich ging. »Scheiße. Ich will dein Geld nicht! Ich liebe dich.« Ich klang wie ein dummes kleines Mädchen. Ich ging zu ihm und umarmte ihn. Er schüttelte mich ab. Er war eiskalt.

Das war das letzte Mal, dass ich ihn sah.

Ich hatte Glück im Unglück. Beim Modeln war ich gefragter denn je. Aus meinen Augen schimmerte etwas Neues, Dunkles.

Bei einem Shooting in Kyoto probierte ich etwas ganz anderes. Ich ging in einen Zen-Tempel. Nach all dem Sex wollte ich nur noch Kontemplation. Dort lernte ich dann meinen Freund kennen. Shingo ist Mönch im Kloster in Kyoto. Mit ihm gucke ich stundenlang unter den Augen des Daibutsu, des großen Buddha, die Wand an.

26. Auf See

MS Desperado

Bianca (40), Journalistin, Freiburg, Deutschland,
über
Jermel (30), Arzt, Tanger, Marokko

Wir befanden uns auf dem Weg von Madeira nach Tanger, irgendwo auf hoher See. Die Gischt sprühte gegen den Bug und ich lag auf dem Rücken, um mir die Sternbilder anzuschauen. Die Nacht war klar, der Himmel nah und der Große Bär genau über mir. Nein, nein, wir sind noch nicht so weit, ich meine natürlich das Sternbild. Wenn man sich, wie ich, erst seit Kurzem mit Sternbildern befasst, dann ist es ziemlich gut, wenn man ihn findet.

Wie gut, dass ich keine Nussschale über den Ozean navigieren musste. Wie unter einer galaktischen Glocke träumte ich vor mich hin. Morgen müsste der Artikel über die Flora Madeiras fertig sein. Mir gefiel der Anfang nicht. Zu lahm.

Aber hier fuhren ja ohnehin fast nur Senioren mit. Es war eine ziemliche Umstellung, von einem Lifestyle-Magazin in den Kreuzfahrt-Journalismus zu wechseln. Meine Freundinnen beneideten mich.

»Du wirst die ganze Welt sehen, jeden Abend Eisbombe, jede Woche Captain's Dinner und alle zwei Wochen ein neuer Liebhaber«, hatte Trixi gesagt. »Nein, in jedem Hafen hat sie einen anderen«, ergänzte Anja.

Eis mochte ich ohnehin nicht, der Käpt'n war ein engstirniger alter Kerl und die potentiellen Liebhaber waren alle doppelt so alt wie ich.

Ich seufzte. Was machte ich hier überhaupt?

Ich versuchte es mit einer Bestellung beim Universum. Da draußen waren so viele Sterne, die würden schon die Antwort kennen. Da war so ein ganz heller, strahlender oben links. Also von wo aus links, war mir jetzt egal, aber er sah aus, als würde er mir zuhören. Also bestellte ich einen Geliebten. Der Geliebte sollte jünger sein als ich. Das gehört sich so für Geliebte. Einen Ehemann hatte ich schon gehabt. Ich wollte den Stern nicht verunsichern. Klare Bestellungen formulieren, dachte ich. Also, 35 soll er sein. Ach, was, ich korrigiere: dreißig. Außerdem braune Augen und lange Wimpern. Südländer. Die Haare nicht zu kurz, denk daran. Gerne leicht gewellt. Nein, keine Locken. Gute Figur, genau richtig, alles an den richtigen Stellen. Du wirst das schon hinkriegen, lieber Stern. Schöne Hände sind wichtig. Ein Liebhaber muss immer schöne Hände haben und einen schönen Mund. So steht es geschrieben: »Er muss schöne Hände haben, schöne Lippen und er muss jünger sein.« Das stammt von Anais Nin oder Mae West. Oder ich habe es gerade erfunden. Aber so wirklich neu ist es auch nicht. Jedenfalls größer als ich natürlich und er soll Zeit haben. Keiner von der Crew. Ja. Das ist es. So sei es, lieber Stern. Der Stern blitzte kurz auf. Er hatte die Bestellung entgegengenommen und sein Einverständnis erklärt. Wunderbar.

Natürlich glaubte ich nicht an den Quatsch. Mir wurde kalt, ich schlurfte mit Blumennamen im Kopf in meine Kajüte. Protea cynaroides, Echium candicans ... na ja, mit ein paar Fotos würde ich den Artikel schon fertig bekommen.

Am nächsten Tag war alles wie immer. Keine besonderen Vorkommnisse, bis auf den leichten Herzinfarkt eines Mitreisenden, den ein junger Mann mit gezielter Herzmassage wieder zurück ans Buffet holte. Natürlich machte er erst einmal einen Umweg über die Krankenstation. Ich als Journalistin war natürlich stets zur Stelle, aber wo war der Schiffsarzt ... der schaukelte sich wahrscheinlich in seiner Kajüte die Eier.

Ich setzte mich mit einem Mojito an die Bar und wollte das Ereignis notieren. Ich spulte zurück. Herr Pelzl hatte sich an den Brustkorb gefasst und war umgekippt. Er strauchelte und fiel in den Pool. Dort schwamm gerade ein junger Mann, der ... ein junger Mann? Hier an Bord? Ich schaute ungläubig auf das Deck. Keiner zu sehen. Wo war der Retter? Ich blinzelte. Rechts von mir sprach jemand mit dem Barkeeper: »Puh, einen Whisky bitte, auf den Schreck.«

»Der geht aufs Haus. Sie haben ihn gerettet, ich hab es genau gesehen ...«

Ich drehte mich um. Neben mir, keinen Meter entfernt, lehnte Antonio Banderas junior an der Bar. Ich schaute sofort gen Himmel. »Mein« Stern war nicht zu sehen, trotzdem bedankte ich mich recht herzlich für die Lieferung. Nun musste ich sie natürlich noch abholen. Weit war der Weg ja nicht, zumindest räumlich. So ein Stern arbeitet mit Präzision. Ein winziges Schiff auf dem riesigen Ozean auf der weit entfernten Erde und doch wurde genau das Bestellte geliefert. Verwunderlich nur, dass ich ihn noch nie zuvor gesehen hatte. Ob er ein gekenterter Kapitän war, den man über Nacht an Bord gezogen hatte? Dann hätte ich ihm mit meiner Bestellung das Leben gerettet. Ohne Bestellung wäre er überflüssig gewesen. Nicht auszudenken.

Na ja, ich hatte wahrscheinlich schon einen Sonnenstich. Außerdem sah er für das Szenario viel zu erholt aus. So zückte ich souverän Block und Stift, wie sich das für eine anständige Journalistin gehört, und räusperte mich: »Entschuldigung.« Er drehte sich zu mir. Seine verwegenen Desperado-Augen funkelten mich an. Seine Wimpern waren noch nass vom Bade. Feuchte Wimpern haben etwas unheimlich Erotisches, finde ich.

Er wollte keine Fragen zum Herzinfarkt beantworten und fragte stattdessen: »Wie steht es denn mit Ihrem Herzen?«

Ich ließ den Bleistift fallen. Er rollte die Theke hinunter und landete in irgendeiner Ritze, wo er wahrscheinlich heute noch auf den Weltmeeren herumschippert.

Das gibt's ja gar nicht. Als Erstbestellerin gleich ein Volltreffer. Da musste doch irgendwo ein Haken sein. Er war sicher ein verheirateter Auftragskiller, die rechte Hand von Osama Bin Laden oder der Finanzberater von Bernie Madoff und flüchtete sich in die unübersichtlich beflaggten Rechtszonen internationaler Gewässer.

Bei der Bestellung hatte ich vergessen, Charaktereigenschaften zu erwähnen. Ich muss zugeben, dass ich mich mit dem Gedanken nicht lange aufhielt. Vor meinen Augen hatte er sich als Lebensretter hervorgetan, das genügte. Vielleicht war es ja alles noch schlimmer. Was, wenn er gar kein Desperado war, sondern ein Sparkassenangestellter von intradörflichem Format?

Es lag nicht an mir, die Sache aufzuklären. Hier und heute standen Mund-zu-Mund-Beatmung und Herzmassage auf dem Programm.

Die Sonne senkte sich langsam, mein Stern würde bald am Nachthimmel erscheinen.

Der Desperado hatte sich als Jermel vorgestellt. Das ist Arabisch und bedeutet gut aussehend. Wie passend. Er kam aus Marokko und war Arzt. Aus der Nähe betrachtet, sah er ziemlich unbeleckt aus. Die Augen wirkten heißblütig, ja, aber seine Haut war glatt wie ein Babypopo. Na ja, ich hatte einen jungen Mann bestellt, war wohl nicht anders zu erwarten, dachte ich.

Natürlich war Jermel auch an mir interessiert. Das lag wohl weniger an meiner Bestellung als an der nur begrenzt vorhandenen Konkurrenz. Die einzigen jungen Frauen an Bord waren Animateurinnen, aber die waren bereits an Köche und Kellner vergeben.

Pünktlich zum Sunset saßen wir unter meinem Stern, dem ich heimlich eine Kusshand zuwarf. Jermel hatte sich auf eine Liege an Deck gesetzt, ich zwischen seinen Beinen Platz genommen und gemeinsam hatten wir uns in eine flusige Hoteldecke gehüllt. Wir saßen ziemlich lange so. Beziehungen entwickeln sich im Südwind unterm Sternenhimmel schneller als an Land. Das könnte auch an der leicht wiegenden Bewegung der unergründlichen Wasser unter uns liegen. An meine Embryonalphase hatte ich zwar nur begrenzte Erinnerungen, aber wenn ich einen Vergleich wagen darf: So ähnlich dürfte es sich angefühlt haben, nur nicht so nass, dass man Rillen in die Fingerspitzen bekam.

Als ich den Geliebten bestellte, hatte ich mir wilde Sex-Szenen im Pool, unter der Dusche oder in der Umkleidekabine vorgestellt. Jetzt war mir gar nicht danach.

Ich schaute auf unsere Füße, wie sie in trauter Viertracht am Ende der Liege beieinander lagen. Jermel hatte die Arme um mich geschlungen und erzählte mir arabische Märchen. Dabei kuschelte ich mich an seine Brust und ließ mich abwechselnd von ihm und dem Wind streicheln.

In den Märchen wurden Prinzessinnen entführt und gerettet. Geheimnisvolle Prinzen aus weit entfernten Kalifaten folgten in eisigen Wüstennächten nur dem Weg, den die Sterne wiesen. Ja, die Sterne, dachte ich, und sah nach oben. Jermel war auch den Sternen gefolgt, nur wusste er es anscheinend nicht. Er säuselte leise seine Geschichten in mein Ohr und begann mich dabei zu streicheln. Mir kam es vor, als sei ich die Jüngere von uns beiden. Ich fühlte mich sehr geborgen.

Irgendwann tat mir von der harten Bank der Hintern weh und ich legte mich bäuchlings auf Jermel. Mein Desperado sah im Sternenlicht so magisch und geheimnisvoll aus, als sei er selbst einem Märchen entsprungen. Allerdings hatte er bereits sein Ziel erreicht und war bei der Prinzessin angekommen. »Und sie ritten ins Abendrot«, endete er. Das war mein Stichwort. Ich gab ihm einen Kuss und setzte mich auf. Er legte seine Hände links und rechts auf meine Hüften. Ganz langsam begann ich mich zu bewegen. Aber irgendwie war ich nicht in der Stimmung, ins Abendrot zu reiten. Es war alles zu schmusig, zu gemütlich. Warum musste es immer heiß hergehen? Jermel zog mich wieder zu sich herunter und küsste mich. Ich legte mich wieder auf ihn und wir rieben ganz langsam unsere Körper aneinander. In unregelmäßigen weichen Wellen wurde Blut in Jermels Unterleib gepumpt. Das fühlte sich schön an. Entspannend, beruhigend, sinnlich. Wir blieben beide bekleidet. Es gab keinen Sex, keine Orgasmen in dieser Nacht.

Aber es war alles perfekt. Es war so, wie es sein musste.

Irgendwann wurde es uns zu kalt und wir gingen in Jermels Kabine.

Ich drehte mich noch einmal um und sah nach oben. Der Stern zwinkerte mir wieder zu.

27. Schottland

Marquis Potter

Svenja (29), Grafikerin, Münster, Deutschland,
über
Benjamin (22), Italienischstudent, Aberdeen, Schottland

Der Schotte sprach den ganzen Abend über de Sade. Er wolle eine Dissertation über ihn schreiben, irgendwann. Der Schotte hieß Benjamin und war der Jüngste hier.

Mich hatten immer die Geschichten beeindruckt, in denen Verführung durch Worte oder zumindest irgendeine Form der Kunst erzielt wurde. Ich liebe den »Vorleser«, meine Professoren, die Scheherazade und meinen geigenden Stiefbruder, wie er sich im Sommer meines Frühlingserwachens mit dem Rücken zu mir an den Badewannenrand setzte, während ich drin saß, und mir vorspielte. Er traf nicht immer jeden Ton, weil der Klangkörper der Geige die Feuchtigkeit im Bad nicht vertrug, aber das machte nichts. Ich hielt still. Das Wasser wurde kalt und ich fror, aber mich erregten sein Spiel und die Art, wie sein Nacken vibrierte. Bis heute kann ich meinen Blick von den feinen Sehnen am Nacken junger Männer nicht abwenden. Mich fröstelt es dann wie damals im Bad und eine lüsterne Gänsehaut überzieht meinen Körper auf sonderbare Weise.

Wenn Sören, mein Bruder, der kaum fünf Monate älter war als ich, was unsere zart-inzestuösen Gefühle legitimierte, mich heute anruft, denke ich nicht mehr daran. Er spielt schon lange nicht mehr Geige und er ist auch nicht mehr der schmale lange Junge von einst. Aber er hat mein Bild davon geprägt, wie ein Mann sein muss und wie die Liebe sein muss.

Er war mein Gewissen. Ich wollte ihm gefallen, oft schaffte ich dies nicht und das beschämte mich zutiefst. Die Schuld jeder Unzulänglichkeit lag natürlich bei mir. Er hatte Macht über mein Leben, viel länger, als ich es vermutet hätte. Ich fühlte mich nur noch bestätigt, wenn ich mit Männern zusammen war, die mir meine Unzulänglichkeit bestätigten. Mich so lange erniedrigten, bis ich so traurig war, dass ich nichts mehr empfand und meine Seele dann Platz machte für die körperliche Lust.

Ich kann mit Irritationen umgehen. Leichte Schmerzen, Kälte, Hitze, sie zeigen mir, dass ich noch lebe, das erregt mich. Und Männer, die etwas vortragen, sei es ein Gedicht, Musik oder eine flammende politische Rede. Sie erinnern mich an dich, mein Bruder. Auch das lässt mich alles vergessen.

Ich vermute, mich fasziniert auch Klang. Der Klang seiner Stimme, die Wahl seiner Worte. Ich liebe die Farben, die ich dann sehe, das Prickeln auf meiner Haut.

Für Penetration hatte ich nie etwas übrig. Sie ist mir zu banal, zu zielgerichtet und zu schnell vorbei.

Ein empörter Ausruf riss mich aus meinen Gedanken zurück in die Wirklichkeit. Benjamin behauptete, eine Frau misshandelt zu haben, über viele Jahre. Seine Exfreundin.

Sie hatte das so gewollt und überhaupt. De Sade. Benjamins Augen funkelten, wenn er von ihm sprach. Nichts an Benjamin verriet etwas von seiner dunklen Sinnlichkeit. Er sah aus wie Harry Potter, aber mit einer weichen blonden Emo-Mähne und einem schönen Mund, der eher Zärtlichkeit denn Grausamkeit verhieß. Doch gerade das machte mich neugierig.

Benjamin sprach hervorragendes Italienisch, was daran lag, dass die Schotten das R rollen wie in »Grrrazie« und wir saßen in Bologna im Weinkeller. Es roch muffig, holzig, etwas verkohlt und nach vielen Jahrhunderten. Hier hatten bestimmt schon Menschen über de Sade philosophiert, als er noch in der Bastille einsaß. Bei de Sade gibt es nichts zu beschönigen. Er hat vergewaltigt und gefoltert und die schicke Bastille war eigentlich viel zu gut für ihn. Das sagte auch Marcello, der Zigarillo rauchende Tutor mit den dicken Brillengläsern, und fixierte Benjamin kritisch.

Ben bemerkte nicht, wie er sich um Kopf und Kragen redete und die meisten von uns interessierte auch gar nicht, was er sagte. Mir gefielen seine Stimme, der Eifer, mit dem er sein Vorhaben vortrug, und die Beteuerung, seine Freundin habe ihn verlassen, weil er nicht brutal genug gewesen sei.

Irgendwann hörte ich nicht mehr genau hin, was Ben sagte, aber das Plätschern seiner Worte prickelte in meinen Gehörgang und über meine Haut. Seine Stimme, die Betonung, das hatte etwas Melodisches und mir wurde klar, dass dieser Mann auf mir spielte, als sei ich ein Instrument. Je länger er sprach, desto mehr nahm ich die subtil okkulte Aura eines Aleister Crowley an ihm wahr. Es war mir nicht gleich aufgefallen, weil er eine Brille trug, aber unter seinen Augen lagen dunkle Schatten.

Nach einigen Gläsern Rotwein hatte Ben seine Idee weiterentwickelt. Er war der Ansicht, de Sade praktisch ausprobieren zu müssen. Vor allem die Feinheiten. Seine Exfreundin stand auf Schläge und Leder und das fand er ziemlich eindimensional.

Ich wollte herausfinden, ob Ben noch auf andere Art meinen Körper bespielen konnte, und stellte mich ihm für Experimente zur Verfügung. Ich fühlte mich auf seltsame Weise zu ihm hingezogen, aber ich wollte nicht mit ihm ausgehen. Ich wollte ihn besuchen, so, als ginge ich auf ein Konzert, und mich bespielen lassen. Ich wollte mich ihm ausliefern. Endlich wieder jemand, der für mich entschied. Der entschied, wie ich mich fühlte, der mir gab, was ich verdient hatte.

Ben hielt, was er versprochen hatte und noch mehr.

Er träufelte mir am kommenden Wochenende in einem kleinen Saal der alten Univilla, zu der er einen Schlüssel besaß, heißes Wachs auf die Haut.

Dieser süße Schmerz, die Erleichterung, wie die Poren sich unter der großen Hitze erschreckten, sich die Härchen aufstellten. Es erinnerte mich an meine Erlebnisse in der Wanne. Es war mir so vertraut. Ich lag auf dem Rücken und ließ den Kopf am Tischende herunterhängen. Ich besah mir die alten Gemälde an der Wand, während Ben das Wachs kunstvoll und gleichmäßig, ja rhythmisch auf meinen Körper tropfte.

Trotzdem war er unberechenbar. Er entschied, was ich fühlte. Er entschied, wann der nächste Tropfen mich erleichterte.

Ich wartete. Dieses Warten war wie ein Sog.

Unsere Haut kann Hitze und Kälte nicht immer unterscheiden. Es ist egal, ob heiß oder kalt, Hauptsache, die Temperatur weicht weit genug von unserer eigenen ab. Ben tropfte auf meinen Hals, auf meine Brustwarzen, in meinen Bauchnabel und auf meine Muschi. Es befreite mich von der Last meiner Verantwortung. Ich genoss seine Macht über mich. Ließ mich gehen. Die seelischen Schmerzen wurden mit jedem Tropfen geringer.

Der Moment war makellos.

»Wo ist es denn am besten?«, fragte Ben und wanderte zurück zu meinen Brüsten. Der süße Ben betrachtete mich liebevoll. So ähnlich wie die Nachbarskatze das mit meinem Wellensittich getan hatte. Sie sah ihn zärtlich an, bevor sie ihre Krallen ausfuhr und ihm eine verpasste. Bens Krallen waren aus heißem Wachs.

»Shhhh«, seufzte ich, wenn er mich wieder traf.

»Aha, gut zu wissen«, entgegnete darauf Ben. »Also, ich habe mir überlegt ... in meiner Doktorarbeit werde ich ein Kapitel über Praxis einfügen. Ich mach dann mehrere Unterkapitel. Eins mit Anatomie. Dabei kannst du mir ja gut assistieren. Das wird eine empirische Untersuchung.«

Ich wartete, was er als Nächstes mit mir tun würde. Er müsste ein Kapitel über Erwartungen schreiben, darauf kam es an.

Außerdem eines über Macht. Er wusste gar nichts davon. Er hatte keinerlei Erfahrung damit. Ich denke, er wusste nicht, was er in mir auslöste. Dass er mich süchtig machte, dass ich nicht mehr von ihm loskommen würde.

Er würde mit mir tun können, was er wollte, und ich würde es zulassen. Ich hatte so viele Jahre auf ihn warten müssen, dachte ich, und da war er.

»Das andere mach ich dann über die verschiedenen Materialien. Was hältst du eigentlich von Glasscherben? ... Wie ist es hier?« Ben sprach weiter, während er meine Klit in Wachs goss.

Ich krallte mich an der Tischplatte fest. Mein Bruder war vergessen. Ich stöhnte laut auf.

»Ich mein, das wird schon ein bisschen dauern alles. Morgen geh ich mal nach Literatur suchen. Ich hab zu Hause noch ...« Er dozierte weiter. Ich liebte das. Er sprach und sprach und quälte mich dabei ein bisschen.

Nachdem er alle erogenen Zonen durch hatte, hatte er keine Lust mehr. Er setzte sich auf einen Stuhl neben mich und sagte: »Joo, das war's erst mal. Du kannst dich wieder anziehen.« Seine Brille war etwas heruntergerutscht und er guckte mich unschuldig über ihren Rand an. Er war ein bisschen zu jung dafür, aber er gab mir das Gefühl, eine schwierige medizinische Untersuchung gut überstanden zu haben.

Er nahm einen elektronischen Timer aus der Tasche und schaute mich wieder so süß harry-potterish über seine Brillengläser an. »Wie wäre es am nächsten Sonntag? Besser abends. Ich habe etwas Besonderes mit dir vor ...«

Ich setzte mich auf, den Kopf leicht gesenkt, griff nach meinem BH und sagte: »Sonntagabend ist super!«

28. Dänemark

Zweiter Frühling

Helene (81), Rentnerin, Ansbach, Deutschland,
über
Niels (74), Rosenzüchter, Kopenhagen, Dänemark

Er war mein Lover vom 6. Juni bis zum 21. Oktober«, sagte meine Freundin Rosie. »Dann war leider Schluss. Er litt an Spermien-Inkontinenz.« Wenn man die 80er-Grenze passiert hat, wie Rosie und ich, ist das Wort »Inkontinenz« einem vertrauter als »Insolvenz«, aber Rosie sprach nicht von einer physischen Schwäche des Urogenitaltrakts ihres Ex-Lovers, sondern von dessen promiskuitivem Lebensstil. »Spermien-Inkontinenz« bedeutet, wenn ich mich jetzt mal im Jargon meiner Enkelin ausdrücken darf, »man springt auf alles, was nicht schnell genug weglaufen kann«.

Rosie hatte zwar ein künstliches Hüftgelenk, aber dass sie nicht schnell genug weg kam, lag wohl eher an seinem sexy Charme. Rosies Ex war nämlich 17 Jahre jünger als sie gewesen, aber immerhin vier Jahre älter als ihr letzter Ehemann. Er war ein vitaler Lebemann und wäre wohl nie mit Rosie ins Bett gestiegen, hätte sie nicht durch ihre asiatischen Gene zwanzig Jahre jünger ausgesehen, als sie tatsächlich war.

So hatte sie wenigstens einiges erlebt und würde den gesamten Bridgeclub mit ihren Geschichten über den Winter bringen. Mathilde ist seitdem kaum noch zum Bridge erschienen, da Rosies

Erotik-Storys nun beliebter waren als ihre serielle Hypochondrie. Mathilde kannte nämlich jeden Arzt in der Stadt. »Das sind dann wohl die einzigen Männer, die sie noch berühren«, meinte Micaela, deren Mann einfach nicht totzukriegen war. Das störte sie aber nicht weiter. Er war inzwischen 92 und hatte nichts gegen die Besuche ihres Hausfreundes.

Ich hätte nicht erwartet, dass gerade mir so etwas passieren würde. Also ein zweiter Frühling. Ich dachte, dass meine Freundinnen übertrieben, denn so was betrifft dann doch meistens ältere Männer mit jungen Frauen.

Bis das mit Niels passierte. Er war immerhin sieben Jahre jünger als ich.

Aber die Jahre waren eigentlich nicht wirklich wichtig. Wir fühlten uns ganz jung. Ehrlich gesagt, als ich jung war, da gab es so was nicht. Heute kann man viel offener über solche Sachen sprechen. Ich war 49 Jahre lang verheiratet. Mein Mann Ernst verstarb leider kurz vor unserer goldenen Hochzeit. Ich hatte ihn mit 17 kennengelernt und auch bald geheiratet. So war das damals bei uns im Dorf. Er war ein stattlicher Bursche, aber es ging immer alles recht schnell. Einen Höhepunkt hatte ich zum ersten Mal mit Ende dreißig. Das war kurz nach seiner Affäre, von der ich erst Jahre später erfuhr. Die Affäre hatte nicht lange gedauert und ich würde sagen, sie hat unserer Ehe mehr genützt als geschadet. Das heißt aber nicht, dass ich es gutgeheißen hätte.

Ernst bekam eine gute Stelle bei der Montanunion und wir zogen nach Luxemburg. Ich eröffnete eine Galerie auf dem Kirchberg. Das war immer mein Traum gewesen. Mit über fünfzig waren meine Kinder aus dem Haus und ich hatte zum ersten Mal einen Beruf, der mich ausfüllte. Die Kinder großzuziehen, hatte ich auch als erfüllend empfunden, aber nachdem das abgeschlossen war, ergriff ich meine Chance.

Wir hatten eine gute Zeit damals, viele Freunde und Bekannte. Auch Niels und seine Frau gehörten dazu. Niels war dänischer

Botschafter in Luxemburg. Nach seiner Pensionierung gingen sie zurück nach Kopenhagen, aber sie besuchten uns noch oft. Vor allem Nina, seine Frau, war reizend. Sie interessierte sich auch für Kunst und ließ sich immer unseren Katalog schicken. Nina starb viel zu früh an einem Krebsleiden. Als Ernst wenige Monate später ebenfalls verstarb, konnte ich Niels' Trauer um seine Frau gut verstehen.

An ein Verhältnis zwischen uns war trotzdem nicht zu denken. Wir schrieben uns Briefe, aber darin gab es in den ersten Jahren keine romantischen Andeutungen. Während dieser Zeit ließ sich meine Tochter wegen eines Golflehrers scheiden. Wenn sie ihm frivol um den Hals fiel, fand ich das zunächst peinlich, dann erfrischend. Die jungen Frauen nehmen sich, was sie wollen. Ein bisschen bewunderte ich Olivia dafür, dass sie das tat. Durch seine Kinder lernt man ja auch immer dazu. Dinge, die man früher immer verabscheut hat, muss man jetzt akzeptieren. Ich fand es erstaunlich, wie leicht mir das fiel.

Natürlich hatte auch ich Verehrer, die in die Galerie kamen, aber ich hatte Ernst geliebt und konnte mir so was nicht vorstellen.

Irgendwann rief dann Niels an und wollte mich besuchen. Wie gesagt, wir hatten uns geschrieben, aber seit fast vier Jahren nicht gesehen.

Als er vor meiner Tür stand, fiel mir auf, wie gut er mir gefiel. Man soll nicht meinen, in meinem Alter gehe es nur um innere Werte. Niels war braun gebrannt. Er kam von einem Segeltörn im Ijsselmeer und wirkte sportlich und vital. Fast jugendlich könnte man sagen. Außerdem hatte er neue Zähne. Alle überkront, sagte er. Das Vermögen, das er darin investiert hatte, hat sich gelohnt, muss ich sagen.

Zur Begrüßung umarmte er mich. »Das macht man heute so unter Freunden«, meinte er. Ich empfand das als etwas übergriffig, aber schön. »Hm. Wann hat man denn schon mal eine so attraktive Frau im Arm. Riechst du gut. Nach Maiglöckchen.« Das gefiel mir sehr. Wir spazierten dann durch einen Park und gingen abends miteinander essen und tanzen. Ich fand es schön, mit ihm zusammen zu sein. Nina und Ernst hätten sicher nichts dagegen gehabt, wenn wir etwas Zeit miteinander verbrachten.

Olivia fiel die Veränderung zuerst auf: »Mama, du kleidest dich ja ganz anders. So jugendlich. Bist du verliebt?« Ich winkte ab: »Ach was. In meinem Alter ...«

Olivia sprach dann von ihren Problemen mit dem Golflehrer. Kurz gesagt, er war zwar erst Mitte dreißig, aber auch er litt unter Spermien-Inkontinenz in einem fortgeschrittenen Stadium.

Beim nächsten Bridgetreffen ermunterte mich Rosie: »Na los, schnapp ihn dir. Wer weiß, wie viel Zeit dir noch bleibt.« Micaela lächelte dazu undurchdringlich.

Warum eigentlich nicht, dachte ich mir und verführte Niels beim darauffolgenden Treffen mit einem schicken Dinner und schönen Dessous. Ich möchte nicht zu sehr in die Details gehen, aber es war eine sehr schöne und sinnliche Nacht. Genau wie viele, die folgten.

Natürlich ist es anders als bei jungen Leuten und wir mussten manchmal pausieren, um auf Niels' Blutdruck zu achten, aber das fanden wir gar nicht schlimm. Wir haben viel gelacht und hatten viel Spaß.

Ich zog dann auch noch einmal um. Nach Dänemark. Niels hat eine neue Rose gezüchtet, sie ist lila und läuft nach oben in Rosé aus. Die Rose heißt Rosa Helena. Er hat sie nach mir benannt. Das finde ich sehr charmant.

29. Dubai

Arabian Nights

Jessica (28), Hotelfachfrau, Dresden, Deutschland,
über
Zayed (28), Hotelmanager, Dubai, Vereinigte Arabische Emirate

Gegen Cellulite empfehle ich Lymphdrainage, am besten man tanzt auf der überdimensionierten Box in einem Hip-Hop-Club in Dubai.

Dubai ist modern und rasant, und wenn man nicht hinter die Gardinen schaut, dann bleibt es auch so. Aber es gibt A-Citizens, B-Citizens und C-Citizens und eine genaue Hackordnung, wer was zu sagen hat. Es gibt viele Jemeniten hier und Iraner natürlich. Das erkennt man meist nur am Familiennamen.

In meinen ersten Wochen in Dubai erfuhr ich viel über die hiesigen Gepflogenheiten.

Ein Schweizer Immobilienmakler zeigte sich geschockt über die Tatsache, dass man Immobilien nur für 99 Jahre erwerben konnte. Aber da die Häuser ohnehin nach dreißig Jahren einsturzgefährdet seien, wäre das ja nun auch kein Problem. Ich saß und lauschte.

Ich war zum ersten Mal im Nahen Osten. Ich hatte zwei persische Geliebte und einen ägyptischen Ehemann gehabt, aber alle in Deutschland, nie in Iran oder Ägypten.

Meine Männer waren Juristen und Ärzte mit einem sinnlichen Versprechen in den Augen. Sie hielten es alle. Also der Reihe nach, denn die Vorgeschichte erklärt vieles, vor allem, dass man in der Liebe selten dazulernt.

Sassan und ich, das war eine Hassliebe voller Leidenschaft. »Ich höre nur klassische Musik!«, zischte Sassan giftig und warf meine iranischen CDs in den Papierkorb. Dabei funkelte er mich wütend an und verzieh mir erst wieder im Bett. Er knallte Türen, sperrte mich aus, sprach tagelang nicht mit mir und küsste mich dann wieder stundenlang im Straßencafé zu Hause in Schwabing oder in unserem immerhin persischrosa eingerichteten Schlafzimmer. Wir trennten uns, ich zog aus, er warf meine Bücher aus dem Fenster und wir kamen wieder zusammen, er kaufte mir neue. Das ging ein paar Jahre so, dann trennten wir uns endgültig, Sassan ging nach Boston, um zu unterrichten und ich fand einen neuen Freund. Auch Iraner, auch sinnlich schön mit Wimpern bis nach Wladiwostok. Und sehr eifersüchtig auf meinen besten Freund Ludger. Ich ließ Ludger fallen für Kuroshs persische Prinzenaugen.

Ludger verzieh mir nie ganz, aber das war es wert.

Dann kam der Dritte. Farid aus Kairo. Ebenfalls eifersüchtig, ebenfalls leidenschaftlich.

Wenn man einmal einen Perser oder Araber hatte, geht man nicht mehr zurück. Nie mehr. Man kann über Moslems sagen, was man will, aber im Bett sind sie eine Offenbarung. Ich wage zu behaupten, dass dies das Geheimnis islamischer Staaten ist. Wer die ganze Nacht gestreichelt worden ist, ruft nicht am nächsten Morgen zur Revolution auf.

Sassan und ich in unserem persischrosa Himmelbett. Mit Kurosh im Englischen Garten. Farid und ich: Montego Bay 2006. Nächte für die Ewigkeit. Künstler der Liebe. Großmeister ihrer Zunft.

Wenn er streng gläubig ist, wird es schwierig, weil er danach sofort duschen und die Bettwäsche wechseln muss. Von meinen Sünden werde ich mich nie wieder reinwaschen können. Aber ich bereue nichts.

Jetzt schlenderte ich durch den Gold-Suq von Dubai und dachte an meine jüngste Begegnung.

»Das ist Achmed«, hatte Zayed gesagt und gelächelt. Dann küsste er den Schnabel des jungen Falken. Achmed trug Augenklappen, damit er nicht in Versuchung kam, zu »betrügen«, seinem natürlichen Instinkt zur Freiheit zu folgen. Achmed tat mir leid. Er war ein wunderschönes Tier mit weichem Gefieder. Er wirkte geschmeidig und würde ein stolzer Jagdfalke werden. Die Freiheit hatte er nie kennengelernt.

Auch Zayed trug »Augenklappen«, in Form einer Sonnenbrille, in der sich Achmed spiegelte. Auch Zayed wollte nicht in Versuchung kommen, zu betrügen. Denn er war versprochen.

Ich war in Zayed verliebt, seit ich ihn zum ersten Mal gesehen hatte. Er mochte einen Vogel haben, aber für mich war er ein orientalischer Prinz, wie man sich ihn nicht in den kühnsten Träumen vorstellen konnte. So einer, der, in wehende Tücher gehüllt und auf einem glühenden Zuchtrappen reitend, die entführte Blondine aus dem Serail eines alten dicken Scheichs rettet und dann eine ultraromantische westliche Einehe mit ihr eingeht. Ich arbeitete im Burj al Arab, dem »arabischen Turm«, dem einzigen 7-Sterne-Hotel der Welt. Diese Chance konnte ich mir nicht entgehen lassen. Für eine Hotelfachfrau war das so was wie der Jackpot.

Zayed arbeitete in der Verwaltung. Durch die Glasfront konnte ich ihn jeden Tag sehen. Anfangs guckte er gar nicht hoch. Dann grüßte er und dann begann die Zeit der Post. Zuerst schrieb ich ihm ein Zettelchen, fand aber nicht den Mut, es in seiner Nähe zu deponieren. Eine Kollegin von mir brachte es dann vorbei. Von da an lächelte Zayed, aber es geschah immer noch nichts.

»Er wird dich niemals heiraten! Er ist gläubiger Moslem. Er wird keine geschiedene Ungläubige zur Frau nehmen!«, meinte meine Kollegin Yasemin, während sie ihren Minztee fixierte. Yasemin selbst würde im Sommer heiraten. Sie freute sich darauf, endlich von zu Hause wegzukommen. Ihren künftigen Ehemann hatte sie aus einem reichhaltigen Angebot selbst wählen dürfen. Sie war total verknallt und machte ein Häkchen in ihren Timer: »Nur noch 104 Tage bis zur Hochzeitsnacht!« Sie kräuselte verschwörerisch die Lippen: »Ach, aber ich muss noch mindestens sieben Kilo abnehmen. Meinst du, ich schaff das?«

»Ganz bestimmt. Ich helf dir ...« Ich zwinkerte ihr zu und schnappte mir den Baklava von ihrem Teller.

Aber ihre Aussage stimmte mich nachdenklich. Heiraten? Ich hatte ihn doch noch nicht mal gedatet. Zayed war hinreißend, er sah toll aus, er war unaufdringlich und na klar, das hier war ein anderes Land, in dem andere Regeln galten. Die Frage, ob ich ihn überhaupt heiraten wollte, wurde hier nicht gestellt, sondern ob er mich in Erwägung ziehen würde.

Ich dachte, ich hätte Erfahrung mit Männern aus dem Nahen Osten. Aber wirkliche Erfahrungen macht man erst, wenn man in ihren Ländern lebt.

Für Yasemin schien das hiesige System zu funktionieren: »Naveed, mein Verlobter, sieht aus wie ein Prinz, er beschützt mich. Ich hab keinen Stress. Es gibt viele Westlerinnen, die deshalb konvertieren. Ich mein, wenn ich ihn hab, dann brauch ich echt keine anderen Männer, Schwester!«

Zayed war so schön, so geheimnisvoll. Er schrieb mir am selben Tag auch ein Zettelchen und wir trafen uns in einem Westlercafé.

Er trug nicht die Kandura, sondern Jeans und Pulli. Das war etwas komisch. Ein bisschen machte das schon meine Prinzenfantasie kaputt, aber als er lachte, war ich hin und weg.

Wir wussten beide nicht wirklich, was wir miteinander reden sollten. Ich berührte mal zufällig seinen Arm bei der Unterhaltung, wie ich es immer mache, wenn ich Kontakt herstellen will. Er zuckte kurz zurück, aber irgendwie schien es ihm zu gefallen, denn am nächsten Wochenende trafen wir uns wieder.

Wir tranken Dattelwein und sprachen über Gitarrensoli und Pete Doherty. Trotzdem war alles sehr anders, als ich ihm in seine Wohnung folgte. Seine Vorfahren mochten Beduinen gewesen sein, er selbst hatte einen festen Wohnsitz im 37. Stock mit Blick auf den Persischen Golf. Als ich mit ihm hinauffuhr, hatte ich keine Ahnung, dass sich mein Leben für immer verändern würde. Es heißt oft, man spüre, wenn etwas sehr Einschneidendes bevorsteht. Bei mir war das nicht so. Ich war aufgeregt, ja. Ich wusste nicht, was mich erwarten würde, ob ich gegen ein Gesetz der Scharia verstoßen würde, was Zayed mit mir vorhatte.

Ich betrat eine sonderbare Oase mitten im Hochhaus. Der Golf lag dunkel und undurchdringlich unter uns. Die Sterne strahlten hell und klar. Gedimmte Lampen spendeten sanftes wüstenfarbenes Licht. Es roch nach Kamelhaar und mir unbekannten Blüten. Zayed stand hinter mir und half mir aus dem Mantel. Er wirkte unsicher, wusste nicht wirklich, wie er sich verhalten sollte. Mir ging es ähnlich. Warum hatte er mich hergebracht?

Er bereitete Tee und ich saß auf einem orientalischen Teppich. Seine Gestalt wirkte noch stärker in diesem Licht. Exotisch, unwirklich und magisch schön. Seine Augen funkelten, als er sich in einer knienden Position zu mir gesellte. Er stellte den dampfenden Tee auf ein niedriges Tischchen neben uns. Ich wollte danach greifen.

»Zu heiß«, sagte Zayed und griff schnell nach meiner Hand. Ich schämte mich. Es war unhöflich gewesen, so gierig nach dem Tee zu grapschen, aber ich war zu aufgeregt, um es zu merken. Stattdessen fiel mir auf, dass Zayeds Stimme anders klang. Diese zwei kleinen Worte »zu heiß« raunte er, als handele es sich um eine Liebeserklärung. Meine Hand hatte er schützend ergriffen, damit ich sie mir nicht verbrannte. Jetzt hielt er sie umschlossen und sah mir direkt in die Augen. Das erste Mal überhaupt, dass er das tat. Ein Araber schaut nur seine Ehefrau so an, das wusste ich von Yasemin.

Er ist versprochen, dachte ich. Das hier bringt doch alles nichts. Er will nur mal mit mir ins Bett und dann war's das. Dann küsste er mich. Der Moment, auf den ich so lange gewartet hatte. Seine Lippen auf meinen. Es war noch viel besser, als ich mir das vorgestellt hatte. Wie das so ist, war mir plötzlich egal, was morgen ist. Jetzt war er hier. Seine warmen Lippen auf meiner Haut, seine Hände, sein Körper, der mir so seltsam vertraut vorkam.

Aus Respekt vor seiner Kultur möchte ich nicht zu sehr auf die Details eingehen, aber er war ein wunderbarer Liebhaber, viele Stunden schmiegten wir uns auf dem Kamelhaarteppich aneinander. Er gehörte nur mir. Er sprach leise arabisch zu mir. Zärtlich, poetisch und so sanft, dass ich die Liebkosungen seiner Hände kaum von seiner Stimme zu unterscheiden vermochte. Zeit und Raum waren aufgehoben. Nicht einen Moment kam ich auf die Idee, diese Begegnung zu werten, mich selbst als gefallene Prinzessin zu sehen. Es fühlte sich richtig an, auf sehr sonderbare Weise.

Natürlich naht auch bei 1001 Nacht zuweilen der Morgen. In der Öffentlichkeit berührte er mich nie, aber ich verbrachte von da an fast jede Nacht bei ihm.

Ja, er ist versprochen, ich habe keine Ahnung, wie es ausgehen wird mit uns. Aber ich weiß, dass es nach ihm für mich nichts mehr geben wird.

Irgendwie muss ich ihn bekommen. Vielleicht entführe ich ihn nach Europa.

30. China

… and bad girls to Beijing

Johanna (26), Deutschlehrerin, Saarbrücken, Deutschland,
über
Han (27), Musiker, Baoding, China

Peking. Smog. Das Erwachen des grossen Drachen. Dünne kettenrauchende Rocker in Anarcho-WGs, die den Prenzlauer Berg der Nachwendezeit in den Schatten stellen. Alles wirkt noch ein bisschen improvisierter. Ich weiß, wovon ich spreche. Ich habe dort einen Liebhaber, um den mich sogar Marguerite Duras beneiden würde, denn Han ist weit mehr als das.

Fransiger Schopf, ein bisschen cooler gewollt als gekonnt und eine Tolle, die ihm ständig ins Gesicht fiel. Seine Ausstrahlung schwankte zwischen dem halbstarken Marlon Brando der 1950er und den unbeholfen toupierten Youngsters der 1980er. Hier in Peking wirkte das lässig und hatte den Duft von Freiheit. Revolution. Abenteuer.

»If you can't change, change music« steht fehlerfrei auf dem T-Shirt seines Kumpels, der die Kippe zum Mund führt und sicher überzeugt ist, er sei die chinesische Reinkarnation von James Dean. Warum auch nicht. Hier ist noch alles aufregend. Man kennt nicht schon alles und entdeckt die letzten fünfzig Jahre westlicher Entwicklung auf einen Streich. Daraus entsteht eine spannende Fusion verschiedener Stile. Man hat hier was gesehen, dort etwas aufgeschnappt, aber doch nie sein Land verlassen, weil man nicht die richtigen »Guanxi« hat, nicht in der Partei ist oder einfach keinen Bock hat zu streben.

Hier im Haidian District, wo die Künstler, Outlaws und Studenten leben, darunter auch diejenigen Ausländer, die nicht in den abgeriegelten klinisch reinen Chaoyang-Karrierebunkern verbarrikadiert sind und allenfalls mal ins Westler-Vergnügungsviertel Sanlitun stolpern. Die Kombination chinesischer Künstler und westliche Muse ist hier nicht selten.

Hier ist alles noch echt, hier interessieren Themen, die wir längst resigniert ad acta gelegt haben, hier wird der wirtschaftliche Aufstieg Chinas nicht kollektiv im Stabreim bejubelt.

Und genau hier befand ich mich.

Mir taten die Augen weh, die Luft war stickig, als stünde sie seit hundert Jahren. Es roch nach Rohbaumaterial, Kalk und Klebstoff, nach chinesischem Tabak, Tsingtao Pijiu (Bier) und den unverwechselbaren Gerüchen des Hexenkessels Peking.

Ich hustete. Es war der typische Pekinger Husten. Die Bässe der Musik dröhnten in meinen Ohren, wummerten in meinem Körper.

Ich schaute zur Bühne. Han schrie ins Mikro, schüttelte die Haare. Er trug ein rosa Hemd mit roten Herzen, ein Schlips hing locker um seinen Hals. Dazu eine abgewetzte Lederjacke, zerrissene Jeans und spitze Stiefel. Er war dünn, groß und hohlwangig, wie sich das für einen Rocker gehört. Jungs wie ihn gab es hier viele.

Wahrscheinlich kein Pekinger, sondern aus einer der Westprovinzen ins Mekka der Freigeister gepilgert. Kein Auslandschinese, kein neureicher Yuppie. Er schien keinen Muskel zu bewegen, als er nach der Show zum Tresen gegenüber schlurfte, ohne die Füße anzuheben. Das verriet ihn. Der unverkennbare Gang der Asiaten. Sehr entspannt oder ohne Spannung, wie genervte Ausländer es manchmal sahen. Was die überhaupt noch hier machten, fragte ich mich dann. Sie lästerten in den Cafeterien der

Universitäten, jobbten als Gelegenheitsmodels und taten so, als ob sie studierten. Daneben meckerten, meckerten und meckerten sie. Sie fanden alles hier mafan, lästig. Mich ärgert Intoleranz, aber das ist ein anderes Thema.

Obwohl, nicht ganz. Vielleicht war es ein Grund, warum ich umso genauer hinsah. Und vielleicht ist es auch der Grund, warum ich mich für diesen jungen Mann interessierte.

Han war vollgepumpt mit Adrenalin, wie das bei Musikern nach dem Auftritt so ist. Das war gut, denn er stellte sich lässig neben mich an die Bar und sagte: »Hi!«

»Hi«, sagte auch ich.

Er sah mir in die Augen: »Woher kommst du?«

»Aus Deutschland.«

»Ah, Deutschland. Das ist gut. Noch ein Bier für meine deutsche Freundin hier.« Wir stießen an.

»Du bist schön!«

Äh, ja, ich antwortete nicht. Ich fand ihn auch schön. Auf so eine abgefahrene Art, auf die Rocker schön sind.

Han war Musiker aus der Provinz Hebei. Er spielte in einer Band mit Xin, das war der kleine Bassist mit dem T-Shirt, und noch zwei anderen. Er selbst war Sänger und Gitarrist. Er wohnte in der Dongzhimen Nan Xiao Jie, also gar nicht im Künstlerviertel, sondern praktisch gleich um die Ecke der Verbotenen Stadt.

Das Gespräch verlief stockend und wurde dauernd von anderen unterbrochen. Einmal ging er weg und ich dachte, das war's, aber er kam wieder und wollte mit mir was essen gehen. Es war 2 Uhr nachts, also genau die richtige Zeit für einen Mitternachtssnack. Wir waren natürlich nicht allein. Xin hatte sich meine amerikanische Freundin Lindsay geschnappt. Die beiden knutschten neben mir auf dem Rücksitz, Han saß vorne und quatschte. Als wir ausstiegen, nahm er meine Hand und wir gingen ins Restaurant.

Nach dem Essen fuhren uns die Jungs zurück in unsere Straße. Während wir über die bereits geschlossenen Sicherheitstore kletterten, rief Xin Lindsay von der Straße hinterher: »Nimm mich mit! Nimm mich mit!«

Wir lachten, klatschten im Hausflur in die Hände und es wurde Licht. Lindsay und ich waren berauscht von der Nacht und den Männern und knutschten miteinander betrunken im Fahrstuhl, während die aufgehende Sonne die Stadt in Wüste-Gobi-Sandfarbe und Schwefel tauchte.

Zwei Tage später trafen wir uns im Lieblingscafé der Studenten, Globetrotter und Backpacker, dem »Lush« gleich am Bahnhof von Wudaokou, mit den Jungs zum Brunch. Das »Lush« befand sich im zweiten Stock direkt über einer Buchhandlung, es gab fantastische Pancakes und dazu Kaffee all you can drink. Die Bedienung war fröhlich und chaotisch, brachte Besteck und Gerichte in unorthodoxer Reihenfolge und sprach kaum englisch. Einmal hatten sie sich auf einem Flyer mit einem falsch formulierten All-you-can-drink-Guinness-Angebot verschrieben und wären fast pleite gegangen.

Han hatte sich zurechtgemacht, was mich etwas enttäuschte, denn ich stand total auf abgewrackte Rocker. Das Doppeldate dauerte den ganzen Tag. Wir fuhren zum Perlenmarkt und zum Tiantan, dem Himmelstempel, genau an den Ort, wohin wir unendliche sechs Wochen später zurückkehrten und ich »Wo ai ni« gegen die Echomauer rief.

Wir aßen Schokofisch an dem Stand hinter dem Campus der BeiYu und gebratene Skorpionspieße. Ich trank mindestens vier Perlenmilchtees an diesem Tag. Am liebsten mochte ich Schokoladen- und Melonengeschmack. In dem Tee-Sirup-Gemisch, das Zhenzhu Naicha heißt, schwammen die namensgebenden gelatineartigen Glibberperlen.

Dann fuhren wir Schwarztaxi. Davon wird Touristen abgeraten, weil diese illegalen Taxen manchmal von kriminellen

Banden betrieben werden. Han kannte aber die meisten Fahrer und ich erkannte die Gefährte an den kleinen roten Laternen am Rückspiegel.

Abends gingen wir ins »Mix« und knutschten auf der Tanzfläche. Wahrscheinlich dachte Han auch zu diesem Zeitpunkt noch, ich wolle nur mit ihm ins Bett.

Zu Hause hatte er ein Kaninchen, das auf den melodischen Namen »XiaoBai« hörte, zu Deutsch »Kleines Weißes«. Zum Glück war Hans Einfallsreichtum auf anderem Gebiet größer.

In Peking kann man nichts geheimhalten. Als wir nachts angetrunken Arm in Arm in den Hausflur wankten, schaute die Concierge hocherfreut erst uns an und dann auf ihre Uhr. Sie würde morgen ein neues Tratschthema haben. Der seltsame Rocker aus dem achten Stock hatte eine russische Nutte abgeschleppt. Ihre junge Kollegin, die unsere gierigen Blicke im Fahrstuhl gesehen hatte, würde Mantou-Brötchen kauend oder Tang-Suppe schlürfend entgegnen: »Quatsch, das ist 'ne Amerikanerin. Mein Bruder hatte auch mal was mit einer. Tststs.«

»Ach, und wie ist es ausgegangen?«, würde die andere fragen. »Sie hat was mit seinem besten Kumpel angefangen.« Die Ältere würde verständnislos den Kopf schütteln, und die Amerikanerinnen hätten mal wieder wegen einer verknallten Deutschen ihren Ruf weg.

Han und ich dachten natürlich nicht darüber nach. Ich hing an ihm dran, kicherte, der Schlüssel fiel runter. Ich hörte ein Geräusch hinter der Nachbarstür. Der Spion wurde beiseite geschoben.

Der betagte Schriftsteller mit dem klugen Blick, der hinter dieser Tür lebte, war ebenso über die Situation informiert. Er aber würde nicht klatschen, nichts verraten, er würde nur schreiben. Er hatte lange in Paris gelebt und würde sich an Nächte in Montparnasse und Spaziergänge auf der Avenue Montaigne erinnert fühlen.

Han und ich wären seine Musen für eine tragische Liebesgeschichte mit Tod in der Seine.

Es ist interessant, welche Projektionsflächen eine deutsch-chinesische Liebschaft bietet.

Han und ich landeten auf dem Schlafsofa. XiaoBai hoppelte in der Wohnung rum und wurde in seiner Freiheit nicht eingeschränkt. Er nutzte dies natürlich und hatte überall seine Duftmarke gesetzt. Zudem war er nicht interessiert an medialen Informationsquellen und verhinderte propagandistische Berieselung, indem er Kabel durchbiss. In dieser Wohnung war nur Platz für Anarchisten.

Beim Knutschen auf dem Sofa hörten wir chinesischen Kuschelrock und flämmten ein paar Kerzen ab. Ab dem Punkt hatte ich die Pflicht absolviert. Mit einem chinesischen Rocker knutschen war erklärtes Ziel des Auslandsaufenthalts gewesen. Nun kam die Kür. Der erste Sex mit Han gefiel mir so gut, dass ich mehr wollte. Erst später fiel mir auf, was es war, das Han so gut machte. Er war verliebt und ich war verliebt. Das kannte ich bis zu diesem Zeitpunkt noch nicht. Und dann war da das Fremde. Beide dachten wir, der andere sei ja so viel anders. »Was mag eine deutsche Frau?« »Was gefällt einem chinesischen Mann?« Wir wollten beide, dass der andere sich wohlfühlt und hielten immer Blickkontakt.

Chinesen sagen normalerweise zuerst »Ich mag dich!«, bevor sie handeln. Han tat das nicht. Mit Westlerinnen muss man erst ins Bett, bevor man Geständnisse macht. Erst handeln, dann reden. Dass er mich mochte, spürte ich auch so. Ich selbst dachte: Nein, ich darf ihn nicht so schnell ranlassen. Es ist hoffnungslos, dann bin ich eine Schlampe. Ich entschied mich für eine Zwischenlösung, nämlich ein langes Vorspiel.

Das machten wir von da an immer so. Und jedes Mal schleppte ich Klamotten an, bis irgendwann alles bei ihm war. Die Wände seiner Wohnung waren besprayt und alles wirkte ziemlich abgerissen. Am Anfang gefiel mir das. Aber wie das so ist. An einem Samstagmittag – wir waren inzwischen in dem Beziehungsstadium angelangt, in dem man es am Samstagmittag wieder auf die Straße schafft – plumpste ich in einen Laden mit Wandfarbe, entschied mich für Flieder und kam mit einem Eimer davon zurück. Han war zur Probe, ich rief ihn an, ob ich eine klitzekleine lila Veränderung in seiner Bude vornehmen dürfe, und fing mit Lindsay, deren Beziehung mit Xin ebenfalls noch hielt, an, zu streichen.

Nach getaner Arbeit fiel mir auf, dass XiaoBai gar nicht weiß war. Die eigentlich weißen Wände waren immer etwas gräulich gewesen und das hatte gut zu XiaoBai gepasst. Er stampfte nervös. Er wusste, dass seine entspannte Zeit mit Han alleine sich dem Ende zuneigte.

Er landete im Waschbecken und wurde von mir eingeseift, während Lindsay ihn festhielt.

Als Han nach Hause kam, fasste er sich erst mal an den Kopf. Was er dachte, weiß ich bis heute nicht, aber wir wohnen jetzt zusammen in der Dongzhimen Nan Xiao Jie in Flieder und Narzisse.

31. Spanien

Kakao, Chlor und Sonnencreme

Filiz (19), Abiturientin, Tübingen, Deutschland,
über
Alejandro (23), Kindergärtner, Sevilla, Spanien

Ich war 19, hatte gerade Abi gemacht und saß im Flieger nach Sevilla. Das fühlte sich großartig an. Kühn und frei. Eine Urlaubsliebe war fest eingeplant, trotz erzkatholischer Gastfamilie. Die Semana Santa war schließlich vorbei und pünktlich zu den Rebajas, dem Sommerschlussverkauf, wollte ich es krachen lassen. Ich wusste zu diesem Zeitpunkt noch nicht, was ich machen wollte, ob ich studieren wollte und wenn ja, was, oder ob ich Schauspielerin werden wollte wie jede.

Schriftstellerin war ausgeschieden, seit ein Freund meines Vaters gesagt hatte, in seinem Rotary Club halte man nicht viel von diesem Berufsstand: »Für uns sind das Hausfrauen mit einem Verlag hinten dran.« Ich hatte vergessen, ihn zu fragen, was er denn gegen Hausfrauen, postmodern »Familienmanagerinnen«, habe, mich ganz unemanzipiert gefügt, nur um nicht als unemanzipiert abgestempelt zu werden und das Schreiben aufgegeben. Dabei wäre es so schön gewesen, braun gebrannt im Pareo und mit breitkrempigem weißen Sonnenhut auf einer noch weißeren Veranda in Cocoa Beach, Florida, zu sitzen, einen Cocktail mit Schirmchen neben mir und den jüngsten Sohn eines Südseehäuptlings und seiner britischen Hippiebraut im zerwühlten Himmelbett hinter mir. Diese Szenerie hätte wahlweise auch mit dem Spross einer monegassischen Piratendynastie oder mit einem angehenden Hollywood-Beau aus dem Mittleren Westen funktioniert. Abends wäre ich auf Barbecues und Poolpartys gegangen, wo Männer mit Panamahut und Frauen mit sündigen Zigarettenspitzen und kleinen giftigen Rasseterriern mich auf Französisch, Tamil oder Kisuaheli gefragt hätten: »Was macht dein neuer Roman?« Und ich hätte geantwortet: »Nächste Woche treffe ich meinen Agenten auf Bermuda …!«

Blubb, blubb machte es in meinem Kopf, wie in einem Comic, und ich erwachte aus dem Tagtraum.

Als ich in Andalusien ankam, waren es 43 Grad im Schatten. Am ersten Abend wurde die »Austauschschülerin« erst mal dem halben Viertel vorgestellt. Mir missfiel das Geküsse bei der Begrüßung, denn ich hatte keine Lust auf die verschwitzten Wangen alter Männer. Außerdem verstand ich nichts. Ich hatte zwar in der Schule Spanisch gehabt, aber Andalusisch war irgendwie wie Bairisch, nur weil man Deutsch kann, versteht man das noch lange nicht.

Außerdem fühlte ich mich fett und riesig, was daran lag, dass die drei Mädchen des Hauses alle viel kleiner waren als ich und noch dazu das ganze Wohnzimmer voll stand mit Pokalen, die sie auf mallorquinischen Schwimmcompetitions oder Tenniswettkämpfen gewonnen hatten. Die Mädels waren alle klein und drahtig und die Älteste, zwei Jahre älter als ich, hatte mal einen Schönheitswettbewerb im Barrio gewonnen.

Man war zwar bemüht, mir alles zu zeigen, aber mir war heiß, ich hatte einen Sonnenbrand und verstand nichts. Da konzentrierte ich mich dann erst mal auf das Essen. Ich löffelte Gazpacho, aß Las perlas del Guadalquivir, die bald schon meine Lieblingsoliven waren, und kleine Schnecken, die beim Kochen vergessen hatten, ihre Fühler einzuziehen. Und ich hatte keine Lust, mich zu bewegen.

Man gab auf und nach ein paar Tagen gingen wir nur noch in verschiedene Pools. In Sevilla hat jeder Häuserblock einen Pool. Also waren wir mal bei uns im Barrio, mal bei Carmen, bei Mercedes oder bei Pepe. Alle hier waren sozial engagiert in der Organisation »Vacaciones en paz« und luden Kinder aus Entwicklungsländern ein. Denen brachten sie dann kindgerecht Spanisch bei: Nase, Augen, Mund. So lernten wir zusammen im Pool.

Mercedes lernte auch Arabisch und wir lagen dann stundenlang am Wasser, flüchteten manchmal vor Libellen und fühlten uns wie maurische Prinzessinnen. Arabisch fand ich ziemlich cool, da die Schrift mich an Dünen und Wüstenstürme erinnerte.

Das war der erste Nachmittag, an dem ich mich etwas wohler fühlte, wahrscheinlich weil Mercedes auch nicht so ein hypersportliches Model war und man sich mit ihr über Turbane und Derwische unterhalten konnte. Mercedes' Freund hieß Said, das ist arabisch und heißt der Glückliche. Said war Spanier, aber er entstammte einer Berberfamilie, glaube ich.

Das behauptete zumindest Mercedes, die noch nie ihr Land verlassen hatte und so ziemlich alles exotisch fand. Also berichtete sie, dass Said jeden Sommer in ein Beduinenzelt fuhr, das er immer nur mit dem linken Fuß zuerst betreten durfte, sonst bringt es Unglück. Oder war es der rechte. So genau wusste sie das auch nicht mehr. Dafür zeichnete sie Said in der Wüste. Er ritt auf einem schwarzen Hengst, der vor Kraft fast explodierte, und um ihn flatterten nachthimmelblaue Gewänder. Sie hatte Said auf dem Bild etwas verschlankt. Wohl unabsichtlich. Sie sah ihn wahrscheinlich so. Zeichnen konnte sie jedenfalls sehr gut, ihr Stil erinnerte mich an die 80er-Jahre-Romance-Poster meiner Tante, die jetzt teilweise leicht lädiert im Zimmer meines Bruders hingen, damit er sich bei seiner ersten Freundin in das richtige Weichspüllicht rücken konnte.

Ich für meinen Teil war schon eine Generation, nämlich zweieinhalb Jahre, weiter und wollte echte Leidenschaft. An diesem

Abend entdeckte ich erst mal den Flamenco, als wir zu einer Vorstellung in irgendeinem Außentheater gingen.

Ich hatte zwar schon öfter Flamenco gesehen, aber diesmal zog er mich in seinen Bann. Nicht nur, weil ein kleiner deutscher Junge neben mir zu seinem Vater sagte: »Guck mal, eine Flamingo-Tänzerin.« Das fand ich sehr treffend, so grazil und bunt wirkten sie auf mich. Hier tanzte man Sevillanas und noch die halbe Nacht lang lehrte mich Mercedes draußen in einem Park die ersten Schritte.

In dem Park saßen auch ein paar Jungs.

Einer davon war Alejandro. Alejandro war schwarzhaarig, hatte aber olivgrüne Augen. Das fand ich ziemlich interessant. Ich weiß nicht mehr genau, wie wir ins Gespräch kamen, aber am nächsten Tag saßen wir bei Carmencita auf der Terrasse und Alejandro war auch dabei.

Von da an begann Spanien mir Spaß zu machen. Ich übte jeden Abend meine Sevillanas und irgendwann tanzte sogar Alejandro mit mir.

Das war ziemlich aufregend. Alejandro machte allerdings gar nichts, damit wir uns näher kamen. Er war einfach da.

Das ging bis zu dem Tag, an dem wir in den Guadalpark schwimmen gingen. Alejandro und ich setzten uns immer zusammen auf einen Reifen und rutschten damit ins Wasser.

Am gleichen Abend gingen wir zur Plaza de España. Dort auf dem Rundgang wurde eine Szene von *Star Wars* gedreht und ich fühlte mich an der Seite von Alejandro wie Königin Amygdala. Und er war Anakin Skywalker. Wow. Ich erinnerte mich an meinen Flugzeug-Traum. Schriftstellerin war nach Rotarieransicht ein Hausfrauenjob, aber gegen Drehbuchautorin könnte nun wirklich niemand etwas einwenden, schließlich sind das meistens Männer mit Vollbart. Nicht, dass ich ersann, Bart zu tragen wie meine Gastmutter, aber der Wunsch nach Freiheit und Kunstfreiheit ließ sich nicht ganz unterdrücken.

Noch einen Tag besuchten wir eine alte Festung. Eigentlich war hier meine Gastmutter Programmleiterin, aber Alejandro und ich verschwanden bald im Labyrinth. Dort stahl er mir auch den ersten Kuss.

Den zweiten sah leider meine Gastmutter und Alejandro wurde dezent aus meinem Leben entfernt.

Wir trafen uns von da an heimlich. Ich bekam eine SMS: »Heute Nacht, 11pm, an der Bécquer-Statue«. Alejandro saß dann genau neben der Statue und verfasste im Stile Bécquers ein Gedicht für mich. Poetisch beschrieb er meine Schönheit, meine Anmut, meine Jugend. Niña nannte er mich. Kleines Mädchen.

Ich fand das ziemlich romantisch. Meine eigene Sehnsucht zum Fabulieren meldete sich auch wieder. Ich könnte Anakin Skywalker und Königin Amygdala auf dem Stern Sirius Flamenco tanzen lassen, sponn ich. Dann gingen wir zum El Corte Inglés und kauften uns Snacks und DVDs.

Ich erinnere mich an einen unendlichen Nachmittag, an dem wir uns im Souterrain seines Hauses aufhielten. Der einzige Ort, an dem die Hitze erträglich war. Wir tranken Kakao, aßen Sandwiches mit Serranoschinken und knutschten auf dem Sofa, während man das Gekreische draußen vom Pool hörte. Alles ging sehr langsam. Wir waren träge und bewegten uns kaum. Mein Haar war noch nass vom Pool, am Körper spürte ich den ebenso feuchten Bikini.

Alejandro streichelte mich. Es war dieses besondere Streicheln, ein staunendes Streicheln würde ich es nennen. Er verschränkte seine Hände mit meinen. Ich lag auf ihm. Er strich mir immer wieder das Haar aus dem Gesicht, das ihm ins Gesicht und auf die Brust fiel. Alles ging so langsam, dass ich fühlen konnte, wie mein Haar trocknete.

Ich erinnere mich genau an seinen Duft: Kakao, Chlor und Sonnencreme. Das ist der Duft jenes Sommers. Genauso habe ich mir den Raum eingeprägt, in dem wir lagen. Das ausrangierte Sofa, die Stimmen einer Uraltfolge von *Los Vigilantes de la Playa*, bei uns als *Baywatch* bekannt, mein Vokabelheft und die Kakaogläser daneben. Außerdem ein Brief von Mercedes. Wir hatten uns gestritten und sie bat darin um Versöhnung. Alles beschienen von den Lichtstreifen, die durch die Lamellen der Jalousien drangen.

Der Nachmittag war endlos, wir küssten uns ewig und liebten uns noch länger.

Ob die Blasenentzündung, die mich an den darauffolgenden Tagen plagte, vom Sex oder vom feuchten Bikini herrührte, kann ich nicht mehr sagen. Tatsache war, dass ich dadurch ausfiel.

Trotzdem knutschten wir noch eine volle Woche lang täglich in Alejandros Keller.

Die Drehbuch-Idee mit der Tanzeinlage bereits existenter Science-Fiction-Helden auf dem Stern Sirius hat mich bei der Recherche zu meinem neuen Interessengebiet geführt, der Astronomie. Danach wäre es unrealistisch, den Sirius mit mehrzelligem Leben zu besiedeln.

Die Kritiker meiner Schriftsteller-Ambitionen werde ich nach meinem Physikstudium noch früh genug zum Schweigen bringen ...

32. Finnland, Schweden, Norwegen, Island

Nordische Botschaften

Rita (30), Schreinerin, Oldenburg, Deutschland,
über
Stig (38), Musikproduzent, Uppsala, Schweden,
Yngvi (32), Musiker, Reykjavik, Island,
Björn (34), Kameramann, Bergen, Norwegen,
und Taina (29), Tänzerin, Tampere, Finnland

In Berlin gibt es eine Bushaltestelle, die heißt Nordische Botschaften. Ich habe auch einige nordische Botschaften erhalten.

Die bekam ich allesamt aus Kauniainen, dem Beverly Hills von Helsinki. Genauer noch aus ein und derselbem Straße.

Meine Freundin Taina hatte mich eingeladen. Sie hatte mich vor zwei Monaten in Hannover besucht und wollte sich nun für die Zeit mit meinem Nachbarn Yannis revanchieren. Yannis und Taina hatten eine tolle Zeit gehabt.

»Ich fick dich jetzt genau vier Minuten«, hatte Yannis zu Taina gesagt und mit Stoppuhr in der Hand losgelegt. Taina war danach fix und fertig.

Yannis aber leider verheiratet. Sie ließ sich jetzt immer vier Minuten rannehmen.

»Also, ich habe hier eine schöne Auswahl für dich zusammengestellt. Wir haben hier einen schwedischen Musikproduzenten in Hausnummer sieben: Stig, 38, 1,88 Meter, athletisch, war lange in Indien, kann wahrscheinlich Kamasutra.«

»Nee, den nich. Das verkraften meine Knochen nicht.«

»Ach, so. Also, das mit dem Kamasutra weiß ich auch nicht genau. Ich werd ihn noch mal fragen. Sieht aber gut aus. Surfertyp und so … na gut. Dann hab ich noch Yngvi im Angebot. Isländer. Ist nicht ganz so auffällig, bisschen strähnige Haare, einer der Musiker bei Stig. Wohnt auch momentan bei ihm.«

»Hm.«

»Wie wär's dann mit …«

»Okay, okay, ich komme und schau mir mal den Norden an.«

Ich legte auf und ging in die Küche. Da hing so ein Abreißkalender, den ich seit zwei Monaten nicht mehr aktualisiert hatte. Warum auch. In der Werkstatt wurde ich gemobbt, mein attraktiver Chef hatte kein Interesse an mir und auch sonst hatte sich in der Zeit nicht sonderlich viel getan.

Ich mache es kurz. Ich buchte die Reise, bekam keinen Urlaub, flog nach Helsinki und aus der Firma.

In Helsinki holten mich Stig, Yngvi, Taina und Björn – das war der Dritte, von dem sie mir erzählen wollte – vom Flughafen ab. Das war schon mal ziemlich schick. Eskortiert von blonden Hünen, die meinen Dreißig-Kilo-Koffer mit einer Leichtigkeit trugen, als handele es sich dabei um eine Beautybox, tippelte ich dann in meiner unpassenden Cocktailkleidung in das Haus Nummer zehn.

Taina buk Kalakukko, in Brot versteckten Fisch, und in einer riesigen Glasblase wohnte ein Kombuchapilz, der vor sich hin gärte.

Tainas Haus war komplett grün gestrichen und vollgestellt mit Sesseln, Stühlen und Sekretären aus verschiedenen Epochen. Highlight war der Steinphallus mit Hut, an dem jetzt Yngvi lehnte.

Yngvi war schon mal überhaupt nicht mein Typ. Er war ein Klappergerüst mit Wallemähne. Was Taina sich bei dem Vorschlag wohl gedacht hatte … Schon während ich nur neben ihm saß, fühlte ich mich wie der Koloss von Rhodos. Meine Oberschenkel waren fast doppelt so dick wie seine. Das konnte ich mir nun gar nicht vorstellen. Was dachte die sich, sollte ich die Profi-Quetscherin für ihn spielen? Er musterte mich jedenfalls konzentriert.

Stig war tatsächlich sehr gut aussehend, aber auf so eine herkömmliche Art, die nicht viel Spielraum für Fantasien ließ.

Björn gefiel mir am besten. Er hatte braune Haare, einen langen Zopf und Huskyaugen, war mittelgroß und assistierte Taina in der Küche. Als er grad quadratische Teller ins Wohnzimmer brachte, fragte sie mich: »Und? Was dabei?«

Ich zuckte mit den Schultern: »Also, wenn ich mich einmal auf Yngvi setz, ist der ja platt wie 'ne Flunder.«

Taina lächelte verschwörerisch. »Du solltest ihn nicht unterschätzen.«

»Wie meinst du das?«

»Find's heraus! Und Stig?«

»Langweilig. Was ist eigentlich mit Björn?«

»Wir waren mal zusammen, hat aber nicht geklappt. Er ist ein bisschen pervers!«

Ich schaute sie fragend an.

»Taina, du badest in der Walpurgisnacht in Hengstpisse! *Das* find ich pervers!«

»Find's raus! ... Gibst du mir bitte mal den Pürierstab ... Mann, guck nicht so blöd. Da oben neben der Salatschleuder.«

Taina war ein spezieller Fall, wie ich fand. Sie liebte heidnische Feste, wie die Walpurgisnacht, die in Finnland Vappunattoo genannt wird, und noch heidnischere Bräuche. Sie war noch nie pingelig gewesen, was ungewöhnliche Rituale betraf. Wenn sie sich also von Björn überfordert gefühlt hatte, musste das was bedeuten.

Anschließend saßen wir auf arabischen Sesseln und aßen. Um Tainas Körper schlängelte sich jetzt Ulysses, ihre Boa constrictor imperator. Ulysses wirkte entspannt. Das letzte Hamstermahl war noch nicht verdaut und so sondierte Ulysses das Terrain. Ich streichelte ihn mal und Taina sagte: »Er mag dich!«

»Woran siehst du das?«

»Na, schau doch, wie er züngelt. Er leckt nur, wen er liebt.«

»Aha.« Ich zog meine Hand zurück. Sollte Ulysses es sich anders überlegen, wäre das wohl kaum angenehm.

Angenehmer war das Geknutsche mit Björn am selben Abend. Die »Perversion« erkannte ich erst ein paar Wochen später. Björn bestand beim Dressurtraining und Voltigieren darauf, gewürgt zu werden. Dabei rief er immer: »Fester, fester.« Als er dann nichts mehr sagte, fiel mir auf, dass ich zu fest zugedrückt hatte, und lief kreischend durch das Haus Nummer sieben, bis Taina den Notarzt rief.

Fast wäre ich verknackt worden. Ist grade noch mal gut gegangen, von da an hielt ich mich doch lieber von Björn fern.

Als Nächstes knutschte ich mit Stig. Stig war sexuell normal, wenn man das so sagen kann. Allerdings trug er Bart. Wenn er damit zwischen meine Schenkel abtauchte, hatte ich am nächsten Tag Ausschlag zwischen den Beinen. Trotzdem konnte ich nicht von ihm lassen.

Parallel dazu begann ich im Haus Nummer zehn eine Art Affäre mit Yngvi. Es kommt allerdings stark darauf an, wie man Affäre definiert.

Ich lag meist auf dem Bauch in Tainas zaristrischem Boudoir und Yngvi kalligrafierte auf meinen Rücken. Manchmal war Ulysses dabei. Das war weder für ihn noch für uns freiwillig, denn sein Terrarium befand sich im Schlafzimmer. Ulysses züngelte wütend, wenn Yngvi meinen Rücken bemalte.

»Er ist eifersüchtig«, kommentierte Yngvi, während er meine Füße massierte. Yngvi, das fand ich bald raus, war Fußfetischist. Das hatte was für sich. Er massierte, lutschte und lackierte meine Zehen, während ich mit Taina überlegte, was wir am Abend kochen würden. Ich verließ während der gesamten Zeit, und das waren immerhin drei Monate oder in Ulysses' Zeitrechnung gedacht, sechs Hamster, nicht die Straße.

Taina machte einen recht zufriedenen Eindruck, dass ich nach anfänglichen Bedenken doch schnell Gefallen an ihrem unkonventionellen Lebensstil gefunden hatte. Ich war selbst erstaunt über meine neue Herangehensweise an »Beziehungen«, aber irgendwie war das die Aura dieser Zeit. »Eine Schlange, eine finnische Kräuterhexe und drei nordische Botschafter« ... so wird dieses Kapitel Einzug in meine Biografie halten.

Taina und Ulysses bekamen dann die Hauptrollen in Yngvis neuem Musikvideo. Dabei wurden überall im Wohnzimmer in Nummer sieben Kabel verlegt und die Möbel in lila Samt verpackt.

Tainas flammend rote Mähne umbauschte ihren Kopf wie kochende Lavablasen und ihre Lippen waren aus zinnoberfarbenem Lack, als sie und Ulysses zu tanzen begannen, wobei Ulysses' Beitrag in erster Linie darin bestand, sich an Taina festzuhalten.

Taina trug einen Bikini, der zu Ulysses' Maserung passte und schmiegte ihre Hüften im Tex-Mex-Rhythmus aus sudanesischen Trommeln. In Zeitlupe bewegte sie sich und schaute seduktiv in die Kamera, hinter der Björn, inzwischen wieder genesen, aber noch Würgemale tragend – nicht die von meiner Aktion, sondern die eines Uralt-Unfalls mit Taina und Ulysses –, hockte.

Meine Füße lagen auf Yngvis Schoß, während ich die Darbietung genoss. Stig sagte immer »Cut« und »Scheiße« und Yngvi schaute auf meine Füße. Die Arbeitsteilung erschloss sich mir nicht ganz.

Taina schien Spaß am Tanzen zu haben. Björn machte immer wieder Close-ups von ihrem Becken. Das Becken sah regelmäßig super aus und bewegte sich auch schön geschmeidig. Aber Ulysses traute der wackeligen Angelegenheit nicht so ganz und bemühte sich immer wieder nach oben zu klettern. Er sollte aber ihren Schenkel umzüngeln. So groß war Ulysses' Liebe zu Taina anscheinend dann doch nicht, denn irgendwann war er verärgert und biss sie in den Arm. Ulysses war zwar keine Giftschlange, aber Bisse können auch ohne Gift wehtun und deshalb musste eine Pause eingelegt werden.

Irgendwann waren schließlich alle Szenen im Kasten, beziehungsweise hatte man sich mit Ulysses' Schwanzzucken auf Tainas Beckenhöhe zufriedengegeben.

Stig und Yngvi sah ich danach nur noch selten, da jetzt die Vermarktungsphase startete. Das machte mir auch nicht viel aus. Schließlich müssten sie ihre Botschaften auch dem Rest der Welt verkünden. Ich fand, dass ich es recht bequem getroffen hatte, ich musste nur zwei Häuser besuchen, um gleich vier Länder kennenzulernen.

Taina und ich sind noch Freundinnen, ein Bild von ihr und Ulysses hängt an meinem Kühlschrank.

Ulysses ist inzwischen leider verstorben. Nach den Anstrengungen der Dreharbeiten ist er ausgebüxt und einer Katze begegnet, die seine Henkersmahlzeit wurde.

Leider waren seine Augen größer als sein Magen.

33. Israel

Underneath Your Clothes (... there's an endless story)

Anita (48), Bauingenieurin, Potsdam, Deutschland,
über
Doron (40), Astronom, Braunschweig,
Deutschland, und Tel Aviv, Israel

Doron war halb Israeli, halb Maori. Mit 18 reiste er durch Neuseeland, mit zwanzig diente er in der israelischen Armee. Er war Experte in deren Krav-Maga-Kampfkunst, sein Körper war hart wie Stahl, seine Bewegungen geschmeidig wie die eines Panthers.

So war es, als ich ihn kennenlernte vor 17 Jahren, so ist es heute noch. Wir waren nie zusammen, aber wir waren immer Geliebte. Azyklisch, irgendwann, irgendwo. Ich denke, ich bin die Sorte Frau, die unberechenbare Männer liebt.

Ich leide in der Zeit des Wartens, ich werde belohnt durch himmelstürmende Leidenschaft während des Zusammenseins. So war es immer, so wird es immer sein. Der Blick in seine Seele wird mir auf immer verwehrt sein. Er spielt mit mir und ich lasse es zu.

Meine Freundinnen verstehen mich nicht. Ich solle Schluss machen. Ich solle ihn loslassen. Ich kann es einfach nicht. Sie bemitleiden mich für meine Schwäche, ich bemitleide sie, denn sie werden nie die Erfahrung machen, jemandem absolut verfallen zu sein. Die Erotik des Kontrollverlustes, die bittere Süße des Ausgeliefertseins an seine Schönheit.

Die Lust der Ungewissheit.

Er meldet sich monatelang nicht und steht dann nachts um halb drei vor meiner Tür. Bei minus zwanzig Grad raunt er in die Gegensprechanlage: »Lass mich rein. Ich friere.« Natürlich öffne ich ihm. Ich kann nicht anders. Die Entscheidung ist vor langer Zeit gefallen. Als ich ihn zum ersten Mal sah. Seine tiefbraunen Augen versprachen genau das, was sie hielten.

Ich habe schon geschlafen. Er kriecht zu mir ins Bett. Seine Hände sind eiskalt und schockgefrieren meine Haut. Ich liebe es. Dieses Kribbeln. Wie er neben mir auftaut, sein warmer Körper sich an mich schmiegt, wie er da ist. Ganz da ist. »In drei Stunden muss ich zum Flughafen«, flüstert er mir ins Ohr. »Nach New York.« Wir sind von Kopf bis Fuß aneinandergepresst, miteinander verschlungen. In ein paar Stunden wird er fort sein, dann wird nur ein zerwühltes Bett an ihn erinnern und die Spuren seiner Zärtlichkeit in den Schichten meiner Epidermis. Erregung ganz oben, die sich transformiert, durch die Membranen dringt und die Zellkerne beruhigt. Er war da, wird jede meiner Zellen wissen, wenn er wieder fort ist, und sie werden sich erneuern. Das ist die perfekte Balance, die nur entstehen kann, wenn man weiß, dass er schon bald über den Wolken sein wird. Weit weit weg von hier. Doch jetzt ist er da.

Ich kenne ihn seit so langer Zeit. Kaum eine Ehe hält so lange, aber unsere Leidenschaft übersteht alle Stürme. Meine Scheidungen, meine Hochzeiten, meine Tränen, mein Glück. Er stand immer im Hintergrund. Er war immer da. Die Stunden mit ihm trugen mich durch mein Leben. Er war immer der andere Mann, egal wer gerade an meiner Seite war.

Ich umschlinge seinen Körper, streichle ihn, küsse ihn. Schlage meine Nägel in seinen Rücken, als könne ihn das aufhalten. Oder als könne ich wenigstens Spuren hinterlassen für die Zeit nach diesen Stunden.

Was immer danach kommen mag.

Er war Barkeeper im Rifraf-Nachtclub in Tel Aviv, ich reiste ihm nach, bekam ein Stadtplanungsprojekt und blieb. Er verließ Israel und zog nach Rom. Ich lief durch die Straßen der Stadt, durch die Shopping Malls im Disengof-Center, an der Knesset vorbei. Ich war einsam und flog nach Rom. Da war er schon wieder weg. Bei einer Freundin in Brüssel. Ich ging zurück nach Berlin und wartete.

Egal, wie oft er mich verließ, er kam immer wieder. Jetzt ist er hier. Bei mir.

Ich ernähre mich von seinem Körper, von seinen Küssen. Wie ein Reptil habe ich mich auf seltene Mahlzeiten eingestellt. Umso gieriger bin ich, wenn es so weit ist. Ich muss ganz genießen, alles geben, alles nehmen, denn ich werde Wochen, vielleicht Monate davon zehren müssen. Also inhaliere ich den Duft des Winters in seinem Haar. Seine durch die Kälte etwas aufgeraute Haut. Meine Lippen schmirgeln an seinen Bartstoppeln entlang. Sie sind noch nicht sichtbar, er hat sich heute Morgen rasiert. Das spüre ich an dem Gefühl auf meinen Lippen. Morgen werden sie wundgeküsst sein. Es ist mir egal. Jetzt gehört er mir und ich will ihn ganz. Ich will nichts verpassen. Ich küsse seine Wangen, sein Kinn, die zarte Haut um seine Lippen. In den nächsten Stunden kann ich seine Bartstoppeln wachsen fühlen. Sie sind meine Zeit.

Ich reibe meinen Körper an seinem, bis es so weit ist.

Danach lege ich mich neben ihn, er nimmt mich in den Arm und küsst mich noch einmal. Dann lausche ich auf seinen Atem. Er ist eingeschlafen.

Als ich aufwache, ist es hell, Doron ist weg. Ich stehe auf, mache mein Bett nicht, lasse seine Spuren noch ein wenig in den Laken. Ich gehe in die Küche. Während die Kaffeemaschine vor sich hin knattert, sehe ich aus dem Fenster und schaue den Kondensstreifen nach, bis sie verschwinden.

Bitte beachten Sie auch die Hinweise auf den folgenden Seiten.

DIE AUTORIN

Vanessa Viola Lau ist Juristin und Yogini, Weltenbummlerin und Abenteurerin. Schon während ihres Studiums arbeitete sie für internationale Kanzleien und Konzerne. Sie lebte in Peking, Taipeh und Hongkong, fuhr im Cabrio durch Paris und tanzte in Budapest durch die Bars. Dabei traf sie Menschen, die sie faszinierten, mit Geschichten, die sie niederschrieb. Heute lebt sie in Berlin und Tokyo.

Vanessa Viola Lau
KÜSS MICH ÜBERALL
33 Frauen berichten von erotischen Begegnungen, grenzüberschreitenden Liebschaften und romantischen Abenteuern rund um den Globus

ISBN 978-3-89602-582-1

Lektorat: Maren Konrad | Coverfotos: © Nico Klein-Allermann

KATALOG

Wir senden Ihnen gern kostenlos unseren Katalog
Schwarzkopf & Schwarzkopf Verlag GmbH / Abt. Service
Kastanienallee 32 | 10435 Berlin
Telefon: 030 – 44 33 63 00 | Fax: 030 – 44 33 63 044

INTERNET | E-MAIL

www.schwarzkopf-schwarzkopf.de
info@schwarzkopf-schwarzkopf.de